Folgende Titel der Reihe »Die Chroniken der Seelenwächter« sind bisher erschienen:

Erschienene E-Books:
Band 1-40

Über die Autorin:
Nicole Böhm wurde 1974 in Germersheim geboren. Sie reiste mit 20 Jahren nach Phoenix, Arizona, um Zeichen- und Schauspielunterricht am Glendale Community College zu nehmen. Es folgte eine Ausbildung an der American Musical and Dramatic Academy in New York, bei der sie ihre Schauspielkenntnisse vertiefte. Das Gelernte setzt sie heute ein, um ihre Charaktere zu entwickeln. Sie lebte insgesamt drei Jahre in Amerika und bereiste diverse Städte in den USA und Kanada, die nun als Schauplätze ihrer Geschichte dienen.
Sie fotografierte jahrelang nebenberuflich für eine Tierfotoagentur und verkaufte ihre Fotos an Bücher oder Magazine. Zurzeit lebt sie mit ihrem Mann und Pferd Bashir in der Domstadt Speyer. Seit August 2014 erscheint ihre eigene Serie »Die Chroniken der Seelenwächter« bei der Greenlight Press.

Weitere Informationen:
http://www.nicole-böhm.de
http://www.die-seelenwaechter.de
http://www.facebook.com/chroniken.der.seelenwaechter
http://www.greenlight-press.de
http://www.lindwurm-verlag.de

Neuigkeiten direkt aufs Smartphone.
Hol dir jetzt die kostenlose Seelenwächter-App!

Die Chroniken der Seelenwächter

Verborgene Mächte 4:

Der Verrat

(Bände 10 - 11)

von Nicole Böhm

Böhm, Nicole: Die Chroniken der Seelenwächter. Verborgene Mächte 4: Der Verrat. Hamburg, Lindwurm Verlag 2020

1. Auflage
ISBN: 978-3-948695-41-5

Lektorat: Ute Bareiss, Andreas Böhm
Satz: Lea Oussalah, Lindwurm Verlag
Cover: © Nicole Böhm
Innenillustrationen: © Nicole Böhm

Bibliografische Information der Deutschen Nationalbibliothek: Die Deutsche Nationalbibliothek verzeichnet diese Publikation in der Deutschen Nationalbibliografie; detaillierte bibliografische Daten sind im Internet über http://dnb.d-nb.de abrufbar.

Der Lindwurm Verlag ist ein Imprint der Bedey Media GmbH, Hermannstal 119k, 22119 Hamburg und Mitglied der Verlags-WG: https://www.verlags-wg.de

© Lindwurm Verlag, Hamburg 2020
Alle Rechte vorbehalten.
http://www.lindwurm-verlag.de
Gedruckt in Europa

X

Liebe vs. Vernunft

1. Kapitel

Jessamine

Das war er also: mein erster richtiger Kuss. *Wenn man den Mitleidskuss von Zac mal außer Acht ließ.* Wieso hatte mir eigentlich nie jemand gesagt, dass es sich so irre gut anfühlte?

In meinem Kopf schwirrte alles. Ich verlor mich in Jaydees Umarmung aus Verlangen und Leidenschaft. Atmete ich überhaupt? Falls nicht, sollte ich dringend damit anfangen, denn mir wurde schwindelig. Meine Brust, mein Bauch, meine Hüften, meine Lippen, alles drängte sich ihm entgegen, und trotzdem war ich nicht nah genug.

Jaydee presste mich gegen die Wand. Ein dumpfer Schmerz jagte durch meine geprellte Rippe, doch es machte mir nichts aus. Das hier war zu gut. Zu richtig, um es sanfter anzugehen. Er kam kurz ins Stocken, vermutlich aus Angst, er könnte mir wieder wehtun, doch ich zog ihn einfach an mich.

Bloß nicht aufhören! Niemals!

Und tatsächlich dauerte es nur Augenblicke, bis er sich wieder auf mich einließ und mich ebenso gierig zurückküsste. Seine Hände hielten mich fest an sich gepresst und jagten Schauer durch mich. Sie vervielfältigten sich auf wundersame Weise in meinem Magen und stiegen weiter zu meinem pochenden Herzen.

Gleichzeitig war ich mir nicht sicher, ob ich alles richtig machte. War es gut so oder schlecht, zu hart oder zu weich? Warum gab es keine Anleitung für so etwas?

Er griff unter meine Oberschenkel und hob mich hoch. Sofort umschlang ich ihn, klammerte mich fest, als gäbe es sonst keinen Halt für mich. Unsere Hüften rieben aneinander, und als ich seine Erregung spürte, verflogen meine Selbstzweifel. Er grub seine Nägel fester in meinen Hintern, ich keuchte in seinen Mund. Auf einmal war die Wand hinter mir weg, und wir steuerten das Bett an. Mein Puls beschleunigte sich sofort. Jaydee legte ein ordentliches Tempo vor, und ich war mir noch nicht sicher, wie weit ich auf dieser Fahrt gehen wollte.

»Vorsicht«, flüsterte er. In der nächsten Sekunde bettete er mich auf das Laken, so sanft, als wäre ich aus Porzellan. Meine Rippen ächzten dennoch, als er mich ablegte, aber ich küsste ihn einfach weiter wie besessen und vergrub meine Finger in seinen Haaren. Es war unglaublich, ihm so nahe zu sein. Seine Lust zu spüren, seinen Atem, der schnell und abgehackt ging. Es gab nur noch ihn und mich und unsere Berührungen.

Nach einer gefühlten Ewigkeit ließ er von mir ab und sah mich an. »Alles gut?«

»Nein.«

Er stockte.

Ich lächelte. »Besser als gut.«

Er brummte leise, beugte sich tiefer, küsste sich von meinem Schlüsselbein über meinen Hals nach oben. Mich schauderte bis in die letzten Zellen meines Körpers, ich klammerte mich enger an ihn, wollte ihn noch näher haben, und gleichzeitig fürchtete ich mich auch davor. Als würde er meine Nervosität spüren, küsste er sich wieder bis zu meinen Lippen vor. Raubte mir ein weiteres Mal den Atem, bis ich nicht mehr denken konnte.

Seine Hand glitt tiefer und schob sich unter mein Shirt. Ich schnappte nach Luft.

Er stoppte. »Zu schnell?«

»Nein. Ja. Vielleicht. Ein bisschen?« Oh Gott, was redete ich da nur? »Können … können wir uns erst mal aufs Küssen beschränken?« Erstens war es grandios, zweitens konnte ich noch ein wenig üben, und drittens … ach, wen kümmerte das schon? Hauptsache, es ging einfach so weiter.

Er lächelte. Es war ein sanftes, betörendes Lächeln. *Sexy*. Das sollte er öfter tun.

»Was auch immer du willst.«

Und schon lagen seine Lippen wieder auf meinen. Seine Hand strich die Rundungen meines Körpers nach – ganz brav über dem Shirt –, seine Bartstoppeln kratzten an meinem Kinn.

Lippen, Finger, Berührungen, Jaydee. Mehr existierte im Moment nicht.

Mehr brauchte ich auch nicht.

Seine Hand glitt zurück an meinen Hintern, er packte mein Bein, schlang es um seine Hüfte und presste sich an mich. Sanft rieb er seinen Unterleib gegen meinen. Stoff glitt über Stoff. Unangenehm und schützend zugleich. Er wiederholte die Bewegung, drängte sich noch fester, noch härter an mich. Die Berührung bohrte bis in mein Innerstes und zog all meine Empfindungen an die Stelle zwischen meinen Schenkeln. *Oh … das war … ich meine: Oh, verdammt!*

»Noch mal«, keuchte ich.

Er ließ von meinem Bein ab, damit er sich abstützen konnte, griff nach dem anderen und schlang auch das um sich. Dann glitt er ein weiteres Mal über mich. Langsam, fordernd und so verheißungsvoll, bis mir die Sinne schwanden. Ich stöhnte auf. Jaydee biss mir in die Unterlippe. Heftig. Aber auch das war mir egal.

Die Hitze in meiner Körpermitte stieg wie mein Verlangen nach ihm. Es war, als müsste ich all die Momente der vergangenen Wochen aufholen, in denen wir uns nie hatten berühren dürfen. Er stützte sich auf beide Arme und bewegte sich sachte auf mir.

Ich krallte meine Nägel in seine Rückenmuskeln, umschlang ihn mit meinen Beinen, presste seine Hüfte härter gegen meine, genoss es, ihn so drängend auf mir zu spüren.

»Verdammt, Jess, du machst mich wahnsinnig«, keuchte er zwischen Küssen.

Oh-oh. »Und ist das jetzt ein gutes oder schlechtes Wahnsinnig?« Er lachte. »Ich gebe dir einen Tipp.«

Und schon glitten seine Lippen über mein Kinn, hinunter in diese Kuhle zwischen Schlüsselbein und Hals, und da war es wieder, dieses herrliche *Oooh* … mit einem Mal schwanden all meine Hemmungen. Ein neues Gefühl mischte sich in unsere Umarmung: eine intensive Wärme, die mein Herz ausfüllte. Ich wollte ihm noch näher sein.

Ich wollte mehr!

Jetzt sofort!

Ich nahm meine Hände von seinem Rücken, schob ihn ein Stück von mir. Er tauchte wieder von meinem Schlüsselbein auf und blickte mich fragend an. Seine Augen leuchteten silbrig, aber dieses Mal war es nicht die Gier des Jägers, die dieses Funkeln auslöste. Da war etwas Neues.

Ich studierte sein Gesicht, das so viel weicher, so viel zärtlicher wirkte als sonst.

»Ich finde es schön, wenn du mich so ansiehst«, sagte ich. Es war mir ein Bedürfnis, das auszusprechen. Keine Ahnung, warum.

»Ich habe ja auch etwas Schönes, was ich ansehen kann.«

Hitze schoss mir in die Wangen. Ich biss auf meine Unterlippe. Meine Finger wanderten über seine Schulter nach vorn zu seiner Brust. Jaydee war wie aus Stein gemeißelt. Kraftvoll, stark, perfekt. Nicht eine Narbe zierte seine Haut, keine Unebenheit, kein Makel. Ich strich die Konturen seiner Tattoos nach, die noch immer satt und tiefschwarz herausstachen. Wie lange würden sie halten? Was, wenn sie ihren Dienst quittierten, während wir mittendrin …

»Ich weiß es nicht«, sagte er, als hätte er meine Gedanken erraten. »Wir kosten einfach jede Sekunde aus, die sie uns schenken.«

Ich nickte, glitt tiefer, strich die Wölbungen seines Six-Packs nach. Jetzt durfte ich den endlich auch mal anfassen. Er schloss die Augen, stöhnte kehlig, rührte sich keinen Millimeter, als wolle er alles von mir in sich aufsaugen. Meine Finger strichen über seinen Bauchnabel und fanden doch noch eine kleine Narbe.

»Die ist von deinem Dolch«, sagte er.

Als er mich zum ersten Mal attackiert und danach auf sich selbst eingestochen hatte.

Unfassbar, was seit dem geschehen war.

Ich umkreiste die Narbe, fuhr ihre Konturen nach. Ein kleiner Schnitt, der mir damals das Leben gerettet hatte. Wie von selbst machten sich meine Finger weiter auf den Weg nach unten, strichen über den feinen Saum aus Haaren, die irgendwo unter dem Bund seiner Jeans endeten.

Jaydees Atem stockte, doch noch immer rührte er sich nicht. Ich blickte ihn wieder an, ließ von seiner Hose ab und suchte nach seiner Hand. Sanft verwoben sich unsere Finger ineinander, sein Daumen strich über meinen Handrücken. Eine Bestätigung, dass alles gut war, dass er warten würde, bis ich soweit war, ihm mehr zu geben.

»Küsst du mich noch mal?«, fragte ich.

»Für den Rest der Nacht, wenn ich kann.«

Schon lagen seine Lippen wieder auf meinen, drängten mich liebevoll; forderten mich heraus, zogen sich wieder zurück. Das war einfach himmlisch. Grandios. Fabelhaft. Unbeschreiblich. Alles, was ich denken konnte, war: *Mehr! Mehr! Mehr!* Und: *Oh!* Und: *Ja!* Und: *Bitte, hör nie auf damit!*

Langsam führte ich seine Hand zum Bund meines Shirts und schob den Stoff ein Stück hoch.

Er verstand die Einladung. »Sicher?«

»Ja.«

Vorsichtig wanderten seine Finger unter den Stoff, fuhren meine nackte Haut an meinem Bauchnabel entlang nach oben. Seine Finger so sanft und angenehm wie warmes Öl. Blitze jagten durch meinen Körper. Die Berührung war sachte und trotzdem kaum zu ertragen. Er glitt höher, küsste mich dabei am Hals, am Ohrläppchen und – *oh ja* – wieder an dieser herrlichen Stelle am Schlüsselbein. Ein kurzer Blitz des Schmerzes durchzog mich, als er die Schwellung an meiner Rippe streifte.

»Wenn du es nicht aushältst ...«

»Sssht, Jaydee. Wie gesagt: Ich bin nicht aus Zucker.«

Seine Finger strichen weiter nach oben, zwischen meiner Brust hindurch. Ich presste mich fester in die Matratze. Keine Ahnung, ob ihm gefallen würde, was er da zu spüren bekam. Vielleicht wollte er vollbusigere Frauen, vielleicht war das alles nicht genug, vielleicht ... Er fand meine Brust, umfasste sie und stöhnte leise ... Seine Hüfte rieb noch einmal an meiner und vertrieb ein weiteres Mal die Zweifel aus meinem Kopf. Er kam zurück zu meinem Mund, küsste mich im gleichen Rhythmus, wie er sich auf mir bewegte. Gierig, leidenschaftlich, als wolle er in mir ertrinken.

Auf einmal war seine Hand weg. Die Perspektive wechselte. Ich stieß einen leisen Schrei aus, und in der nächsten Sekunde saß ich auf ihm. Kurz musste ich die Luft anhalten, bis der Schmerz in meiner Rippe abebbte.

»So herum geht es vielleicht besser für dich.« Seine Hände ruhten an meiner Taille, ohne etwas zu fordern. Er gab mir schon wieder Zeit, wollte, dass ich die Entscheidung traf, wie weit wir gehen würden. Ich strich noch mal über seine Brust. Die Tattoos schienen etwas blasser zu sein als vorher. Sie brannten aus. Jetzt schon.

»Wir werden nichts überstürzen, nur weil uns diese Dinger im Nacken sitzen«, sagte er. »Wir können warten.«

Ich rutschte auf seiner Hüfte nach vorn und rieb mich an seiner Härte. »Wirklich?«

Jaydee keuchte und schloss die Augen. Es war schön, ihn so zu sehen. Dass ich ihn ausnahmsweise auf eine andere Art zur Raserei brachte. Zögerlich legte ich seine Finger auf den Saum meines Shirts.

»Hilfst du mir noch mal, das auszuziehen?« Die Frage kam so leise, dass ich sie selbst kaum hörte. Jaydee richtete sich auf, so dass wir uns direkt ansehen konnten. Er zog mich enger auf seinen Schoß. Unsere Körper dicht aneinander gedrängt. Ohne mich aus den Augen zu lassen, rollte er mein Shirt genauso zaghaft über meinen Kopf wie vorhin. Die kühle Luft strich über meine nackte Haut. Bevor er mich ansehen konnte, drückte ich meine Brüste gegen ihn. Er strich über meinen Rücken, ließ die Nägel sachte über das Rückgrat gleiten und küsste dabei meine Schulter.

Ich umschlang seinen Hinterkopf und drückte ihn an mich. Er sollte mich noch mal an dieser Kuhle küssen, dort, wo die herrlichen *Ooohs* zustande kamen. Nein, eigentlich wollte ich überall von ihm geküsst werden, auf jedem einzelnen Zentimeter meiner Haut. Als würde er ahnen, was ich brauchte, glitt er mit seinem Mund wieder an die Stelle. In dem Moment, als seine Lippen die Kuhle berührten, grub ich meine Nägel in seine Kopfhaut und keuchte. Unglaublich. Wirklich.

Langsam beugte ich mich nach hinten, ließ wieder Spielraum zwischen unseren Körpern und gewährte ihm Einblick auf meine Vorderseite. Sein nackter Bauch drückte gegen meinen. Hart und weich und warm und – so gut.

Jaydee musterte mich. Noch immer kam ich mir schrecklich entblößt vor. Ich beobachtete ihn genau, und mit jedem Zentimeter, den seine Augen tiefer wanderten, wurde mir heißer. Da war so viel Leidenschaft, so viel Zuneigung, so viel *Bewunderung*. Die Wärme, die in seinem Blick lag, umfasste mich und schloss mich wieder in diese herrliche Glocke, in der ich mich oft mit ihm befand, wenn er mir seine Aufmerksamkeit schenkte.

Er blickte noch einmal zu mir hoch, als würde er um Erlaubnis bitten. Ich biss auf meine Unterlippe und nickte. Eine Hand stützte meinen Rücken und ermöglichte es mir, mich weiter zurückzulehnen. Er hielt mich fest und sicher, während seine Lippen ihre betörende Erkundungstour fortsetzten. Von der *Oooh*-Kuhle bis hinunter zu meinem Dekolleté, noch tiefer zum Ansatz meiner rechten Brust. Er ließ sich unendlich viel Zeit, gab mir alle Möglichkeit, mich an ihn zu gewöhnen, an dieses Gefühl, ihm auf einmal so nahe zu sein. Und genau das brauchte ich. Oder vielleicht brauchten wir beide das. Nach der Zeit der Angst, der Schrecken, nach all unseren Erlebnissen miteinander und gegeneinander benötigten wir Ruhe und Zärtlichkeit.

Ein leises Keuchen drang aus seiner Kehle, dann legten sich seine Lippen um meine Brustwarze. Er biss vorsichtig zu. Mir wurde schwindelig, seine Berührung sendete Schauer meinen gesamten Körper hindurch, bis sie sich zwischen meinen Beinen sammelten. Ich drückte ihn fester an mich, rieb meinen Unterleib an seinem. Er warf mich zurück auf die Matratze, schneller, als ich damit gerechnet hatte. Schmerz mischte sich mit Liebkosung. Dann war er wieder auf mir, küsste mich gierig, saugte alles von mir in sich auf, und ich wollte das gleiche mit ihm tun.

Unsere Körper rieben aneinander. Die Leidenschaft zwischen uns stieg von Sekunde zu Sekunde. Er glitt tiefer, küsste mich zwischen meinen Brüsten, hinunter zu meinem Bauchnabel, wieder zurück nach oben. Dabei schob er eine Hand von unten in das kurze Hosenbein meiner Shorts und steuerte die Mitte an. Dieses Mal würde ich ihn gewähren lassen. Ich wollte ihn fühlen, überall. Seine Muskeln spannten sich, er keuchte kehlig.

Tu es! Wollte ich ihm entgegenschreien. *Halt dich nicht mehr zurück.*

»Ich …«, ächzte er und stemmte sich nach oben. »Ich glaube, …«

»Ist alles okay?«

Er schüttelte den Kopf und blickte auf seine Brust hinab. Die Tattoos verblassten. Oh, nein, nein!

Er lächelte gequält. »Schätze, das ist dann doch zu intensiv.«

Ich legte eine Hand auf seine Brust. Sie glühte fiebrig. »Wie lange noch?«

»Keine Ahnung, aber deine Emotionen sickern schon wieder durch.«

»Hast du noch mehr von der Tinte?«

»Nicht genug.«

Ich schloss die Augen. Natürlich nicht. Warum auch? Das wäre schließlich ein netter Zug vom Schicksal gewesen. Also unmöglich!

»Was sollen wir tun?«

Er beugte sich zu mir, strich mit der Nase über meine Wange. »Solange weitermachen, bis es nicht mehr geht.«

»Wirst du dich denn zurückhalten können?«

Er antwortete nicht. Vermutlich, weil er es selbst nicht wusste, doch ich vertraute ihm. Vertraute uns. Wir beide hatten unsere Erfahrung mit dem Jäger. Wir würden wissen, wann es Zeit war, aufzuhören.

So hoffte ich zumindest.

Also küssten wir uns. Fanatisch, als gäbe es kein Morgen mehr, und im Grunde war es auch so. Wir würden das hier brauchen, diese Erinnerung, damit wir weiter daran arbeiten konnten, die Distanz zwischen uns zu überbrücken.

»Jess ...« Er stöhnte gepresst und vergrub sein Gesicht in meinen Hals. Seine Hand ruhte noch immer in meinen Shorts in Höhe meiner Hüfte.

Ich umschlang ihn mit den Beinen, den Armen, sog alles aus ihm heraus, was er mir noch geben konnte.

»Ich ... es geht nicht mehr.«

»Okay«, flüsterte ich, doch es war nicht okay. Ich war nicht bereit, das zu beenden. Noch nicht. Ich brauchte noch eine Minute, noch zwei, noch eine Stunde ... *Bitte.*

Er bohrte die Nägel in mein Fleisch. Sein Körper spannte sich, die Muskeln an seinen Armen traten scharf hervor, er knurrte leise, es schoss mir durch Mark und Bein.

»Ich wünschte, es wäre anders«, flüsterte er.

Ich umarmte ihn ein letztes Mal, fühlte die harten Sehnen in seinem Rücken. Er küsste mich auf den Hals, ich schloss die Augen, gab mich ganz diesen Empfindungen hin.

Und dann war er weg.

Einfach so.

Jaydee war abgehauen.

Wie im Kerker.

Wie bei all den anderen Begegnungen, bei denen er meine Nähe nicht mehr ertragen hatte.

Mir war klar, dass er einen Moment für sich brauchte, dass er sich sammeln musste. Dennoch füllte sich mein Herz mit einer ekelhaften Leere, wie ich sie noch nie zuvor empfunden hatte.

Die kalte Luft strich über meinen erregten Körper. Ich bekam Gänsehaut und fühlte mich mit einem Schlag so verlassen, als wäre ich der letzte Mensch auf Erden. Mein Magen krampfte, meine Kehle schwoll an. Ich wollte schreien, heulen, ihn zurückholen, doch ich lag einfach nur da und starrte an die Decke, bis der Stuck vor meinen Augen tanzte.

Irgendwo knallte eine Tür. Er war in sein Zimmer geflohen oder hinaus in die Nacht. Weg von mir. Von uns. Von dem, was wir hatten.

Ich rollte mich auf die Seite, schnappte mir das Bettlaken, das nach ihm roch, und versenkte meine Nase darin. Meine Muskeln fühlten sich auf einmal schlapp und müde an. Die Energie war aufgebraucht. Übrig blieben nur noch Schwere und Einsamkeit. Ich drückte den Stoff an mich, schmiegte meinen Hals, die Kuhle am Schlüsselbein dagegen. Es kamen keine *Ooohs* mehr.

Auch sie waren aufgebraucht.

2. Kapitel

Jaydee

Raus! Nur noch raus!
Ich knallte die Zimmertür hinter mir zu und rammte die Faust in die nächste Wand. Der Putz bröckelte ab, Schmerz jagte meinen Arm nach oben bis in mein Hirn. Nur genügte das nicht! Ich brauchte mehr! Mehr Ablenkung! Mehr Schmerz! Sonst würde ich wieder zurück zu ihr rennen und dort weitermachen, wo wir aufgehört hatten. Egal, ob es vernünftig wäre oder nicht. Ob ich sie dabei verletzen könnte … ob der Jäger sich losreißen würde.
Ein weiterer Schlag.
Schmerz.
Heilung.
Vorbei.
Die Überreste der Tattoos brannten auf meiner Haut. Das letzte Aufflackern ihrer Macht, eine letzte Erinnerung an das, was sie mir geschenkt hatten.
Ein Kuss.
Ich hatte sie geküsst.
Mehr als das.
Ich war ihr nahe gewesen, hatte sie gerochen, geschmeckt, gehalten. Und ich hätte es die ganze Nacht getan. Mir war bis eben nicht klar, dass es sich so dermaßen gut und richtig anfühlen konnte, mit einer Frau zusammen zu sein. Obwohl wir nicht weit gegangen waren, stellte es jedes bisherige Erlebnis in den Schatten. Verflucht noch eins, ich wäre schon zufrieden, wenn ich neben ihr einschlafen und dabei ihre Nähe in mich aufsaugen könnte. Ich raufte meine Haare, lief im Zimmer hin und her, sah zum Bett, auf dem noch die Tätowierpistole lag. Ich hob sie auf, prüfte das Tintenfass. Es war fast leer. Das reichte höchstens

noch für ein paar Striche. Fertig. Ich brauchte mehr davon. Dieser verdammte Drecksack Anthony hatte die Lösung für mich. Für uns. Vorübergehend. Ich warf die Pistole wieder zurück, lief weiter auf und ab. Mein Blick wanderte zur Tür. Sollte ich zurück? Sollte ich mit ihr sprechen? Und was sagen? Wie sollte ich ihre Nähe aushalten, jetzt, da ich wusste, wie sie sich anfühlte, wie sie roch, wenn sie erregt war, wie sich die Härchen an ihrem Nacken aufrichteten, wenn ich sie über ihrem Schlüsselbein küsste.

Toll, Jaydee. Wirklich ganz toll.

Erst vom Kuchen kosten – und ihn dann halb aufgegessen zurückstellen.

Ich trat gegen die Wand und keuchte, als es in meinen Zehen krachte. Es dauerte nur Sekunden, bis die Knochen wieder heilten und auch dieser Schmerz nachließ. Das hatte keinen Zweck. Ich brauchte frische Luft. Mit ein wenig Glück fand ich ein paar Schattendämonen, an denen ich meinen Frust auslassen konnte.

Ich krallte mir den Block, auf den ich vorhin das Tattoo gemalt hatte, riss ein weiteres Blatt ab und schrieb eine Nachricht an Jess:

Jess,
ich bin nicht ... ich weiß nicht, was ich ... ich wäre jetzt gerne bei dir. Ich will nicht, dass es so zwischen uns ist. Dass wir uns nicht nahe sein können, dass ich dich nicht ...

Scheiße! Ich zerknüllte das Papier und warf es in den Müll. Nächster Versuch:

Jess,
bitte mache dir keine Sorgen. Wir finden eine Lösung für uns. Wir kehren den Zauber um. Deine Mum. Wir finden sie. Wir müssen .... Wir werden ... Wir ...

Noch mal:

*Jess,
ich will, dass du dich ausruhst und deine Kräfte sammelst. Das heute ... mit uns ... das war ... schön. Wunderschön. Fantastisch. Besser, als ich es je für möglich gehalten hatte... Ich ...*

Ich brummte frustriert und bombardierte den Papierkorb erneut. Nächstes Blatt:

*Bin kurz raus. Muss durchatmen. Wir reden nachher. Versuche, dich auszuruhen.
Ich denk an dich.
J.*

Ich denk an dich. Ja? War das alles? Nein, ich verzehrte mich nach ihr. Ich wollte sie. Alles. Ihren Körper, ihre Seele. Ich ...
»Verfluchte Scheiße.« Ich stemmte die Ellbogen auf die Knie und vergrub meine Hände in meinen Haaren. Jess Duft hüllte mich ein, meine Haut hatte sich regelrecht mit ihr vollgesogen und erinnerte mich bei jeder Bewegung an sie.
Was geschah gerade mit mir? Was war dieses Ziehen in meiner Brust, der fast unbändige Drang, zurück zu ihr zu rennen und sie an mich zu reißen. Und warum zum Henker war Akil nicht da, damit er es mir sagen konnte?
Ich stand auf, riss das Blatt ab, zog mir ein frisches Shirt über, schnappte meine Stiefel und verließ mein Zimmer. Im Penthouse war es still. Nicht mal die Geräusche der Stadt drangen nach oben. Einzig ihren Herzschlag hörte ich. Ruhig. Entspannt. Sie schlief. Vermutlich. Vielleicht lag sie auch einfach in ihrem Bett und wartete, ob ich mich noch mal zeigen würde. Aber sie brauchte Ruhe. Sie musste runterkommen. Genau wie ich.

Leise legte ich den Zettel auf den Küchentresen und ging zum Aufzug. Ich würde nicht lange wegbleiben. Nur frische Luft schnappen, mein Hirn sortieren, andere Gerüche aufnehmen, damit mich nicht alles an sie erinnerte.

Die Tür des Aufzugs öffnete sich. Mit aller Macht zwang ich meine Beine, einzusteigen. Mein Körper fühlte sich an, als marschierte ich stromaufwärts durch einen reißenden Fluss. Jede meiner Zellen wollte zurück zu ihr, aber ich musste weiter. Wenigstens so lange, bis ich das Gefühl von ihren Händen auf mir los war.

Als wenn das jemals möglich wäre.

Es war ein Segen und ein Fluch, sich an alles bis ins Detail erinnern zu können. Ab jetzt war Jess in mir abgespeichert. Ich würde mich an jeden Leberfleck, jede kleinste Erhebung, jede Falte an ihrem Körper erinnern. Jedes Stöhnen, das sie mir geschenkt hatte, jeden abgehackten Atemzug. Und vermutlich würde ich mir genau das wieder und wieder vorstellen, während ich versuchte, meinen Druck anderweitig loszuwerden …

Auf einmal stand ich draußen auf der Straße. Ich hatte gar nicht bemerkt, wie der Aufzug unten angekommen war und ich das Foyer durchquert hatte. Ich blickte mich um, sog die smoggeschwängerte Luft in meine Lungen. Eklig, aber besser als Jess. Ich blickte zu der Leuchtanzeige einer Bankfiliale gegenüber, die die Uhrzeit und die aktuelle Temperatur anzeigte. 2.05 Uhr, 34 Grad, 61 Prozent Luftfeuchtigkeit. So richtig zum Wohlfühlen. Noch immer herrschte Trubel. Überall wuselten Menschen. Die Straßen waren stark befahren, Taxis hupten, ein Krankenwagen rauschte vorbei. Nicht mal der Himmel schien zu schlafen. Bei uns in Arizona war er tiefschwarz mit Millionen von Sternen, hier kackbraun-orange. Die Lichter der Stadt absorbierten die Sterne. Ich lief einfach los. Rechts herum. Der Straße entlang.

Kurz darauf erreichte ich den Broadway. Ich bog Richtung Norden ab. Weiter weg vom vielen Trubel, hinein in die dunkleren Gegenden.

Mir war schon klar, wohin mich mein Unbewusstes lotste. Schattendämonen hielten sich gerne in verlassenen Gassen auf, in denen sie rasch und effizient ihre Beute erledigen und dann wieder verschwinden konnten.

An der Ecke 91st und Broadway blieb ich stehen. Ganz leicht roch ich den typischen Gestank von Verwesung. Es könnte auch Müll sein oder ein totes Tier, aber die Chance, einen Dämonen zu erwischen, war groß. Ich blickte nach rechts. An der Ecke war ein Hotel mit dem charmanten Namen Greystone, und genauso sah es auch aus. Grau. Trist. Alt. Wie fast alle Gebäude in New York. Langsam setzte ich mich wieder in Bewegung, folgte der 91st nach Osten. Meine Sinne richteten sich neu aus. Die Vorfreude der Jagd wallte in mir hoch, verdrängte das Gefühl von Jess' Lippen auf meinen. Ein wenig zumindest. Ihre Hüfte, die sich gegen meine presste, ihr Körper, der so willig auf mich reagiert hatte, die Hitze ihrer Haut – all das war noch allzu präsent. Ich patschte mir mit der flachen Hand auf die Wange. Schluss jetzt!

Jagen. Dämonen. Konzentration!

Ich schüttelte mich und versuchte so, ihre Überreste von mir zu streifen. Immerhin roch es jetzt stärker nach Fäulnis. Wenn es ein Dämon war, konnte der nicht mehr weit sein, und bei der Intensität des Geruches war er womöglich nicht allein.

Nach allem, was Logan berichtet hatte, waren die Schattendämonen außerhalb von Riverside nicht so stark wie Joanne. Er meinte, sie würden sich normal töten lassen. Ich würde gleich feststellen, ob es so war oder nicht.

Ich überquerte die Straße und betrat den Central Park. Meine Sinne richteten sich neu aus, genau wie damals, als ich Joanne bis zur alten Kirche verfolgt hatte. Jetzt war ich wieder mitten in einem Stadtpark. Doch dieses Mal würde ich keine Spielchen veranstalten wie mit Joanne.

Der Gestank wurde stärker.

Komm schon … wo steckst du?

Ich folgte der Straße, verfiel in einen lockeren Dauerlauf, genoss es, in Bewegung zu sein, meine Glieder zu spüren, die Muskeln zu spannen. Der Jäger rührte sich, witterte die Chance, zu seinem Recht zu kommen. Seine Macht füllte meine Zellen, die Geräusche wurden lauter, Gerüche intensiver. Selbst die Luft schien wärmer.

Ja, genau das brauchte ich jetzt. Jagen. Kämpfen. Töten.

Ich erreichte den Springbrunnen Bethesda Fountain mit der imposanten Engelsstatue in der Mitte. Sie blickte auf eine Brücke mit sieben Torbögen, hinter ihr lag der Central Park Lake. Vor einigen Jahren war ich schon mal mit Akil in New York gewesen. Er wollte unbedingt in einen Club zum Feiern. Das Ganze endete mit Nacktbaden hier im See – und das im Oktober –, drei ziemlich beschwipsten Frauen und einer Konfrontation mit einem Polizisten, den Akil so geschickt um den Finger wickelte, dass er fast in unsere Party miteingestiegen wäre. Ich blieb kurz stehen und blickte über die funkelnde Oberfläche, in der sich die Sichel des Halbmondes spiegelte. Akil. Der Mistkerl fehlte mir. Er hätte mir sofort an der Nasenspitze angesehen, dass ich Jess geküsst hatte. So wie immer, wenn ich mit einer Frau zusammen gewesen war. Und was hätte er dazu gesagt?

»*Gut gemacht, Jay. Jetzt besorgen wir dir mehr von dieser Zaubertinte, damit ihr beide es richtig krachen lassen könnt.*« Oder so etwas in der Art. Ich schmunzelte. Hoffentlich tobte er sich ordentlich mit Tom aus und die ganze Sache war es wert.

Es raschelte unter der Brücke rechts von mir. Sofort war ich wieder bei der Sache und lauschte in die Dunkelheit. Unter einem der Torbögen bewegte sich etwas. Erst erkannte ich nur Schemen, doch als ich näher ging, nahmen sie klarere Formen an. Zwei Männer. Einer saß auf dem anderen. Der Mief nach Aas wurde stärker, der untere Mann keuchte, schlug mit den Händen auf. Bingo.

Ich zog meinen Dolch aus dem Stiefel und pfiff, damit der Knilch auf mich aufmerksam wurde. »Hey.«

Der Dämon blickte hoch und drehte sich zu mir. Seine Beute war der Kleidung nach zu urteilen ein Obdachloser. Nicht ungewöhnlich. Sie wurden oft Opfer der Schattendämonen. Wenn er Glück hatte, war ich noch nicht zu spät gekommen, allerdings müsste er recht bald geheilt werden.

»Lust auf Nachtisch?«, fragte ich und breitete die Arme aus.

Der Dämon bleckte die Zähne, knurrte und sprang auf mich zu.

Auf in den Kampf.

3. Kapitel

»Wo steckst du denn?«, fragte der Meister. »Ich versuche seit einer Stunde, dich zu erreichen.«

»Dir ist schon klar, dass ich im Flieger kein Telefon benutzen darf.« Joanne hielt mit einer Hand das Handy ans Ohr, mit der anderen strich sie ihre Jacke glatt und eilte durch die Ankunftshalle nach draußen. Sie hasste das Fliegen. Schon in ihrem Menschenleben war es ihr zuwider gewesen. Doch das wäre jetzt hoffentlich das letzte Mal, dass dies nötig gewesen war.

Wenn ab jetzt alles nach Plan lief, dann wären sie bald am Ziel. Es war viel schief gelaufen, aber mit ein wenig Glück wendete sich das Blatt ab jetzt. Immerhin war sie aus Riverside herausgekommen, und das war nicht so einfach gewesen. Joanne hörte noch immer das Gewinsel des Seelenwächters. Erbärmlich:

»Bitte nicht«, flehte der Seelenwächter vor der Barriere ein weiteres Mal. Joanne hatte bereits zwei Mädchen vor seinen Augen getötet. Gerade wollte sie ein drittes Opfer holen lassen. »Die Menschen können doch nichts dafür.«

Joanne grinste. »Es liegt in deiner Hand, Schnuckelchen.« Sie fixierte den hellhäutigen Seelenwächter. Er wirkte wie ein fremdartiges Wesen, das direkt aus dem Himmel auf die Erde gekommen war.

Er schaute auf das tote Mädchen mit der durchgeschnittenen Kehle, das Joanne neben die andere Leiche geworfen hatte. Sein Blick war voller Mitleid, voller Trauer. Joanne schnaubte. Wären die Seelenwächter nicht so verdammt stur, müsste all das hier nicht sein.

»Senke die Barriere«, sagte sie noch einmal.

»Das ... das wird nicht so einfach, wie du denkst.«

»Das ist dumm. Hol den nächsten Menschen, Clare. Und beeil dich.«

Die Fahrertür schlug zu, der Motor heulte auf, und Clare wendete den Wagen.

»Nein!«, schrie der Seelenwächter und trat näher. »Bitte, tötet niemanden mehr!«

»Tick-Tack, mein Freund. Du weißt, was zu tun ist.«

»Ich kann das nicht entscheiden. Ich muss erst den Rat …«

»Der Rat ist mir scheißegal! Senke die Barriere!« Sie spürte, dass der Seelenwächter dieses Grauen nicht ewig würde ansehen können. Dafür wirkte er zu weich. Zu jämmerlich. Sollte er die Barriere wirklich herunternehmen, würde Joanne ihn persönlich aussaugen und seinem traurigen Dasein ein Ende setzen.

»Ich weiß nicht, ob ich es … Ich … wir … ich bin ein Wächter der Luft. Ich manipuliere nur die Gedanken der Menschen in der Stadt. Die Barriere wurde von Dereks Leuten erbaut. Feuerwächter. Sie sind es, die Magie wirken.«

»Schade, schade.« Joanne lehnte sich gegen die Barriere, als wartete sie auf den Bus. Die Nachricht, die sie mit dem Blut des zweiten Mädchens aufgeschrieben hatte, war noch gut zu lesen:

Hilfe! Hier sterben Menschen!

»Dann werden wir mal sehen, was wir an unschuldigen Dingern auftreiben können, damit du eine schöne Show geboten bekommst. Eine Seele nach der anderen werden wir für dich auslöschen. Je länger du wartest, umso jünger werden sie. Erst die Teenager, dann die Kinder, und ganz sicher finden wir noch ein paar nette süße kleine Babys.«

Der Seelenwächter japste. *Weichei.*

»Die gehen alle auf dein Konto, weil du so stur und …«

»Ist gut. Hör auf. Bitte. Ich … gib mir eine Stunde. Ich … ich hole Paul. Er kann … etwas … er kann etwas tun.«

»Du hast fünfzehn Minuten, denn so lange wird es dauern, bis Clare zurück ist und mir eine neue Seele bringt.« Sie blickte zu ihm. Er tat ihr schon fast ein wenig leid, so geschockt und betrübt, wie er aussah. Aber nur fast. Sie trat noch einen Schritt näher an die Barriere, beugte sich leicht nach vorn, so als gäbe es ein Geheimnis, dass sie nur mit ihm teilen wollte, und flüsterte: »Lauf Forrest, lauf!«

Er sah sie ein letztes Mal flehentlich an. Sie gackerte und schenkte ihm ein betörendes Lächeln.

»Husch-husch«, sagte sie.

Endlich wirbelte er herum. So schnell, dass Joanne es kaum erkennen konnte. Und dann war er verschwunden. Sie lehnte sich wieder gegen die Barriere und sah auf ihre Uhr. Fünfzehn Minuten. Sie freute sich jetzt schon auf die nächste Leiche, die sie ihm präsentieren durfte.

Es dauerte fünfunddreißig Minuten, bis der Seelenwächter wieder auftauchte, aber immerhin: Er hatte einen weiteren Wächter mitgebracht. Und dieser war wesentlich härter im Nehmen. Er dachte überhaupt nicht daran, die Barriere für Joanne zu senken. Also fuhr Joanne einfach fort mit ihrem Programm. Sie tötete zwei weitere Mädchen und einen Jungen, der so fürchterlich schrie, dass es Joanne in den Ohren schmerzte. Das gab dem Luftwächter den Rest. Er überwältigte den anderen und zwang ihn mittels Gedankenkontrolle, die Barriere zu senken.

Sofort löste Joanne über ihren Sender die Explosion in Ilais Haus aus und floh mit Clare. Leider reichte es für Alfonso nicht mehr, denn dieser verfluchte Paul riss sich aus dem Bann los und aktivierte die Barriere erneut. Der Luftwächter musste dran glauben. Den anderen hätte es ebenso erwischt. Aber Joanne hatte keine Zeit für eine Verfolgungsjagd.

Der Meister hatte ihr strikte Anweisung gegeben: »Solltest du rauskommen, wirst du sofort nach Schottland reisen.«

Und genau da war sie jetzt. Sie gehorchte. Wie immer.

Es war merkwürdig, so weit vom Emuxor entfernt zu sein. Joanne fühlte sich schwächer als vorher, vielleicht auch verletzlicher.

»Was macht der Emuxor?«, fragte sie den Meister.

»Er ist stabil und liegt in der Krypta. Solange er sich darin aufhält, kann ihm nichts passieren. Natürlich ist er nicht begeistert, doch das lässt sich jetzt nicht ändern.«

»Hast du wenigstens Ilais Seele bekommen?«

»Den Großteil davon, ja. Ich bin jetzt direkt mit ihm verbunden. Es ist unglaublich, Joanne, ich fühle bereits, wie sich die Macht des Emuxors ausbreitet. Trotzdem muss es ab jetzt schnell gehen. Ich muss Ilais Seele konservieren, bis ich die der anderen Ratsmitglieder ebenfalls habe.«

Joanne verließ den Flughafen und suchte nach dem Taxistand. Es nieselte, ein strenger Wind wehte von Osten her und trug kühle Meeresluft zu ihr. Typisch Schottland. Nicht mal im Hochsommer hatte man die Garantie auf schönes Wetter. Die Sonne war untergangen, doch das war Joanne ganz recht. Sie fühlte sich im Schutz der Nacht sowieso wohler.

»Hast du gehört?«, fragte der Meister und zwang ihre Aufmerksamkeit wieder zurück auf das Telefonat.

»Ich bin doch schon dabei. Was kann ich dafür, wenn wir nicht teleportieren können.« Hätten sie beim Verlassen des Schlosses geahnt, dass sie für eine Zeit in Riverside eingesperrt wären – sie hätten sich besser vorbereitet.

Joanne lief auf die Straße und stieg in das erstbeste Taxi. Sie gab dem Fahrer die Adresse zum Schloss und nahm sich vor, ihn als Bezahlung auszusaugen. Es war bereits umständlich gewesen, ein Flugticket zu bekommen, doch mit ein wenig Druck und dem nötigen Einsatz an Schmerz konnte eine nette Dame am Schalter zu ziemlich allem überredet werden.

»Ich bin im Taxi. Was soll ich als Erstes im Schloss machen? Kann ich es überhaupt noch betreten?«

»Du musst in eine der unterirdischen Kammern. Die Gänge sollten noch intakt sein, ich habe sie damals alle extra verstärkt. Betrete den Tunnel am besten über den westlichen Eingang, der an dem alten Felsen.«

»Ja, ich weiß, welchen du meinst.«

»Folge dem Tunnel bis zur ersten Abzweigung, dann gehst du links und den zweiten wieder rechts. Der führt dich an eine verschlossene Kammer. Der Zahlencode für das Schloss ist: 1105. In dem Raum findest du Tongefäße mit der Aufschrift: Vassum. Ich brauche vier davon. Sie sind sehr alt, sei also vorsichtig damit.«

Sie rollte mit den Augen. Gut, dass er es extra erwähnte, sonst hätte Joanne irrtümlicherweise einen Polterabend damit veranstaltet. »Weiter.«

»In einem der Regale liegen auch Teleportationskugeln. An jedes Gefäß wirst du eine der Kugeln kleben und sie dann aktivieren. Damit schickst du sie mir nach Riverside, und zwar am besten an diese eine Stelle im Wald, wo du den Polizeiwagen in die Luft gesprengt hast. Verstecke sie gut.«

»Das heißt, die Gefäße kommen nicht zu dir, sondern du zu ihnen?«

»Genau. Meine Feuerdrachen können mich durch die Barriere bringen. Zumindest in energetischer Form. Ich nehme Ilais Seele mit nach draußen und schließe sie in das Vassum ein. Außerdem testet Alfonso die Barriere weiter auf Schwachstellen. Bisher leider ohne Erfolg.«

»Was ist mit Clare?«

»Noch keine Antwort von ihr. Vermutlich genießt sie ihr neues Leben.«

Das konnte sich Joanne nicht vorstellen. Clare hatte ihr so treu gedient, warum sollte sie jetzt abhauen? Auf der anderen Seite fühlte Joanne auch einen gewissen Freiheitsdrang in sich. Es war gut möglich, dass es den anderen Schattendämonen genauso ging. »Vielleicht wurde sie verletzt und braucht Nahrung.«

»Keine Ahnung. Was ich allerdings weiß: Wir bekommen hier langsam ein Problem …«

Joanne hörte Schritte, dann eine Tür und Vogelgezwitscher. Der Meister war ins Freie getreten.

»Durch die vielen Leichen entstehen immer mehr Schattendämonen. So nah am Emuxor geht ihre Wandlung viel schneller. Die neuen brauchen Futter.«

Dumm, dass die Nahrung ausging, je mehr Menschen sie töteten. »Können deine Feuerdrachen euch nicht alle rausschaffen?«

»Wir haben es mit einem Dämon versucht. Gab eine ziemliche Sauerei. Die Barriere lässt keine festen Objekte durch. Ich kann sie auch nur als Seele verlassen.«

»Ich hätte bleiben und diesen Paul töten sollen. Dann wäre das erledigt.«

»Und ich sagte, du sollst umgehend ins Schloss. Das hat Priorität. Wenn ich Ilais Seele verliere, weil ich sie nicht lagern kann, war alles umsonst. Du kannst noch genügend Seelenwächter umlegen, wenn die Zeit gekommen ist. Halte dich einfach an unseren Plan. Besorge die Gefäße, und dann machst du dich auf den Weg nach Nepal. Du wirst auf Kirians Anwesen die nächste Explosion auslösen, damit ich ihn mir ebenfalls holen kann.«

»Kann ich es nicht von hier aus machen?« Sie hatte den Sender, mit dem sie die Explosion in Ilais Haus ausgelöst hatte, noch einstecken können.

»Nein. Ilai war bereits geschwächt durch die Hülle, die ich um ihn gelegt habe. Kirian spaziert putzmunter durch die Gegend. Wir müssen erst sein Anwesen schädigen. Sobald das geschieht, wird auch er verletzlich. Außerdem dürfen wir uns keinen Fehler mehr erlauben. Ich will dich vor Ort haben, damit es ganz sicher funktioniert. Jetzt stell nicht alles infrage. Und tu, was ich dir sage.«

Sie blickte zum Fenster hinaus und zählte bis zehn. Sie mochte nicht, wie er sie herumschubste, aber es brachte auch nichts, mit ihm zu diskutieren. Da half nur durchatmen und ihm seinen Willen lassen. Immerhin hatte er bisher dafür gesorgt, dass alles ins Lot kam. Warum hegte sie auf einmal Zweifel an ihm? Warum hatte sie den Drang, mit ihm zu streiten, statt sich ihm zu fügen?

»Es wird geschehen, Joanne. Sobald ich die restlichen Seelen der Ratsmitglieder eingesammelt habe, werde ich sie dem Emuxor verfüttern. Dann kann er endlich in seine Transformation, und wir sind frei.«

Frei. Sie ließ sich das Wort auf der Zunge zergehen. Die Macht des Emuxors würde die Schattendämonen aus der Finsternis befreien, sie würden herrschen. Aber was käme danach? Wenn die Dämonen unkontrolliert Menschen töteten, blieben bald keine Seelen mehr, die sie als Nahrung aufnehmen konnten. Sie brauchten ein System, welches das Essensangebot verwaltete. Der Meister und sie selbst konnten die Herrscher über dieses System werden. Sie könnten bestimmen, wer wann Nahrung erhielt. Dazu könnten sie Farmen errichten, in denen sie die Menschen züchteten. Ja, das gefiele ihr. Kleine Städte, mit Aufsehern und Verwaltern.

»Wie lange brauchst du bis zum Schloss?«

»Etwa zwei Stunden.« Der Fahrer bog nach links ab. Sie hatten den Verkehr rund um den Flughafen hinter sich gelassen und rauschten Richtung Norden. Es war ungewohnt und nervenaufreibend, auf diese Art zu reisen. Ab heute würde Joanne immer einen Vorrat an Teleportationskugeln bei sich tragen. »Ich melde mich wieder.«

»Gut. Beeil dich.«

Sie drückte das Gespräch weg und lehnte sich im Sitz zurück. Nur die Starken überlebten. Das war Joanne schon lange klar. Und wenn es soweit war, musste sie dafür sorgen, dass sie auf der richtigen Seite stand. Sie schloss die Augen und träumte von einer neuen Welt. Ohne Seelenwächter. Ohne Kämpfe. Ohne Angst.

Nur noch leben.

Das war alles, was sie wollte, seit sie gestorben war.

4. Kapitel

Jessamine

Warme Finger strichen über meine Wange. Ich drehte mein Gesicht in die Berührung, die sich so liebevoll und vertraut anfühlte, als würde ich mein Leben lang genau auf diese Art geweckt werden.

»Guten Morgen«, sagte Jaydee. Die Matratze senkte sich, als er sich neben mich legte.

Ich brummte zufrieden, tastete mit den Händen über das Laken, suchte nach seinem Körper. Er kam mir entgegen, hüllte mich in seinen herrlichen Duft aus Geborgenheit und Wärme. Zärtlich glitten seine Lippen über meinen Arm Richtung Schulter. Warum konnte er mich küssen? Hatte er sich in der Nacht noch mal Tattoos gestochen? Ich öffnete die Augen, er war ganz dicht vor mir, die Haut verdeckt von einem Shirt. Langsam glitt ich mit den Händen unter den Stoff, ertastete seine strammen Bauchmuskeln, fuhr die Wölbungen und Tiefen nach. Er stöhnte leise, rollte sich auf mich und drückte mich mitsamt seinem Gewicht tiefer ins Bett. Noch immer war ich oben-ohne. Ich hatte mir nicht mehr die Mühe gemacht, mein Shirt überzuziehen, aber dieses Mal fühlte ich mich nicht mehr befangen oder entblößt. Ich wollte ihm nahe sein, seine Haut auf meiner spüren, seine Lippen überall auf meinem Körper. Er tat mir den Gefallen, küsste sich wieder an jene Stelle an meinem Schlüsselbein, die mir diese merkwürdigen Töne entlockte, wanderte höher zu meinem Hals, meiner Wange und landete endlich auf meinem Mund. Ich öffnete mich ihm, drängte ihn förmlich danach, mich zu verschlingen.

Oh, Moment! Stopp!

Ich hatte noch keine Zähne geputzt.

Sofort wich ich zurück.

»Was ist?«, fragte er und sah auf mich hinab.

»Lass mich schnell ins Bad.«

Er lächelte. Es war wieder dieses schöne, sexy, absolut umwerfende Lächeln, das er mir auch gestern geschenkt hatte. »Ist schon okay.«

»Es ist mir aber unangenehm.«

»Wird es gleich nicht mehr.«

Mit diesem Satz legte er die Hand um meine Kehle und drückte zu. Ich schnappte nach Luft. »Was tust du ...«, presste ich noch heraus, dann übermannte mich ein Druck im Schädel, wie ich ihn noch nie zuvor gespürt hatte. »Jayd...«

Mein Körper zuckte, meine Hände krallten sich in das Laken, ich sollte mich gegen ihn wehren, ihn treten, ihn von mir herunterreißen – doch ich konnte nicht. Meine Muskeln waren wie eingefroren, als würde Jaydee sämtliche Energie aus mir ziehen.

Noch immer lächelte er. Wirkte zufrieden mit sich und seiner Tat. »Was ist denn los? Keine Ooohs mehr? Gefällt es dir etwa nicht?«

Ich versuchte, den Kopf zu schütteln. Um mich herum wurde es dunkler, mein Gesichtsfeld engte sich ein, bis ich nur noch diese silbern stechenden Augen vor mir sah.

»Dieses Mal entkommst du mir nicht«, sagte er, beugte sich zu mir und ruckte an meinem Genick.

Ich fuhr hoch und schrie vor Schreck. Es war Nacht, einzig die Lichter der Stadt weit unter mir hüllten das Zimmer in ein sanftes orangenes Licht.

Traum! Ein Traum! Das war nur ein Traum!

Du großer Gott.

Mein Herz hämmerte in Rekordtempo. Ich setzte mich auf, zog die Beine an und legte meinen Kopf auf die Knie.

Ich war in New York City.

Mit Jaydee.

Wir hatten uns geküsst.

Aber er hatte mich nicht dabei erwürgt. Er war abgehauen, als es ihm zu viel wurde.

Er wollte mich schützen. Und sich selbst.
Er wird mir nicht mehr weh tun.

Ich strich meine verschwitzten Haare zurück und lehnte mich gegen die Wand. Mich fröstelte. Ich war eingeschlafen, wie er mich zurückgelassen hatte. Halbnackt und einsam. Im Dämmerlicht tastete ich umher und fand mein Shirt einklemmt zwischen den Laken. Mit einem Keuchen setzte ich mich auf und zog es über. Meine Rippe schmerzte wieder stärker, die Medikamente ließen nach. Ich sollte noch mal welche einwerfen. Und mir Wasser übers Gesicht laufen lassen. Zu mir kommen. Durchatmen.

Vorsichtig hievte ich mich aus dem Bett. Jaydees Geruch folgte mir, als wolle er mich zurück in die Laken zerren. Ich sollte in eins der anderen Zimmer umsiedeln, damit ich ihn nicht mehr riechen musste. *Oder mich wieder hineinkuscheln und ihn weiter einatmen.*

Kurz vor dem Bad hielt ich inne. Vielleicht war er ja schon zurück, und ich hatte es nur nicht mitbekommen? Ich drehte um und lief in sein Zimmer. Sein angenehmer Duft hing auch in diesem Raum. Jaydee war nur zur Hälfte ein Seelenwächter, oder wie auch immer man seinen Zustand beschreiben sollte. Sein körpereigener Geruch war nicht so klar definiert wie der der anderen. Will war Feuer, er roch immer nach Kohle oder Rauch, Akil war bisher stets von dem herben Duft der Natur umgeben gewesen: feuchtes Gras, Moos, wie bei einem Waldspaziergang. Und neben Anna mit ihrer herrlichen Mandarine hatte ich stets das Gefühl, dass mich eine milde Brise streichelte. Auch wenn dieses Aroma von ihrem Shampoo kam.

Was war Jaydee?

Alles und nichts von alldem.

Ich lief weiter zum Bett, hob eins seiner Shirts auf und roch daran. Mh ... am liebsten hineinschlüpfen und nie wieder ausziehen. War das albern? Ich biss auf meine Unterlippe, streifte mein eigenes Shirt ab und zog das von Jaydee über. Egal, ob albern oder nicht, so etwas wollte ich schon immer mal tun. Die Klamotten des Freundes anziehen, damit er einem näher war. Wobei Freund hier natürlich übertrieben war. Wir hatten schließlich keine Beziehung, nur weil wir 'ne Runde geknutscht hatten. Ich hob den Stoff an die Nase, nahm einen tiefen Atemzug und lief auf wackeligen Beinen zurück ins Bad. Automatisch ging das Licht an. Die plötzliche Helligkeit brannte in meinen Augen.

Ich ging weiter zum Spiegel und zog das Shirt ein Stück über meine Schulter. *Bravo, Jess.* Mein rechter Arm war blau und rot. Blutergüsse, Kratzspuren, sogar ein Zahnabdruck. Wenigstens war der Biss der Undine am Hals nur noch schwach sichtbar. Die letzte Ladung Heilenergie von Raphael kurierte endlich auch diese Wunde, dennoch war die Haut an der Stelle ein wenig dunkler. Vorsichtig schob ich das Shirt weiter hoch und betrachtete meine Rippe. Auch hier prangte ein fetter Bluterguss. Ich seufzte und strich mit den Fingern über meinen Hals, wo mich eben der Traum-Jaydee gepackt hatte. Es war natürlich nichts zu sehen. Meine Finger wanderten weiter, über meine Lippen, die sich sofort daran erinnerten, wie seine Küsse geschmeckt hatten. Davon hätte ich definitiv noch mehr haben können, die ganze Nacht, den ganzen Morgen, den Rest der Woche. Nur er und ich und keine Probleme oder Sorgen.

»Kein Grund, so dämlich zu grinsen.« Ich tastete nach dem Amulett um meinen Hals. Wenigstens vertrug das Ding einiges. Nicht auszudenken, wenn ich es beim Kampf verloren hätte.

Mein neuer Schutz. Meine neue Fylgja. Wenn sie doch nur hier sein könnte …

Ich schloss die Augen und stellte mir Violet vor. Vermutlich würde es ihr nicht gefallen, dass Jaydee und ich uns näherkamen, aber wie ich sie kannte, würde sie über ihren Schatten springen und mir beistehen. Sie würde mir helfen, mit allem klarzukommen, könnte mir erklären, wie ich mit diesen Gefühlen umgehen sollte, mit diesem warmen Ziehen in meiner Brust. Mit seinen Küssen … seiner Nähe …

Ich mochte ihn.

Mehr als für mich gut war. Und nach dem, wie er mich heute behandelt hatte, mochte er mich auch. *Mehr, als er zugab.*

Ich öffnete die Augen, schüttelte mich und warf mir eine weitere Ladung Schmerzmittel ein. Meine Rippe stach bei jeder Bewegung. Vielleicht sollte ich doch noch mal Raphael aufsuchen. Was war schon ein kurzer Moment des Ekels gegen das Wohlgefühl eines gesunden Körpers? Akil wäre mir natürlich tausendmal lieber. Auch ihn vermisste ich schrecklich. Nicht nur wegen seiner Heilkräfte, auch wegen seiner erfrischenden Art. Er war wie ein kühler Drink an einem heißen Tag: wohltuend und prickelnd. Wenn ich ihm das sagte, würde er mir erst mal erklären, was er mit den Eiswürfeln in diesem Drink alles anfangen könnte.

Hoffentlich war er glücklich auf seinem Boot mit seinem Kerl irgendwo da draußen auf dem Atlantik. Er hatte es verdient.

Ich ließ mir noch Wasser übers Gesicht laufen. Als ich mich aufrichtete, hörte ich die Tür. Schritte. Ein leises Rumpeln.

»Jaydee?«

Keine Antwort.

Ich verließ das Bad und lief zurück in die leere Suite.

»Hallo?«

Niemand da.

Komisch. Ich hatte die Tür doch ... mein Blick fiel auf den Küchentresen. Dort lagen ein Zettel und ein Päckchen. Ich knipste das Licht in der Küche an und nahm den Brief. Er war von Jaydee. Knackig. Schnörkellos. Genau wie er. Ich strich über die akkurat geschwungene Handschrift, die so perfekt war, als hätte er es am Computer getippt und ausgedruckt.

»Bin kurz raus. Muss durchatmen. Wir reden nachher. Versuche, dich auszuruhen. Ich denk an dich. J.« Ein Kribbeln zog sich über meine Haut. Ich las den Zettel noch einmal, stellte mir vor, wie er ihn geschrieben hatte, wie er sich anhören würde, wenn er mir diese Worte in echt sagen würde.

Oh je, stell dich nicht so an! Das ist keine Liebeserklärung.
Und doch ging mir die Nachricht unter die Haut. Mehr noch: Sie traf direkt in mein Herz. Jaydee hatte mir – bis auf wenige Ausnahmen – noch nicht viel Freundliches gesagt. Im Training war er stets barsch gewesen, an unsere Anfangszeit mochte ich gar nicht denken ... erst seit unserem Erlebnis im Kerker war es anders. Als hätte sein Ausraster die nette Seite in ihm zum Vorschein gebracht. Und *wie* nett die war. Ich strich über mein Schlüsselbein, versuchte, mich an dieses herrliche Gefühl seiner Lippen auf meiner Haut zu erinnern.

»Krieg dich wieder ein, das war nur ein wenig Geknutsche.« Jede Zweite in meiner Klasse hatte schon mehr erlebt als das. Ich legte den Brief zurück und sah mir das Päckchen an. War das auch von Jaydee? Es war in etwa so groß, dass ein Tennisball hineinpasste, mit braunem Papier umwickelt, kein Absender. Ich hob es hoch und schüttelte es. Nichts zu hören. Tja, dann wohl aufmachen. Ich war noch nie die Sorte Mensch gewesen, die Geschenke fein säuberlich auspackt, damit nichts vom Papier kaputtging und man es noch mal verwenden konnte. Bei mir gab es keine Rücksicht auf Verluste. Also riss ich das braune Papier ab und legte eine dunkelrote Schatulle frei. Es steckte eine Karte dabei, aus festem weißen Papier mit Goldrand.

»*Ist Liebe ein zartes Ding? Sie ist zu rau, zu wild, zu tobend, und sie sticht wie Dorn.*

Möge deine Geschichte nicht so tragisch enden wie die der Julia. Viel Glück bei deiner Suche. Ashriel.«

Sofort ließ ich die Karte fallen, als wäre sie mit Gift getränkt. Woher wusste sie, wo wir waren? Und wie hatte sie es auf das Zimmer geschafft? Ich drehte mich herum, scannte den Raum ab, aber es war mucksmäuschenstill.

Als wir vor dem Theater waren, hatte Jaydee das Gefühl gehabt, dass wir beobachtet werden. Er meinte außerdem, dass ich gar nicht Ashriel, sondern einen Dämon getötet hatte. Vermutlich hatte er damit recht gehabt. Vielleicht hatte sie uns verfolgen lassen. Das erklärte jedoch nicht, wie sie das Paket hier abliefern konnte. Wobei man dafür eventuell auch das Personal bestechen konnte. Mit den entsprechenden Mitteln war das sicher kein Problem, nicht mal in einer Nobelherberge wie dieser.

Ich tippte mit den Fingern auf den Küchentresen. Die Schatulle sah harmlos aus. Also könnte ich einen Blick riskieren. Oder? Wenn sie mir hätte schaden wollen, hätte sie das auch auf andere Weise tun können. Immerhin hatten wir noch eine ganze Weile draußen in der Nähe des Theaters gesessen, da hätte sie locker einen ihrer Schergen auf uns hetzen können. Wie von selbst wanderten meine Finger zurück zu dem Kästchen. Vorsichtig hob ich den kleinen Hebel an, der den Deckel unten hielt, und öffnete sie.

Oha.

Dort lag auf Samt gebettet eine schwarze, schimmernde Kugel. Sie sah genauso aus wie die, die auf ihrem Stock gesteckt hatte. Größe, Farbe, alles stimmte. Ich hob sie heraus, sie war massiv, schwer und wunderschön. Der Stein war glatt und angenehm kühl. Ein Handschmeichler. Ich drehte ihn herum, betrachtete ihn von allen Seiten. Unten war eine Einkerbung, mit Rillen. Vermutlich, um sie auf den Stock zu drehen. Ansonsten entdeckte ich nichts Ungewöhnliches daran. Weder leuchtete sie, wie sie es bei Ashriel getan hatte, noch geschah etwas damit. Warum schenkte sie mir das?

Viel Glück bei deiner Suche.

Meinte sie die Suche nach Mum? Wir hatten ja vermutet, dass Ashriel mehr über sie wusste, als sie zugegeben hatte. Ich hatte nur leider keine Ahnung, wie mir dieser Stein dabei helfen könnte. Ach, zum Verrücktwerden, echt.

Wenn wenigstens Jaydee hier wäre, damit ich mit ihm reden konnte. Ich strich über die Kugel und lief im Zimmer auf und ab. Vor den bodentiefen Fenstern blieb ich schließlich stehen. In der Ferne am Horizont sah ich einen hellblauen Streifen. Die Sonne würde bald aufgehen. Vermutlich sollte ich noch ein paar Stunden schlafen, aber daran war nicht mehr zu denken.

Ich lief zurück zur Küche, legte die Kugel wieder in die Schatulle und suchte in den Schubladen nach etwas zu schreiben. Mit Stift und Papier bewaffnet setzte ich mich an den Tresen.

Was wusste ich bisher?

»Violet.« Ich schrieb ihren Namen in die erste Zeile. »Von meiner Mum gerufen, um auf mich aufzupassen und meine Aura abzuschatten.«

Und jetzt gefangen in Riverside, um als Gefäß für irgendeine dämonische Macht zu dienen. Ich schloss die Augen, verdrängte die aufkeimende Leere und die Hilflosigkeit und machte einen Strich darunter. Weiter im Text, und nicht zu viel darüber nachdenken:

»Der schwarzmagische Zauber: Ebenfalls von Mum erschaffen, allerdings erst, als ich zehn Jahre alt war. Er verbirgt nicht nur meine Herkunft, sondern unterdrückt auch meine Fähigkeit, zu singen und zu musizieren. Außerdem ist er dafür verantwortlich, dass Jaydee bei meinen Berührungen durchdreht. Der Zauber und der Dolch haben beide einen Einfluss auf ihn. Ist das von Bedeutung?«

Darüber würde ich mit ihm sprechen müssen. Wobei ich nicht wusste, wie uns das weiterhelfen sollte.

Egal. Erst mal weiterschreiben. Ich sah auf die Kugel. »Mum ist bei dem Ritual verschwunden. Diese Kugel soll mir helfen, sie zu finden. Nur wie?«

Ich tippte mit dem Kugelschreiber gegen meine Lippen, biss auf der Kappe herum. »Ariadne wusste etwas. Sie wollte mich vor Coco schützen, denn die ist auf der Suche nach einem Kind aus Annas Blutlinie, die eine Gabe in sich trägt. Da Mum genau das in mir verborgen hat, bin ich es wohl, nach der Coco sucht.«

Was gab es noch?

»Jaydees Jadestein!« Schnell kritzelte ich die Worte auf das Papier. Ariadne hatte gesagt, er könne ihm weiterhelfen und dass Jaydee aus einem bestimmten Grund bei mir war.

Er musste ihn unbedingt holen, vielleicht fiel mir noch etwas dazu ein. Bisher hatte ich ihn noch nicht zu Gesicht bekommen. Ich strich über meinen Oberarm, ließ meine Finger die Spuren nachfahren, die Jaydee geküsst hatte. Schließlich schüttelte ich mich und schrieb weiter. Einer fehlte noch: »Pfarrer Stevens.«

In dem Brief, den ich von ihm gefunden hatte, stand, sie solle mich einweihen und mit mir reden. Mehr hatte ich ja leider nicht lesen können. Wenn es doch nur eine Möglichkeit gab, in dieser Hinsicht weiterzukommen. Wir sollten Auguste einen Besuch abstatten, auch wenn Jaydee meinte, die Unterlagen wären zerstört worden, aber vielleicht konnte sie sich an etwas erinnern. Ein kleiner Hinweis, ein Gedanke nur, egal was. Ich brauchte etwas, woran ich mich festklammern konnte, damit mein Herz wieder Hoffnung schöpfte. Vor allen Dingen könnte ich das mit Zac machen und ihn damit wieder an meinem Leben teilhaben lassen. Dem musste ich dringend noch eine Nachricht schicken und mich für Jaydees unmögliches Verhalten entschuldigen. Vielleicht hatte Tobias ja auch noch etwas gesagt. Ich wollte natürlich nicht hinter Jaydees Rücken herumschnüffeln, aber es könnte ja sein, dass noch ein Hinweis gefallen war, der nützlich für mich war.

Ich betrachtete meine Notizen und nickte. Es half mir, meine Gedanken niederzuschreiben. Also nahm ich einen zweiten Zettel. Darauf schrieb ich ganz oben: Ralf und Joanne.

Und dann begann ich, auch diese Erlebnisse aufzuschlüsseln.

5. Kapitel

Jaydee

In der Sekunde, in der er angriff, war mir klar, dass das nicht leicht werden würde. Der Dämon hatte die Kraft eines Berserkers. Ich flog in hohem Bogen nach hinten und landete auf der Umrandung der Bethesda Fountain. Ein Steinbrocken krachte heraus, ich bekam keine Luft mehr und schmeckte mein eigenes Blut. Wo war mein Dolch? Ich blickte mich um, kassierte dafür ein beißendes Stechen in der Rippe. Vermutlich war einiges gebrochen, doch das würde nicht lange so bleiben.

Mein Angreifer kam mit ausladenden Schritten auf mich zugewalzt. Wie immer scannte ich meinen Gegner ab. Er war einen Kopf größer als ich und doppelt so breit. Seine Wampe hing über den Hosenbund, die Klamotten waren versifft. Könnte sein, dass er als Mensch auf der Straße gelebt hatte und sich nach seinem Tod nicht mehr weiter darum geschert hatte, wie er aussah. Nicht alle Dämonen waren eitel. Ich ließ ihn herankommen. Meine Rippen waren noch nicht ganz geheilt, ein Fluchtversuch also unnötig.

»Nachtisch, mh?« Er grinste und bleckte seine Zähne. Der mittlere vorn fehlte. »Immer gerne.«

Normalerweise gingen Schattendämonen stets gleich vor. Sie warfen ihre Opfer auf den Rücken, setzten sich sofort auf sie, legten die Hände auf Stirn und Brust und saugten die Seele aus. Das ganze Spektakel dauerte in der Regel nur wenige Augenblicke, dann flohen sie. Nur nie auffallen, nicht länger als nötig bei einem Opfer bleiben.

Ich hatte das Gefühl, dass ich gleich ein anderes Verhalten kennenlernen würde. Der Typ wollte spielen. Konnte er haben. Ich rollte mich auf den Rücken, verzog das Gesicht vor Schmerz und winkelte die Beine an. Er grinste breiter, glaubte bestimmt, er hätte in mir das nächste wehrlose Opfer gefunden. Ich erwiderte sein

Lächeln. Den Typ würde ich auch ohne Dolch fertig machen. Mit jedem Schritt, den er auf mich zukam, ließ ich den Jäger weiter von der Leine. Die Kraft staute sich in mir, die Blutgier pulsierte, übermannte mich. Ich schmeckte den Tod auf meinen Lippen, fühlte bereits die Kehle des Dämons zwischen meinen Fingern.

Komm her! Komm her!

Er tat mir den Gefallen, beugte sich über mich, wollte mich gerade am Kragen packen, als ich ihm in den Unterleib trat. Er schrie vor Schmerz, ich kickte ein zweites Mal, höher, direkt gegen seine Niere. Er keuchte, doch das war schon alles. Dämonen konnten genauso empfinden wie wir. Normalerweise hätte ihn der Tritt schachmatt setzen müssen.

Tja, manchmal lief nicht alles nach Plan.

Er schnappte mich an der Gurgel, zerrte mich in die Höhe und warf mich in den Springbrunnen. Dieses Mal ließ er mir keine Zeit, sondern war sofort auf mir und drückte mich unter Wasser. Eine Hand legte sich auf meine Stirn, die andere suchte meinen Brustkorb. Ich kämpfte gegen den Drang einzuatmen, drehte mich unter ihm weg und kickte ihn erneut. Er zuckte nicht mal. Wie konnte der Mistsack so stark sein? Oder lag es an mir? Hatte mein Kampf im Theater mehr von mir gefordert, als mir bewusst war? Waren die Tattoos Schuld? Eine Faust traf mich in den Bauch. Jetzt musste ich doch einatmen und bekam eine Ladung Wasser in die Lungen. Ich hustete, versuchte die Panik des Erstickens unten zu halten. Ich konnte nicht daran sterben. Ich wusste das. Dennoch war es keine schöne Erfahrung. Ein weiterer Schlag. Noch mehr Wasser. Noch mehr Atemnot. Ich trat weiter blind auf ihn ein, versuchte, ihn von mir zu schieben und gleichzeitig seinen Schlägen auszuweichen.

Meine Hände tasteten umher, fanden Münzen, Steine, eine Blechdose. Ich hob sie über Wasser und warf sie ihm an den Kopf. Er duckte sich, ließ mir etwas Spielraum. Kurz gelang es mir, an die Luft zu kommen und einen herrlichen Atemzug zu nehmen, dann war ich wieder unten.

Scheiße, verdammt.
Eine weitere Ladung Wasser landete in meinen Lungen. Er legte wieder seine Hand auf meine Stirn, presste mich fest auf den Boden des Brunnens. Wenn er die andere auf meinen Brustkorb bekam, würde es schwierig. Sich aus dem Sog eines Dämons zu befreien, war fast ein Ding der Unmöglichkeit.

Also öffnete ich die Schleusen für den Jäger, forderte ihn auf, herauszukommen. Eine Kraftwelle schoss durch meine Muskeln. Euphorie. Hemmungslosigkeit. Blutdurst. Da war er wieder, bereit, jeden zu zerpflücken, der sich ihm in den Weg stellte.

Die Hand des Dämons legte sich auf meine Brust. Zeitgleich traf ich ihn mit der Faust im Gesicht. Sogar unter Wasser hörte ich die Knochen krachen. Er ließ von mir ab. Ich bäumte mich auf, setzte sofort den nächsten Schlag nach. Schwarzes Blut schoss aus seiner Nase. Ich packte seine Kehle, bohrte meine Finger tief in sein Fleisch, bis ich es durchstoßen hatte. Die dunkle Flüssigkeit breitete sich im Wasser aus, färbte es trübe. Ich drückte fester zu, freute mich über die Panik, die von ihm ausging, über das Wissen, dass ich gleich ein weiteres Leben nehmen konnte.

Auf einmal schlangen sich zwei Arme von hinten um den Kopf des Dämons und leisteten mir überraschende Hilfestellung. Meine Hand verlor den Widerstand, es ratschte, und der Schädel landete bei mir im Brunnen, der Körper direkt daneben. Ich richtete mich auf, wischte meine Augen sauber.

Mein Helfer stand mir gegenüber. Es war ein zweiter Schattendämon. Das war doch der Kerl, der eben ausgesaugt worden war. Wie konnte der so schnell zum Schattendämon mutieren? Normalerweise dauerte die Transformation bis zu sechs Wochen, und danach waren sie erst einmal verwirrt. Der hier sah aus, als hätte er etliche Jahre als Dämon auf dem Buckel. Er zerrte mich aus dem Brunnen und schleuderte mich quer über den Platz. Okay. Stark war er auch noch. Ich überschlug mich zweimal, fing meinen Schwung ab und stürzte mich mit einem Knurren sofort auf meinen neuen Angreifer. Er wich zur Seite aus, als hätte er nur darauf gewartet. In der nächsten Sekunde traf mich sein Stiefel im Rücken. In meiner Wirbelsäule krachte es, doch der Kick hatte zum Glück nicht so eine verheerende Wirkung wie der von Keira, die mir das Rückgrat gebrochen hatte. Ich kam wieder nach oben und verpasste ihm einen Schlag gegen den Hals. Er röchelte. Ich nutzte die Chance und trat zum Nachklang in seinen Bauch. Leider trug er etliche Lagen Kleidung übereinander, ein Teil meiner Kraft wurde abgefedert. Er setzte sofort nach, griff mich wieder an, erwischte mich an der Schulter.

So zog sich der Kampf eine Weile hin. Irgendwann kam er an meinen Kopf und donnerte meine Stirn auf den Boden. Kurz wurde mir schwarz und ich schmeckte Galle.

Wenigstens funktionierte meine Selbstheilung tadellos. Ich kämpfte die Übelkeit nieder, machte eine Drehung und trat ihm mit der Stiefelspitze gegen den Nacken. Er keuchte dumpf, stürzte neben mir auf die Erde. Ich brauchte meinen Dolch. Jetzt! Mit Schwung kam ich wieder auf die Füße und hechtete zum Brunnen. Er musste hier irgendwo sein. Der Dämon rappelte sich bereits auf. Ich watete durchs Wasser, suchte nach dem silbernen Funkeln. Aus dem Augenwinkel sah ich meinen Angreifer auf mich zuspringen, ich wollte mich ducken, doch in der Sekunde wurde er von jemandem zur Seite gestoßen. Da! Meine Waffe. Sofort hob ich sie auf, drehte herum und stockte.

Verflucht noch mal, was geht denn hier vor? Zwei weitere Dämonen – ein Mann und eine Frau – hatten sich auf meinen Angreifer gestürzt. Die Frau bohrte ihre Hand in den Brustkorb, der andere riss ihn am Schädel. Die zerpflückten ihn regelrecht.

Sie drehen durch.

Ich legte den Dolch zurecht und stürzte mich auf die Dämonin, die gerade dem anderen das Herz herausriss und in den Fingern zermatschte. Sie hörte mich kommen, stob herum und stieß einen spitzen Schrei aus. Das war es dann auch, meine Klinge schnitt durch ihre Kehle. Ich packte ihre Haare und trennte ihren Kopf ab. Sofort stürzte sich der Mann auf mich und verbiss sich in meinen Oberarm. Er verankerte seine Zähne so tief in meinem Muskel, dass ich fürchtete, er würde ihn herausbeißen. Ich drehte den Dolch und stach blind zu. Er schrie, ohne mich loszulassen, also drosch ich erneut auf ihn ein, traf ihn immer und immer wieder. Jetzt rammte er auch noch seine Nägel in meinen anderen Arm. Der Kerl war völlig durchgeknallt. Meine Klinge traf ihn am Hals, riss eine tiefe Wunde hinein. Schwarzes Blut schoss heraus, tränkte meine Kleidung, meine Haare. Wir verwickelten uns in einen Ball aus kämpfenden Gliedmaßen.

Bis ich schließlich die Oberhand erlangte und auf ihm zum Sitzen kam. Der Dolch steckte in seinem Herzen, bevor er überhaupt blinzeln konnte. Wieder einer weniger. Die Bisswunde in meinem Oberarm brannte wie Feuer. Ich drückte die Haut zusammen, wartete, bis sie heilte. Mir blieb nicht lange Zeit, mich zu erholen. Schon riss mich jemand von der Leiche und warf mich ein weiteres Mal auf den Rücken. Der Obdachlose war wieder zu sich gekommen. In Höhe seines Herzens klaffte noch die Wunde, die die Frau ihm zugefügt hatte, als sie sein Herz herausgerissen hatte. Leider konnte er nur sterben, wenn eine Titaniumklinge ihn durchbohrte. Vorausgesetzt, er konnte überhaupt noch sterben. Diese Dämonen reagierten äußerst atypisch. Wenn sie die gleiche Veränderung durchmachten wie Joanne, hätte ich wohl gleich ein Problem. *Und mit mir die New Yorker.*

Kaum hatte ich einmal Luft geholt, warf sich der Obdachlose schon wieder auf mich. Ich wich ihm nach rechts aus, trat in seine Kniekehle und brachte ihn zu Fall. Er stolperte, fuhr herum, wollte mich abermals angreifen – doch dieses Mal war ich schneller und rammte auch ihm meinen Dolch in den Brustkorb. Er klammerte sich an meine Schulter, riss die Augen panisch auf und starrte mich an. Ich trieb mein Messer tiefer hinein, durchstieß sein Herz. Er war tot, bevor er auf den Boden klatschte.

Ich rieb die Klinge an meiner Hose sauber und sah mich um. Drei Aschehaufen lagen auf dem Platz verteilt, die Überreste des vierten Dämons schwammen im Brunnen. Immerhin hatten sie sich töten lassen. Aber wir mussten dringend herausfinden, was in Riverside vor sich ging. Ob etwas passiert war, was erklärte, warum der Obdachlose sofort nach seinem Ableben zum Dämon wurde.

Ich atmete tief ein, vertrieb den Gestank des Todes aus meinen Lungen mit der frischen Nachtluft, die bereits nach Morgen duftete. Jess und ich würden sofort packen und losreiten.

Die Auszeit war vorüber.

6. Kapitel

Joanne stieg von dem Taxifahrer herunter und schüttelte sich. Ekelhaft. Der Kerl hatte einfach nur ekelhaft und abgestanden geschmeckt. Aber manchmal durfte man nicht wählerisch sein. Sie gab dem Körper einen Tritt und lief über den ausgetretenen Sandpfad zum Schloss. Sie würde die Leiche einfach hier liegen lassen, vielleicht hätte eins der Tiere im Wald Appetit auf Aas.

Es war fast wolkenlos, der Mond noch nicht aufgegangen, aber das Licht reichte Joanne völlig, um sich zu orientieren. Selbst bei absoluter Dunkelheit erkannte sie genügend. Die Turmgiebel kamen in Sicht und hoben sich rotglühend gegen den Nachthimmel ab. Das Schloss sah aus, als stünde es in Flammen. Hoffentlich war das Gebäude nicht zu stark beschädigt worden.

Je näher sie kam, umso wärmer wurde es und umso heller. Risse zogen sich von dem Anwesen weg in den Wald hinein. Wie Wurzeln eines gigantischen Baumes, die sich langsam unter der Erde in die Freiheit nach oben gruben. Es war genauso, wie der Meister es geplant hatte. Von hier aus verzweigten sich die Adern auf die Anwesen der vier Ratsmitglieder.

Joanne erreichte das Tor, das nur noch an einem Scharnier hing. Sie schob es auf und betrat den Innenhof. Der Boden war aufgeplatzt, die goldene Flüssigkeit hatte sich einen Weg nach oben gesucht. Sie strömte eine unnatürliche Hitze aus, die Joanne genauso unsympathisch war wie diese Elementarrückstände, die der Meister für seine Zwecke einsetzte. Sie traute den Feuerdrachen nicht, denn sie gehörten in die Welt der Seelenwächter – und von denen kam nie etwas Gutes.

Joanne bog nach links ab und umrundete das Gebäude. Sie kam nur schwer voran. Trümmerteile vom Schloss oder anderer Schutt versperrten ihr den Weg. Bestimmt war es schon nicht mehr möglich, das Haus selbst zu betreten.

Schließlich kam der Felsen in Sicht, der zu den unterirdischen Tunneln führte. Der Eingang war so groß wie ein Kleinwagen und getarnt mit Blättern und Ästen. Joanne schob alles beiseite und stieg hinab in die Dunkelheit.

Nach einem kurzen Fußmarsch erreichte sie die Kammer, die von einer massiven Holztür verschlossen wurde. Joanne benutzte den Code und trat ein.

Der Raum war nicht sehr groß. An der hinteren Wand waren Regale angebracht, darauf stapelten sich die Tongefäße. Langsam trat sie näher und nahm eines heraus. Es war ungefähr so groß wie eine Ein-Liter-Wasserflasche mit einem Korken als Deckel. Joanne öffnete ihn und blickte hinein. Es roch alt und modrig.

Und das Ding sollte eine Seele halten können?

Sie hatte davon keine Ahnung. Für sie waren Seelen nur für eine Sache gut: zum Essen. Sie drehte sich herum und suchte nach den Teleportationskugeln. Wie der Meister gesagt hatte, lagen sie im Regal. Sie nahm vier heraus und pappte sie an die Tongefäße. Dann drückte sie die Knöpfe und gab das Ziel ein. Sie war gerade beim letzten angekommen, als sie von draußen Stimmen hörte.

»Herrin, wir haben alles abgesucht, keine Spur der Nachfahrin.«

»Das kann nicht sein!«, antwortete eine Frau. Sie klang sehr jung. Wie ein Teenager. »Ich habe ihre Aura hier gespürt. Sie hat geleuchtet, es ist noch nicht lange her. Es muss Spuren geben!« Ein sehr wütender Teenager. Joanne legte die Kugel zurück, schlich aus der Kammer und spähte um die Ecke.

Ein Mann und ein Mädchen standen am Ende des Flures. Sie sah aus wie Schneewittchen. Rabenschwarze Haare, elfenbeinweiße Haut. Bekleidet mit einem bodenlangen, champagnerfarbenen Kleid, das den Kontrast zu ihren Haaren verstärkte. Was war das für ein Wesen? Ihre Seele war menschlich. Eindeutig. Doch an ihr haftete der Tod. Das hatte Joanne schon mal gesehen. Bei Menschen, die unheilbar krank waren und mit einem Bein im Grab standen. Oder bei denen, die zu viel schwarze Magie angewandt hatten. Die Seele wurde dadurch finsterer und absolut ungenießbar. Joanne hatte einmal den Fehler gemacht, von einer Hexe zu kosten, die schwarze Magie verübt hatte. Ihr war tagelang schlecht gewesen. Der Mann war noch eigentümlicher, denn er hatte keine Seele. Er war eine Hülle, durfte gar nicht leben. Doch Joanne hörte seinen Herzschlag und seine Atemzüge. Interessant.

»Alles was wir fanden, war das hier.« Er hob einen Büschel Haare hoch. Sie waren schneeweiß. »Das hing an einem der Bäume draußen.«

»Die Sapier! Natürlich. Diese Drecksbande war schon wieder hier und hat alles vertuscht! Sucht trotzdem weiter! Nach Haaren, nach Hautschuppen meinetwegen, es ist mir scheißegal, nur bringt mir endlich etwas Greifbares von der Nachfahrin!«

Joanne drückte sich fester gegen die Wand, versuchte, kein Geräusch zu machen. Der Mann verneigte sich und verschwand in einem der Tunnel. Joanne zog sich zurück. Was sollte sie jetzt tun? Und vor allen Dingen: Wer oder was war die Nachfahrin?

Wobei Joanne es sich fast denken konnte.

Jess.

Das ergab zumindest Sinn: Das Mädchen hatte von der Aura gesprochen, die sie hergeführt hatte. Jess hatte eine extrem starke Aura. Und das, obwohl sie von einer Fylgja abgeschattet wurde. Bestimmt hatte die ihre Kraft über Jess verloren, als der Meister sie für das Ritual zu verwenden begann. Jess war schutzlos gewesen, oder sie musste es immer noch sein, denn ihre Fylgja war ja nach wie vor in Riverside. Doch warum suchte das Mädchen dann hier in Schottland? Wenn Jess' Aura sie hierhergelockt hatte, musste sie doch einfach nur der Spur folgen. Es sei denn, die Seelenwächter hatten bereits reagiert und das Mädchen wieder versteckt. Die Frage blieb dann noch, was dieses Schneewittchen von Jess wollte.

Auf keinen Fall durfte sie Jess finden und ihr schaden. Das wäre das Ende der Fylgja, dann hätte der Emuxor kein Gefäß mehr – und alles war umsonst. Joanne blickte noch mal in den

Flur und stockte. Das Mädchen war weg. Wie ging das? Eben war sie doch noch ...

»Wen haben wir denn da?«, sprach sie auf einmal direkt hinter ihr. »Ein Dämon des Schattens.«

Joanne fuhr herum. Das Mädchen grinste.

»Und ein ganz besonderes Exemplar noch dazu. Du siehst anders aus als deine Kumpanen. Stärker.«

Joanne fixierte sie. Sie wollte abwarten, wie das Mädchen auf sie reagieren würde. Außerdem war sie neugierig zu erfahren, ob sie mit ihrer Vermutung richtiglag. »Wer ist die Nachfahrin? Wieso sucht ihr sie?«

»Ah, du hast uns belauscht.« Sie kam einen Schritt näher. »Du weißt nicht zufällig, wo sie ist?«

»Kommt darauf an, was du mit ihr vorhast.« Und ob sie überhaupt von Jess sprachen.

»Ich brauche eine kleine Gefälligkeit von ihr. Nichts Schlimmes. Also?«

»Ich habe keine Ahnung.«

Das Mädchen kam einen Schritt auf sie zu und grinste abfällig. »Wenn das mal keine Lüge ist ... und ich hasse es, wenn mich jemand anlügt. Vor allen Dingen ein nichtsnutziger kleiner Dämon.«

Joanne schnaubte. Was bildete sich diese Göre überhaupt ein? Brach in Joannes Zuhause ein und führte sich so auf, als gehöre ihr das gesamte Schloss. »Wer bist du überhaupt?«

»Du darfst mich Coco nennen, und ich rate dir, dich nicht mit mir anzulegen. Du wirst mir auf der Stelle sagen, wo die Nachfahrin ist.«

»Oder?« Joanne legte den Kopf schräg und musterte Coco. Sie war einen Kopf kleiner als sie, schmächtig und vermutlich nicht sehr stark. Dieses Gör war doch noch grün hinter den Ohren und dachte, sie könnte es mit einem Schattendämon aufnehmen.

»Oder ich werde mir das Wissen gewaltsam von dir holen.«

»Versuche es, und du bist tot.«

Coco rollte mit den Augen und seufzte theatralisch. »Warum müsst ihr es mir alle immer so schwer machen?«

Joanne knurrte leise. Schwarze Seele hin oder her – jetzt reichte es ihr wirklich. Sie machte einen Satz nach vorn, um sich auf Coco zu stürzen. Sie hatte sich noch nicht mal richtig bewegt, da traf sie ein Blitz in den Schädel. So schmerzhaft und heiß, als würde ihr Kopf in tausend Stücke gesprengt. Joanne schrie auf und griff sich an den Kopf.

»Dann wollen wir doch mal sehen, was du weißt«, sagte Coco und trat näher. »Wo magst du Schmerzen lieber? Im Bauch?«

Das Stechen verlagerte sich in ihre Körpermitte, es schien sie von innen her auseinanderzusprengen.

»Oder lieber in den Beinen?«

Ihre Kniescheiben krachten. Joanne knickte ein, stürzte zu Boden.

»Ach nein, ich glaube, ich bleibe lieber bei deinem hübschen Gesicht.«

Es war, als träfe sie eine Faust mitten ins Gesicht. Joannes Augäpfel schienen von innen nach außen gedrückt zu werden. Ein Blutfaden rann aus ihrer Nase. Sie blinzelte, blickte zu dem Mädchen, das die Hand erhoben hatte.

»Wo ist die Nachfahrin?«, fragte Coco. Ihre Stimme klang unendlich weit entfernt und gleichzeitig so nah, dass sie in Joannes Gehirnwindungen kratzte.

»Fahr zur Hölle!« Die Kopfschmerzen nahmen zu. Joanne schrie, fasste sich an die Schläfen und versuchte, bei Sinnen zu bleiben. Das würde sie nicht mehr lange aushalten. Dieser Schmerz war einfach zu viel.

»Wo ist die Nachfahrin?«, fragte Coco schon fast gelangweilt.

»Ich weiß es nicht!«

Was für ein Albtraum. Joanne drehte herum, robbte auf dem Bauch davon. Die Kammer. Sie musste zurück in die Kammer und die Teleportationskugeln nutzen. Das Handy in ihrer Tasche vibrierte. Bestimmt war das der Meister. Die Tongefäße mussten mittlerweile in Riverside angekommen sein. Sie tastete nach dem Gerät, ihre Finger umklammerten es, zogen es heraus. Sie kam nicht mehr dazu, den Annehmen-Knopf zu drücken. Cocos Hand legte sich um ihre Kehle wie die Krallen des Todes und erstickte jedweden Laut.

»Nicht so schnell, kleiner Dämon. Wir sind noch lange nicht miteinander fertig.«

Der Schmerz kehrte in ihren Kopf zurück. Das letzte, was sie wahrnahm, war Cocos Lachen und das Knirschen von Glas und Kunststoff, als wäre jemand auf ihr Handy getreten.

7. Kapitel

Jaydee

Der Morgen brach an, als ich das Hotel erreichte. Heute würde es kein sonniger Tag werden. Es war diesig, drückend warm, ein Gewitter zog auf. Wir würden nicht lange genug hierbleiben, um es zu erleben. Einer der Vorteile, wenn man viel um die Welt reiste: War das Wetter an einem Ort schlecht, konnte man dem leicht entfliehen.

Immerhin fühlte ich mich besser. Freier. Ausgeruhter. Es ging doch nichts über eine anständige Dämonenjagd, um sich abzureagieren. Wobei diese alles andere als normal abgelaufen war. Ich musste dringend Will und vor allen Dingen dem Rat von dieser Entwicklung der Schattendämonen erzählen. Die anderen Seelenwächter mussten informiert werden.

Eiligen Schrittes durchquerte ich die Lobby. Hier war schon ziemlich Betrieb für diese frühe Uhrzeit. Menschen. Menschen. Überall so viele von ihnen. Und trotzdem fanden wir nicht genügend Anwärter, die sich uns anschließen konnten. Vielleicht waren die Kriterien zu streng, doch das bestimmten nicht wir. Die vier Elemente wählten sorgsam, wen sie in ihre Reihen aufnehmen wollten. Immerhin war unser Leben kein Zuckerschlecken.

Ich durchquerte die Halle, betrat die Aufzüge und hielt die Chipkarte an den Knopf, damit ich fürs Penthouse freigeschaltet wurde.

Ob Jess schon wach war? Meinen Zettel schon gefunden hatte? Oder noch tief und fest schlief, und wenn ja: Hatte sie sich wieder etwas übergezogen oder lag sie noch halbnackt im Bett, wie ich sie zurückgelassen hatte? Allein der Gedanke daran brachte mein Blut zum Kochen. Wie sollte ich das nur überstehen? Wie sollte ich in ihrer Nähe sein? Jetzt wäre es noch schwerer als vorher, jetzt müsste ich ständig …

Ping! Der Aufzug öffnete. Ich war da. »Scheiße.«

Ich betrat das Penthouse und horchte als Erstes nach ihrem Herzschlag.

Links. Esszimmer. Ich folgte dem Geräusch und bog um die Ecke. Unser Reich erstreckte sich über den gesamten oberen Stock und führte einmal ums Karree. Auf der rechten Seite waren die Schlafzimmer und Bäder, auf der linken das Esszimmer, Büro, Wohnbereich. Der Geruch nach frischem Kaffee schlug mir entgegen, dazu Brötchen, Marmelade, Eier. Sie hatte Frühstück bestellt. Sehr gut.

»Jaydee?«

Und sie hatte mich gehört. Nicht gut.

»Ja.«

Ein Stuhl rutschte über Holz. Schritte. Sie kam zu mir. Okay, ich schaffe das. Sie ist immer noch dieselbe. Wir haben nur ein wenig rumgeknutscht, kein Grund, nervös zu werden …. *Red dir nichts ein, es war mehr als nur Rumgeknutsche.* Wir hatten uns beide auf fremdes Terrain begeben, und das Intermezzo war mir mehr unter die Haut gegangen, als ich zugeben wollte.

»Guten Morgen«, sagte sie und erschien im Durchgang zum Wohnbereich.

Ich war so was von verloren.

Sie trug mein Shirt, kurze Hosen, keine Schuhe. Ihre Haare hingen offen über ihre Schultern, in ihrer Hand hielt sie ein angebissenes Brötchen, und an ihrem Kinn klebte ein Rest Marmelade. *Warum quält die Frau mich so?*

»Du hast da was.« Ich deutete auf ihr Kinn. *Lass es mich wegküssen!*

»Oh.« Sie rieb hastig über die Stelle und zuckte verlegen mit den Schultern. »Danke.«

»Wie geht es dir? Was macht die Rippe?«

»Geht einigermaßen. Die Schmerztabletten sind super. Ich darf mich nur nicht zu ruckartig bewegen.«

»Gut.«

»Wie war es draußen?«

»Okay.«

»Du hast gekämpft.« Sie zeigte auf mein Shirt, das verschmutzt war und drei daumennagelgroße Löcher auf der Vorderseite hatte.

»Hab ich. Ich geh gleich duschen.« Gott, wir benahmen uns wie Volltrottel. »Jess, ich …«

»Ich habe …«, fing sie gleichzeitig an. Sie lächelte. »Du zuerst.«

Ich atmete durch, versuchte, meine Gedanken zu sammeln, was mir in ihrer Nähe äußerst schwerfiel. Sie duftete nach Lavendel von ihrem Bad gestern. Und nach mir. Nach uns. Ihre Erregung hing in ihren Poren, so süß und lockend, dass es kaum auszuhalten war. »Ehrlich gesagt weiß ich nicht genau, was ich sagen soll.« Was sie hören wollte, was sie hören musste.

Sie knautschte das Brötchen. Nahm einen Bissen, kaute lustlos. »Ich bin …«, setzte sie an, schluckte, atmete aus.

Sie starrte mich eine ganze Weile an, und auf einmal lachte sie lauthals. Ich ließ die Luft aus meinen Lungen und grinste ebenfalls.

»Wir sind ganz schön bescheuert«, sagte sie.

»Akil würde vor Lachen am Boden liegen.«

Sie lehnte sich an den Durchgang, strich eine Haarsträhne hinter ihr Ohr. »Ja. Würde er.«

Die Spannung zwischen uns ließ ein wenig nach, verwandelte sich in Wärme.

»Bekommen wir das hin?«, fragte sie. »Ich meine, ich will nicht … das mit uns … also … ach, Mann. Ich will nicht, dass wir jetzt so tun, als wäre das nie passiert. Verstehst du?«

Ich musterte ihr Gesicht. Obwohl sie leichte Ringe unter den Augen hatte, wirkte sie wacher, fitter, vielleicht auch einen Tick erwachsener als gestern. Mein Blick blieb an ihren Lippen haften. Sie spürte es und leckte sich leicht darüber.

»Das werden wir auch nicht.« Langsam ging ich zu ihr. Sie presste sich gegen die Wand, als wolle sie darin verkriechen. Ich blieb direkt vor ihr stehen, sog ihren Duft bis ganz tief in meinen Bauch. Ihr Herzschlag beschleunigte sich, ihre Haut wurde rosig, ihr Geruch herber.

»Als Erstes besorgen wir uns mehr Tinte.« Ich beugte mich tiefer, näherte mich ihrem Mund gerade so weit, wie ich es noch aushalten konnte. Sie schluckte. »Und dann werde ich jeden Zentimeter deines Körpers küssen, und zwar so lange, bis dir Hören und Sehen vergeht ...«

Sie keuchte. Ich wanderte über ihre Wangen hin zu ihrem Ohr. Sie bekam Gänsehaut, stöhnte leise und atmete tief ein.

»Dabei werde ich dir weitere dieser herrlichen Laute entlocken, die du von dir gibst, wenn ich dich hier berühre ...« Ich glitt tiefer zu ihrem Schlüsselbein und verharrte über der kleinen Kuhle. »Und wenn du dann willst und bereit dafür bist ...« Jetzt war ich es, der keuchen musste. Ihre Nähe sägte an meinen Nervenenden. So dicht bei ihr zu sein, ihre Wärme zu spüren, die sich um meinen Körper schlang, das war fast unerträglich. »Wir finden einen Weg«, sagte ich.

»Versprochen?« Es kam mehr als Hauchen denn als verständliches Wort.

»Ja.« Ich klang auch nicht besser. Zum Teufel, was taten wir nur? Ich wich ein Stück zurück, betrachtete ihr wunderschönes Gesicht, ihre tiefbraunen Augen. Ein leichtes Glimmern lag darin. Sie seufzte, biss sich auf die Lippen.

»Ich würde mich so gerne an dich lehnen«, sagte sie.

Ich stellte mir genau das vor. Ihre Brust gegen meine, ihre Arme um meine Taille geschlungen, meine Nase an ihrem Hals oder in ihren Haaren vergraben, und meine Lippen ... okay, Schluss. Ich trat noch einen Schritt zurück, unterbrach die Verbindung. »Wir müssen damit aufhören.«

»Sonst platzt dir gleich die Hose?«, zitierte sie meinen Spruch, den ich gestern Ashriel an den Kopf geknallt hatte.

Ich lachte. »Das ist gut möglich.«

»Wie wäre es mit Kaffee?«

»Perfekt.«

Sie machte mir Platz, damit ich ins Esszimmer konnte. »Dort steht eine Kanne.«

Außerdem lag eine dunkle Kugel auf dem Tisch. Ich erkannte sie sofort wieder. »Die ist von Ashriel.« Die hatte vorher auf ihrem Stock gesteckt und aufgeleuchtet, als Ashriel Jess' Blut untersucht hatte.

»Ja. Heute Nacht war jemand im Zimmer gewesen und hat sie abgegeben. Es war ein Zettel dabei.«

»Warum sagst du das erst jetzt? Hast du denjenigen gesehen?«

»Es war niemand mehr da, als ich herauskam und ich … du lenkst mich einfach ab.«

Ich hob den Zettel vom Tisch, las ihn durch. »*Ist Liebe ein zartes Ding? Sie ist zu rau, zu wild, zu tobend, und sie sticht wie Dorn. Möge deine Geschichte nicht so tragisch enden wie die der Julia. Viel Glück bei deiner Suche. Ashriel.*«

Zögerlich strich ich über die Kugel. Sie fühlte sich glatt und kalt an, ansonsten spürte ich nichts. Auch keine Bedrohung.

»Hast du eine Ahnung, was sie damit meint?« Jess zog einen Stuhl hervor, ohne sich zu setzen.

Mir war schon klar, dass Ashriel mehr über Jess' Mutter wusste, als sie uns gesagt hatte. Aber warum gab sie uns das erst jetzt und nicht schon gestern? Ich las den Zettel noch einmal. *Möge deine Geschichte nicht so tragisch enden wie die der Julia.* Scheinbar war Ashriel nicht ganz so kaltschnäuzig, wie sie sich gegeben hatte. Oder das alles war von Anfang an ein Spiel für sie gewesen und sie läutete die nächste Runde ein.

»Wir werden die Kugel bei Gelegenheit untersuchen.« Aber erst mussten wir mit Anna und Ben sprechen. Und Will. Rasch erzählte ich Jess, was ich heute Nacht erlebt hatte. »Entweder ist es Ralf gelungen, die Barriere zu durchstoßen, oder die Veränderungen greifen von allein um sich. Aber warum erzählt Logan dann, dass alles normal wäre?«

»Vielleicht liegt es an der Entfernung. Logans Leute sitzen in Europa. New York ist von Riverside nicht so weit weg.«

»Ich weiß nicht.« Ich legte die Kugel weg und goss mir eine Tasse Kaffee ein. »Manchmal verfluche ich es, dass ich nicht mit den anderen Kontakt aufnehmen kann.«

»Das verstehe ich.« Sie biss von ihrem Brötchen ab und setzte sich jetzt doch hin. »Das mit den Dämonen ist doch wie eine Art Evolution, oder?«

»Wenn du es so bezeichnen magst.«

»Ich meine, vielleicht ist es genau das, was Ralf vorhat: Die Entwicklung der Dämonen zu beschleunigen, damit sie stärker und besser werden als ihr.«

»Das ist gut möglich. Wenn alle Dämonen sich so verändern wie Joanne, haben wir kaum eine Chance gegen sie.«

Sie nickte, spielte mit einem Messer neben ihrem Teller. Ihre Finger glitten an das Amulett, das sie um ihren Hals trug. Mit der Berührung huschte ein trauriger Schatten über ihr Gesicht. »Und dafür missbraucht er meine beste Freundin …«

Ich sagte nichts darauf. Was auch? Sie hatte recht, und Ralf war ein mieses, dreckiges Stück Aas.

Sie starrte eine Weile vor sich hin, traktierte das Messer, als stellte sie sich vor, wie sie damit Ralfs Herz herausschnitt.

Auf einmal schüttelte sie sich, sprang auf und eilte hinaus in die Küche.

»Wo willst du denn hin?«

»Ich muss dir etwas zeigen.«

Nach wenigen Sekunden kehrte sie mit etlichen Zetteln zurück.

»Hier.«

Ich nahm einen entgegen, studierte ihn. Jess stellte sich hinter mich, hüllte mich in ihren herrlichen Duft. Ich drehte meinen Kopf und betrachtete sie über meine Schulter. »Und wie soll ich mich so aufs Lesen konzentrieren?«

»Du musst das doch sowieso nur überfliegen.«

Ich brummte leise, drehte mich wieder um und studierte ihre Notizen. Sie hatte alles aufgeschrieben, was ihr zu den Ereignissen eingefallen war. Auch zu der Sache mit Ralf. Es fehlte nichts, nur leider kamen wir kein Stück weiter, solange wir nichts von Ben und Anna wussten.

Ich nahm das nächste Blatt. Hier standen ihre Gedanken zu Ashriel, Coco, dem Zauber ihrer Mutter und: »Der Jadestein.«

»Den sollten wir uns wirklich mal näher ansehen.«

»Ich weiß nicht, was Ariadne damit meinte, als sie sagte, er würde mir helfen. Ich habe das Ding fünfzehn Jahre lang getragen. Es ist einfach nur ein Stein.«

»Können wir ihn holen?«

»Ja. Natürlich. Ich …«

Das Piepen ihres Handys unterbrach mich.

»Oh, das ist bestimmt Ben. Endlich!« Sie rannte zurück ins Wohnzimmer und kam kurz darauf mit ihrem Handy zurück. »Sie müssen immer noch warten. Der Code ist wohl komplizierter zu entschlüsseln als angenommen.«

Hoffentlich lohnte sich der Aufwand und sie fanden bald etwas heraus. »Hat Anna etwas von Will gehört? Oder sonst wem?«

»Ich frage nach.« Sie tippte auf ihrem Display herum. »Zac habe ich übrigens auch eine Nachricht geschickt und mich noch mal für dein unmögliches Verhalten entschuldigt.«

»Dafür konntest du doch gar nichts.«

»Nein, aber ich will nicht, dass er denkt, dass du ein … also …«

»…, dass ich ein Arschloch bin.«

Sie nickte. »Es ist mir wichtig, dass er …, dass ihr beide euch versteht.«

Klar. Er und die Fylgja waren die einzigen, die noch von ihrem alten Leben übrig waren. Sie wollte, dass ich mit ihnen auskam, dass sie mich akzeptierten, so wie sie es tat. Bei beiden hatte ich meine Zweifel.

Ihr Handy piepte erneut. Jess studierte die Nachricht. »Anna hat heute früh versucht, Will zu kontaktieren, aber er hat nicht geantwortet.«

»Also ist er noch im Tempel.«

»Logan hat sich nicht wieder gemeldet.«

»Also gut. Wir machen es so: Du reitest zu den beiden, erzählst ihnen schon mal alles, und ich mache einen Zwischenhalt in Arizona und hole den Jadestein. Gib mir Bens Adresse, ich komme dann nach.«

»Wie wäre es, wenn wir zusammen gehen?«

»Nein. Ich will dich nicht auf dem Anwesen haben.« Noch wusste ich nicht, ob Joanne aus der Stadt fliehen konnte oder nicht, und falls ja, wo sie steckte. Bei meinem ersten Halt in Arizona hatte ich niemanden gesehen, aber wer wusste, wie es jetzt war.

»Wenn du denkst, dass es gefährlich ist, wäre es nicht besser, wir bleiben zu zweit?«

»Nur weil du im Theater ein paar Dämonen vermöbelt hast, bist du noch lange keine gute Kämpferin, also: nein. Ich bin besser, wenn ich allein agieren kann und nicht gleichzeitig auf dich aufpassen muss.«

Sie zuckte bei meinen Worten. Vermutlich war ich mal wieder zu hart, aber es war eben die Wahrheit.

»Das meine ich nicht böse.«

»Schon gut. Du hast ja recht. Ich schreibe Ben.«

Ich fischte ein Croissant aus dem Korb, tunkte es in den Kaffee und beobachtete, wie ihre Finger über das Display huschten. So ganz wurde ich das Gefühl nicht los, dass sie eingeschnappt war, aber wie sie so dasaß und auf ihrem Handy herumdrückte, wurde mir von Neuem bewusst, wie verletzlich sie war. Sie war ein achtzehnjähriges Mädchen, das in der Blüte ihres Lebens stand und lieber mit ihren Freunden Party machen sollte, statt mit mir in einem Hotelzimmer zu hocken und über Dämonen zu reden.

Ich biss von meinem Croissant ab. Niemand von uns sagte etwas. Eine drückende Stille, die ich nicht mochte. Doch ich wusste auch nicht, wie ich sie brechen sollte.

8. Kapitel

William lehnte an einem Felsen außerhalb des Tempels und würgte die Galle zurück. Wenigstens übergab er sich nicht mehr. Mittlerweile war er wie leergefegt. Nicht nur sein Magen, auch sein Kopf, obwohl er randvoll mit Informationen und Eindrücken war. Die Reise in Ilais Geist war verwirrend und gleichzeitig erhellend gewesen. So viele Erinnerungen, so viel Schmerz, so viel Leid. Ilai hatte all das auf sich genommen. Er wollte andere schützen und hatte sich damit selbst geschadet.

Das Kind, das nie hätte geboren werden dürfen. Die tickende Zeitbombe.

William drückte sich von der Wand ab und wischte sich den kalten Schweiß von der Stirn. Er musste zurück zu den anderen. Zu Jaydee. Er musste mit ihm sprechen. Ilai hätte niemals schwören sollen, still zu sein. Jaydee hatte ein Recht zu erfahren, wer er war, woher er kam, was in ihm schlummerte. Oder etwa nicht? Würde alles schlimmer werden, wenn er erst Bescheid wusste? Würde es den Jäger komplett an die Oberfläche treiben?

Genau das hatte Ilai herausfinden wollen. Indem er dieses Wissen neun Jahre lang vor Jaydee geheim gehalten und ihn stattdessen beobachtet hatte. Die Frage war, ob William das alles aufs Spiel setzen sollte. Falls er Jaydee aufklärte, die falschen Worte dabei wählte ... Jaydees Psyche war so fragil wie ein Kartenhaus im Sturm. Es könnte alles zusammenbrechen.

William legte den Kopf in den Nacken und starrte in die Sonne, die im Zenit stand. Feuer. Sein Element. Es pulsierte in seinen Adern, seinem Herzen, seiner Seele. Es war stark und mächtig und weise. Genau wie er selbst es sein sollte. Aber hier und jetzt fühlte er sich wie ein gewöhnlicher Mensch. Schwach und einsam.

»Das habe ich nun davon.« Vor nicht allzu langer Zeit hatte William Ilai darum gebeten, eingeweiht zu werden. Er hatte mit ihm an ihrem Kraftplatz gesessen und ihn aufgefordert, die Bürde seiner Vergangenheit mit ihm zu teilen. Es wäre besser gewesen, wenn er gar nicht erst gefragt hätte …

Er riss seinen Blick von der Sonne los und schwang sich auf Jack. Hier war alles getan, was getan werden musste. Ilai war bei seinem Element. Ab hier lag es an ihm, ob er zurückkehren wollte oder nicht.

Nun wollte William nur noch weg. Nachdenken, alles sortieren, sich überlegen, wie er weitermachen sollte. Er nahm die Zügel auf und trieb Jack in einen leichten Trab.

Sie passierten den Baum Itep, der in einem Lichtkegel stand und die Energie der Sonne tankte. William war eine Nacht und den halben Morgen im Tempel gewesen.

Wahnsinn. Das alles war schlichtweg Wahnsinn. Genau wie sein Leben. Er gab sich dem Geschaukel auf dem Pferderücken hin, versuchte, seine Sorgen hinter sich zu lassen. Doch es gelang ihm kaum. William fühlte sich aufgepeitscht. Verwirrt. Verloren.

In diesem Zustand konnte er unmöglich Jaydee gegenübertreten. Eine dumme Formulierung, und alles, wofür Ilai in den letzten Jahren gekämpft hatte, könnte verloren sein, wenn … Ein Ziehen fuhr durch seinen Magen. William parierte durch und keuchte. Es war, als würde eine Hand nach ihm greifen und alles in ihm zusammenquetschen.

»Oh mein Gott, was ist das?« William kniff die Augen zusammen, presste die Finger auf die Stelle und betete, dass die Schmerzen nachließen. War es körperliche Erschöpfung oder Folge seiner Reise mit Ilai?

Ihm brach der Schweiß aus, das Atmen fiel ihm schwer, als steckte er in einem Metallkorsett.

Die Schmerzen stülpten sich über seine inneren Organe und arbeiteten sich bis zu seinem Herzen vor. Sein Innerstes bäumte sich regelrecht gegen ihn auf. Vielleicht waren das die Signale seines Körpers, weil er dabei war, etwas Falsches zu tun. Vielleicht sollte er doch nicht zurück nach Hause. William atmete tief ein und aus und tat das, was er immer machte, wenn er nicht weiter wusste: Er schloss die Augen, griff an das Kreuz um seinen Hals und betete:

Bitte, Herr im Himmel, gib mir die Kraft, die richtige Entscheidung zu treffen. Bitte sag mir, was ich tun soll.

Er gab sich seinen Atemzügen hin, wartete, bis sich die Ruhe in ihm breitmachte, die er stets verspürte, wenn er in Zwiesprache mit Gott ging. Und tatsächlich formte sich ein Gedanke in seinem Kopf. So klar und deutlich, als würde jemand neben ihm stehen und ihn laut aussprechen:

»*Gehe zum Rat. Berichte von deinen Erlebnissen.*«

William öffnete die Augen und blickte sich um, nur um sich zu vergewissern, dass niemand da war.

Oder war es Ilai gewesen? Möglicherweise war noch ein Rest von ihm mit William verbunden.

»Ist es das, was du willst, Ilai?«, fragte er laut. »Soll ich zum Rat und ihnen alles erzählen?«

»*Ja!*«

William biss den Kiefer zusammen. Die Antwort war zu deutlich gewesen, um sie zu ignorieren. Aber wenn er berichten würde, wer Jaydee ist, wer ihn erschaffen hat, dann würden sie ihn aller Wahrscheinlichkeit nach wegsperren. Konnte er das verantworten?

Bis vor ein paar Wochen hätte er nie damit gezögert. Er hätte sofort das Richtige getan und alles gemeldet. Egal, ob er Jaydee verriet oder nicht. William war ein Seelenwächter. Er hatte bei seiner Seele geschworen, alles zu tun, um die Menschheit zu schützen.

»*Dann tue es auch! Denk an dein Gelübde!*«

Das Gelübde. Den Eid, den er ablegte, als er seinem menschlichen Sein den Rücken kehrte und diese neue Welt betrat: »Ich schwöre bei Gott, dem heiligen Vater, meine Seele und meinen Körper in den Dienst der Menschen zu stellen. Ich schwöre, für sie zu kämpfen, zu bluten, zu sterben. Ich bin ein Diener. Ein

Werkzeug. Mein Leben für die Menschen. Amen.« Das waren seine Worte gewesen, kurz bevor Ilai den Dolch in Williams Herz gerammt und ihn auf die Reise zu seinem Element geschickt hatte.

»*Es ist deine Pflicht als Seelenwächter. Gehe zum Rat.*«

Er hatte es geschworen.

Er durfte nicht versagen.

Egal, was er dabei empfand.

Er musste ihnen alles berichten.

9. Kapitel

Jessamine

Unsere Abreise aus New York verlief unspektakulär. Jaydee war nach dem Frühstück sofort im Bad verschwunden, um zu duschen, ich packte in der Zeit unsere wenigen Habseligkeiten. Das Hotel stellte uns netterweise noch einen Rucksack und ein Lunchpaket zur Verfügung. Mit den passenden Geldmitteln konnte man in dieser Stadt wirklich alles haben. Die ganze Zeit über hoffte ich, dass Jaydee noch mal etwas zu mir sagen würde, dass ich vielleicht doch noch mit nach Arizona konnte, obwohl er recht hatte, wenn er mich nicht mitnahm. Bei Ben und Anna war ich wesentlich besser aufgehoben, aber ich wollte mich nicht von ihm trennen. Dieser Tag mit ihm, und auch die Nacht, hatten mir gutgetan. Er hatte mich mit seiner Stärke und seiner Wärme geflutet. Es war, wie Anna immer sagte: In Jaydee herrschte eine ganz besondere Magie, und wenn er sie mit jemand anderem teilte, konnte man alle Sorgen und Ängste für einige Zeit vergessen. Mir war schon klar, warum sie sich so sehr nach seiner Nähe sehnte. Mir ging es ja nicht anders.

Wir standen unten auf der Straße und warteten auf die Parsumi. Die Sättel hatte Jaydee in einem kleinen Gepäckraum im Hotel verstaut (und nein, es hatte niemand vom Personal gefragt, warum wir zwei Sättel mit uns herumschleppten), damit die Tiere über Nacht frei waren. Ich nahm an, sie hatten die Zeit im Central Park verbracht, immerhin gab es dort genügend Futter. Und da sie freudig auf uns zugaloppierten, schien es ihnen an nichts gefehlt zu haben.

Jaydee sattelte erst Amir, dann Mirabell und schnallte meinen Rucksack auf ihren Sattel.

»Wir treffen uns bei Ben.« Er schwang sich auf Amirs Rücken und nickte mir zu.

»Bist du sicher, dass ich nicht mit nach ...«

»Ja. Ende. Wir reiten in den Central Park. Da haben wir genug freie Fläche für den Sprung.«

Er wendete, ich stieg ebenfalls auf und folgte ihm.

Diskussion zwecklos. Leider zu recht.

Wir brauchten nicht lange, bis wir im Park waren und sich unsere Wege trennten. Ich flüsterte Mirabell das Ziel zu und begab mich in ihre Hände. Wir fanden einen langen, nicht sehr stark frequentierten Weg und nahmen unser Tempo auf. Es dauerte nur Sekunden, bis ich den Sog im Inneren spürte und das helle Licht vor uns auftauchte. Hatte ich es jetzt in New York geschafft, wie Sinatra es anpries? Konnte ich das von mir behaupten? Ich hatte mal wieder gegen Dämonen gekämpft und gewonnen, ich hatte mehr über meine Mum erfahren als in den letzten acht Jahren. Ich wusste, dass ich einst singen konnte, bevor sie diesen Zauber an mir ausgeführt hatte, der gleichzeitig Jaydee von mir fernhielt, und um alles zu toppen, hatte ich meinen ersten richtigen Kuss und ein wenig mehr bekommen. Alles in allem war das keine schlechte Erfolgsbilanz, oder?

Das Licht verblasste, der Sog endete abrupt – ich hatte mal wieder die Stadt gewechselt. New York gegen Toronto. Diesiges Wetter gegen ... Platzregen. Und zwar richtig fetten Regen, bei dem man nicht mal den Hund auf die Straße schickte.

Oh bitte, musste das sein? Ich wendete Mirabell und suchte nach einem Unterstand. Wir waren vor einem Bürogebäude mitten in der Stadt aus dem Portal getreten. Das Unwetter, das sich in New York angekündigt hatte, war hier in vollem Gange. Der Wind pfiff mir um die Ohren, der Regen weichte binnen Sekunden meine Klamotten auf. Na prima. So langsam war ich es leid, dass ich ständig Kleidung wechseln musste. Wenigstens trug ich heute ein dunkelbraunes Shirt und einen BH!

Unter der Markise vor dem Eingang des Bürogebäudes fanden wir schließlich Schutz. Gegenüber war die City Hall, die mit ihrem kuppelförmigen Bau aussah, als wäre ein Ufo in der Mitte gelandet. Normalerweise war das ein Touristensammelplatz, jetzt war er menschenleer. Ich stieg von Mirabell ab und band meinen Rucksack vom Sattel. Als ich fertig war, trottete sie wieder hinaus in den Regen und steuerte ein kleines Rasenstück auf der gegenüberliegenden Seite an. Na, die hatte die Ruhe weg ...

Ich band meinen Zopf auf und flocht ihn neu, während ich das Bürogebäude betrat. In der Lobby stand bereits Anna. Sie lächelte, als sie mich sah, und kam mir entgegen. Sofort lag ich ihn ihren Armen. Ich stöhnte gepresst, als sie dabei meine Rippe quetschte.

Sie ließ mich sofort wieder los. »Alles klar?«

»Ja, ist nur 'ne Schramme.«

Anna kniff die Augen zusammen und musterte mich. Natürlich sah sie die Kratzer auf meinen Armen.

»Die sind nicht von Jaydee, keine Sorge. Wir hatten einen kleinen Zwischenfall in einem Theater.« *Und dann hatten wir einen ganz anderen Zwischenfall!* Konnte ich ihr davon erzählen? Wie würde sie darauf reagieren? »Kann ich mich erst mal trocknen? Dann erkläre ich dir alles.«

»Da drüben ist eine Toilette.« Sie deutete auf die andere Seite des Foyers. »Dort gibt es Handtrockner.«

»Super.« Ich sah zu dem Wachmann, der an einem Tresen saß und uns gar nicht beachtete.

»Ich habe seine Gedanken manipuliert«, sagte Anna. »Er bemerkt dich nicht. So ist es einfacher.«

»Alles klar.« Ich schulterte meinen Rucksack und folgte Anna zu den Waschräumen. »Wir haben eine Menge in New York herausgefunden.« Gemeinsam betraten wir die Toiletten, Anna prüfte, ob jemand da war, und schloss hinter mir ab. Ich zog das nasse Shirt über meinen Kopf und keuchte. Mit Jaydees Hilfe war es eindeutig besser gegangen. Und es hatte mehr Spaß gemacht.

»Meine Güte!«, sagte sie und kam näher, um sich den Bluterguss zu betrachten. »Das sieht furchtbar aus.«

Das stimmte allerdings. Die Stelle war geschwollen und hatte sich lilaviolett verfärbt. Dank der Schmerzmittel war es aber immer noch auszuhalten. Während ich mich entkleidete, erzählte ich Anna, was wir herausgefunden hatten. Sie setzte sich auf die Ablage neben den Waschbecken und lauschte fassungslos. Das einzige, was ich bei meinen Erzählungen ausließ, war das Geknutsche mit Jaydee. Obwohl es mir auf der Zunge brannte, mit jemandem darüber zu sprechen.

»Das mit den Dämonen müssen wir unbedingt dem Rat melden.«

»Das hat Jaydee auch schon gesagt.«

»Ich erledige das nachher, und zu der Sache mit der Gabe … mh … Als ich Coco in dem Flashback traf, sagte sie, dass Andrew diese Gabe in mir zerstört hätte. Das hieße aber, dass ich vor unserer Ehe eine begabte Musikerin gewesen war.«

»Und?«

»Sicher habe ich früher mal gesungen, bei der Feldarbeit oder so, aber ob das gut war?« Sie zuckte mit den Schultern.

»Vielleicht ist es nicht der Gesang. Es gibt ja auch noch die Harfe. Ich persönlich habe nie auf einer gespielt.« Wer hatte so ein Ding schon im Wohnzimmer stehen und zupfte darauf herum?

»Ich auch nicht. Wir waren nicht reich genug, um uns Instrumente leisten zu können, und die Harfe bei Andrew durfte ich nie anrühren.«

»Siehst du. Und als Coco kam, war die Gabe in dir bereits weg.« Zerstört durch die Misshandlungen ihres Ehemannes. Ich stellte mich unter den Handfön und trocknete mir umständlich die Haare. Ashriels Worte kamen mir in den Sinn: »*Es ist dir vorherbestimmt zu leiden, und es ist noch lange nicht vorüber. Geliebte Menschen werden dich verraten, du wirst weiter kämpfen müssen, alles, was dich erwartet, wurde nur zu einem einzigen Zweck erschaffen: Deine Seele zu zerbrechen.*«

Annas Seele wurde gebrochen.

Ob ich genauso enden würde? War es das, was uns miteinander verband?

Ich sah zu ihr. Sie starrte vor sich hin, ließ die Beine baumeln, kratzte sich immer wieder über ihre Arme, ohne zu merken, dass sie schon wieder blutete.

»Anna«, sagte ich leise und versuchte, ihre Aufmerksamkeit zu erhaschen. Sie reagierte nicht. Ihr Blick wurde glasig, sie zog sich in sich zurück. Ich trat unter meinem Fön hervor und lief zu ihr. »Hey.« Sachte glitt ich über ihre Finger, versuchte, sie nicht zu erschrecken. Sie zuckte trotzdem zusammen. »Hör bitte auf damit.«

Sie zog die Augenbrauen zusammen und starrte auf ihre Arme. Ihre Schultern sackten zusammen wie bei jemandem, der schon wieder etwas Dummes angestellt hatte, ohne es zu wollen. »Am liebsten würde ich mir die Haut mit einer Stahlbürste herunterkratzen.«

»Macht es das besser?«

»Nein, aber es lenkt mich ab.« Sie drückte die Nägel fest auf ihren Unterarm, ich schnappte ihre Hände und hielt sie fest.

»Wie kann ich dir helfen?«

»Ich fürchte, mir ist nicht mehr zu helfen.«

Hoffentlich verfiel sie nicht wieder in einen ihrer Flashbacks. Dieses Thema mit mir und der Gabe kramte Erinnerungen an ihre Schreckenszeit hervor. Das, kurz nachdem sie in Wills Gedanken herumspaziert war. Ich zog sie von der Ablage. »Wir machen das erst mal sauber, sonst verschmierst du dein Kleid.«

Sie ließ sich widerstandslos von mir führen. Es tat mir in der Seele weh, sie so zu sehen. Anna war eine Seelenwächterin. Ein wunderbares Geschöpf mit der Kraft von zehn Männern. Sie tötete Dämonen, kämpfte um das Wohl der Menschheit und war dennoch so zerbrechlich wie Kristall. Vorsichtig rollte ich ihre Ärmel hoch und legte noch mehr Krusten und Wunden frei. Anna hatte sich nichts geschenkt. Einige Wunden waren tief, manche eiterten sogar. Ihre Haut war eine einzige Kraterlandschaft aus alten und neuen Narben. Sie zuckte, als ich den Stoff wegschob, wollte sich zurückziehen, aber ich hielt sie sanft zurück. »Schon gut.«

»Es ist schrecklich, wie ich mich benehme.«

»Nein. Hör auf, das ständig zu sagen.« Ich nahm mir ein frisches Handtuch von der Anrichte, ließ lauwarmes Wasser darüber laufen und tupfte ihre Wunden ab.

Sie seufzte und lehnte ihren Kopf gegen meine Schulter. »Eigentlich sollte ich mich um dich kümmern.«

»Weil ich ein Mensch bin?«

»Weil es mein Job ist.«

»Dann hast du jetzt einfach mal Feierabend.«

Sie lächelte. Ich sah es im Spiegel.

»Ich habe leider keinen Heilsirup dabei, aber dafür Jod in meinem Rucksack.« Als wir das Hotel verließen, hatte ich mich noch mal mit den sagenhaften Schmerzmitteln eingedeckt und den Erste-Hilfe-Koffer geplündert. Ohne sie ganz loszulassen, kramte ich in der vorderen Tasche nach den Sachen. Anna beobachtete mich schweigend.

»Will liebt mich«, sagte sie urplötzlich.

Ich stockte kurz. »Ich weiß.«

»Was soll ich nur tun?«

»Vielleicht mit ihm darüber reden?«

»Es würde nichts ändern. Ich kann nicht ... was soll das bringen?«

»Vielleicht wird es euch helfen.«

Sie blinzelte, blickte sich im Spiegel an. »Weißt du, was ich sehe, wenn ich mich selbst betrachte?«

Ich schüttelte den Kopf.

»Eine dürre, verlebte, blasse und ausgezehrte Frau. Mein Körper ist das Werk eines Mannes, den ich nach all den Jahrhunderten noch immer abgrundtief hasse. Ich bin sein Geschöpf. Seine Hure, sein Eigentum. Er hat meinen Körper und meine Seele zerstört.«

»Anna ...«

Sie hob die Hand. Sie war noch nicht fertig. »Nachdem er keine Verwendung mehr für mich hatte, hat er mich in den Schweinestall geworfen und mir gesagt, ich könne unter meinesgleichen verrecken.«

Ich biss mir auf die Lippen, wusste nicht genau, wie ich darauf reagieren sollte, aber Anna verlangte keine Reaktion von mir.

»Akil hat mich damals gefunden und mich geheilt. Es gab Tage, da habe ich ihn dafür gehasst. Hätte er mich doch einfach sterben lassen, dann wäre das Elend vorüber gewesen, dann müsste ich nicht mehr ...« Anna blickte in ihr Spiegelbild und legte eine Hand auf ihr Dekolleté. Sie zog ihre Bluse ein Stück nach unten und entblößte dabei ein wulstiges *A*, das zwischen ihren Brüsten verschwand. »Will hat mich in dieser Zeit nicht aus den Augen gelassen. Er saß bei mir am Bett und las mir vor. Märchen. Alles schöne Geschichten mit Happy End und glücklichen Menschen. In der ganzen Zeit verließ er mein Zimmer nur, um auf die Toilette zu gehen. Er schlief sogar auf dem Holzstuhl neben meinem Bett.«

Ich lächelte und konnte mir Will sehr gut dabei vorstellen.

»Mein Leben bekam erst wieder einen Sinn, als ich zur Seelenwächterin wurde. Das hier ist meine Bestimmung. Ich will den Menschen helfen und für sie da sein, so wie Akil für mich da war.«

»Hasst du ihn denn immer noch?«

»Natürlich nicht. Wie könnte ich auch?« Sie ließ ihre Bluse wieder los und verdeckte die Narbe. »Aber auch das hat Andrew mir genommen. Noch immer hat er Macht über mich. Noch immer verfolgen mich seine Worte, seine Taten, und ich weiß einfach nicht, wie ich das abstellen soll.« Eine Träne kullerte über ihre Wange, sie wischte sie nicht weg. »Als ich in Wills Kopf war, habe ich mich selbst durch seine Augen gesehen. Wie er mich wahrnimmt, was ich für ihn bin.«

Sie pausierte, sammelte ihre Gedanken.

»Diese Narben, meine Male, diese dürre Frau dort im Spiegel … das alles existiert für ihn nicht. Für ihn bin ich das schönste Wesen auf Erden. Ich besitze sein Herz und seine Seele. Er möchte mit mir leben, gemeinsam einschlafen und wieder aufwachen, er will mich … lieben, mich halten, bis diese Wunden in mir heilen. Und er verlangt nichts dafür im Gegenzug.«

»Aber das ist doch großartig.«

»Ja.« Und noch eine Träne. Anna schluchzte leise, strich sich über die Wangen und schüttelte den Kopf. »Nur kann ich es nicht sein, verstehst du? Ich bin nicht so … So *rein*. Ich bin nicht das, was er in mir sieht.«

Ich stellte mich hinter sie und strich ihre Haare nach hinten. »Doch, Anna. Das bist du. Will hat vollkommen recht. Du bist einzigartig und wunderschön. Die einzige, die das nicht erkennt, bist du. Gib ihm eine Chance, dich zu heilen.«

Sie sah mich lange im Spiegel an. Ihr Ausdruck eine Mischung aus Zweifel und Hoffnungslosigkeit. Anna wollte mir glauben. Jedem von uns, aber sie konnte es einfach nicht. Die Narben auf ihrer Seele waren noch tiefer als die auf ihrem Körper. Sie lehnte sich gegen mich, gestattete mir, sie festzuhalten, bis sie sich wieder einigermaßen gefangen hatte.

Irgendwann ließ ich sie los, nahm die Flasche Jod und versorgte ihre Wunden. Schadensbegrenzung. Das war alles, was wir ihr bieten konnten. Das war genau das, was Jaydee machte, wenn er für sie da war.

»Fertig«, sagte ich.

Sie betrachtete mein Werk. Ich hatte ihre Unterarme verbunden. Vielleicht half es ein wenig gegen das Kratzen.

»Danke.«

»Wollen wir zu Ben?« Ich stopfte das Jod zurück in den Rucksack und holte mir ein frisches Shirt heraus.

»Ja. Er ist im sechsten Stock. Du kannst schon mal hoch, ich sage Logan wegen der Dämonen Bescheid.«

»Okay.« Ich warf die verschmutzten Tücher weg, knotete mein nasses Shirt außen an den Rucksack und verließ mit Anna den Waschraum. Der Mann hinter dem Tresen ignorierte uns weiterhin, aß ein Sandwich und beobachtete die Monitore. Ich blickte zu den Ausgangstüren. Es hatte sich eingeregnet und würde sicher den ganzen Tag anhalten.

Hoffentlich kam Jaydee bald zurück.

Ich vermisste ihn.

10. Kapitel

Jaydee

Arizona. Da war ich mal wieder. Ich parierte Amir zum Schritt und strich die Eiskristalle von der Schulter. Er wieherte lauthals, um die anderen Pferde zu begrüßen, doch dieses Mal bekam er keine Antwort. Sie waren vermutlich unterwegs, weil wir für sie die Koppeln geöffnet hatten, bevor wir gingen. Viele Seelenwächter hielten ihre Parsumi auf diese Weise. Nicht alle hatten die Möglichkeit, Ställe zu bauen, doch da wir die Tiere auch züchteten, war es bei uns nötig.

Amir versuchte es noch einmal. Natürlich wieder ohne Antwort. Ich tätschelte ihm den Hals und lenkte ihn hoch zum Anwesen. Hinter der Mauer stiegen leichte Rauchschwaden in den Himmel. Im Haus schwelte es noch immer. Auch die Risse hatten sich ausgebreitet und durch die Außenmauer gefressen. Wie Hunderte dürre Finger, die das Anwesen fest in ihrem Griff hielten. Je näher ich kam, umso deutlicher wurde das Ausmaß der Zerstörung. Der Rasen war ein Trümmerfeld, die Risse hatten ihn hochgehoben und umgegraben. Ein Teil der Mauer war eingestürzt, der Kiesweg genauso gepfercht. Der einzige Unterschied zum Tag zuvor war, dass die Risse jetzt nicht mehr golden leuchteten, sondern verknöchert wirkten. Wie getrocknete Lava, die ihren Job erledigt hatte und jetzt ausgekühlt war. Das Haus selbst sah nicht besser aus. Der gesamte Ostflügel war eingestürzt, als hätte jemand eine Abrissbirne quer durch das Gemäuer geschlagen. Die andere Hälfte war weitestgehend intakt, bis auf die gesprungenen Fenster und den abgeblätterten Putz. Zum Glück lag mein Zimmer im Westen, ich sollte es problemlos erreichen können.

Nach wenigen Minuten kam ich an die Stelle, an der ich Jess bei unserem ersten Treffen gejagt und mich auf sie gestürzt hatte. Es war natürlich nichts mehr zu sehen. Anna hatte direkt nach meiner Tat sauber gemacht und dabei den schwarzmagischen Zauber in Jess' Blut entdeckt. Das alles war erst wenige Wochen her, aber es war so viel geschehen, wir hatten so viel gekämpft, noch mehr Blut vergossen ... und dann das gestern. Was bei unserer ersten Begegnung unmöglich erschien, war real geworden. Unfassbar.

Ich riss meinen Blick los und stieg ab. »Bin gleich wieder da.« Amir trottete zum Gras weiter, und ich lief zum Hintereingang. Die Tür war halb aus den Angeln gehoben und hatte sich verklemmt. Ich schob mich durch den Spalt und drang ein in die gespenstische Stille unseres Hauses. Es roch nach verbranntem Holz, geschmolzenem Gummi und Rauch. Die Wände schienen noch immer aufgeladen mit Resthitze, doch vermutlich lag es an der Mittagssonne, die erbarmungslos niederbrutzelte. Da Teile des Daches fehlten und keine Klimaregulation mehr möglich war, herrschte in dem Gebäude die gleiche Temperatur wie draußen. Vorsichtig lief ich die Treppen nach oben. Kontrollierte jede Stufe, bevor ich darauf trat. Dass das Haus nach wie vor in diesem verheerenden Zustand war, konnte nur eines bedeuten: Ilai lebte. Ein Teil von ihm klammerte sich an diese Existenz, so wie sich das Haus daran klammerte, nicht komplett einzustürzen. Sobald er gegangen war und seine Macht sich auf seinen Nachfolger übertragen hatte, würden die Wunden hier drinnen heilen.

Ein Leben ohne Ilai.

Es erschien mir noch immer unvorstellbar. Ich kannte ihn erst neun Jahre, aber er hatte mich zurückgeholt und mir geholfen, wie es kein anderer vermochte. Ilai hatte mir sein Heim, sein Wissen, seine Magie geboten, und alles, was er im Gegenzug forderte, war meine Heilung. Ohne ihn und ohne diese Familie wäre ich nach Mikaels Tod wahnsinnig geworden. Vermutlich hätten sie mich in einer Anstalt weggesperrt oder ich hätte mich früher oder später enthauptet und meinem Elend ein Ende gesetzt.

Ich erreichte den ersten Stock und bog zu meinem Zimmer ab. Die Risse hatten sich auch hier ausgetobt. Einer verlief quer durch den Flur, verschwand in einem anderen Raum und kam vermutlich auf der nächsten Seite wieder heraus. Ich stieg darüber und setzte meinen Weg fort. Es tat mir in der Seele weh, dieses Gebäude so zu sehen. Zerfallen und alt, wie Ilais Körper, als wir ihn aus dem Haus geholt hatten.

Endlich erreichte ich mein Zimmer. Die Tür stand offen, eine leichte Brise wehte mir durch das gesprungene Fenster entgegen. Ich trat ein und sah mich um. Die Schäden waren auf dieser Seite nicht so kolossal wie im anderen Flügel. Mein Bett war noch ganz, auf dem Laken lag abgesprengter Putz von der Wand dahinter. Ein großes Loch klaffte in der Decke und bot mir den Blick auf das Dachgeschoss und den blauen Himmel. Ich ging zu meiner Kommode und öffnete die erste Schublade. Die Holzschachtel, in der ich den Jadestein aufbewahrte, lag unter meinen Shirts. Ich schob sie beiseite und nahm die Schachtel heraus. Es fühlte sich komisch an. Allein das Wissen, dass der Stein da drinnen war, dass er auf mich wartete, dass er vielleicht von mir getragen werden wollte. Warum konnte ich es nicht? Waren die Geister meiner Vergangenheit wirklich noch so stark?

Ich öffnete den Deckel und hielt die Luft an.

Meine Kehle wurde trocken. Da war er.

Reinweiß, mit kleinen Mustern verziert und einem Loch, in dem das Lederbändchen eingefädelt war. Er hatte etwa vier Zentimeter Durchmesser, war oval und im Grunde recht unscheinbar. Ich wusste nicht einmal, ob er viel wert war oder nicht, aber das spielte keine Rolle. Er war bei mir gewesen, als ich bei Mikael abgegeben wurde, er hatte mich meine gesamte Kindheit und einen Teil meiner Jugend begleitet. Ich hob ihn aus dem Kästchen, schloss meine Faust darum und versuchte, seine Energie in mich aufzunehmen.

»*Du musst ihn wiederfinden. Er gehört zu dir. Er wird dir helfen.*«

Ich hatte ihn wiedergefunden, Ariadne, dennoch wusste ich nicht, wie er mir helfen sollte. Egal, wie sehr ich mich abmühte, wie lange ich ihn in der Hand hielt – da war einfach nichts. Ich seufzte und öffnete meine Finger wieder. Vielleicht konnte er es erst, wenn ich ihn trug? Doch bereits bei der Vorstellung daran fiel mir das Atmen schwer.

Herrgott, was war ich nur für ein Waschlappen! Das war ein Stein. Ein dummer, kleiner Stein. Er würde sich nicht gleich in ein Monstrum verwandeln und mir die Kehle herausreißen.

»Also gut.« Ich ging zum Spiegel und betrachtete mich. Ich sollte mich rasieren. Dringend. Dieser Wildwuchs in meinem Gesicht war ja kaum zu ertragen. Meine Wangen waren etwas eingefallen, von der Aktion mit Ashriel gestern; oder was auch immer das war, was sich an meiner Seelenenergie bedient hatte. Eine weitere Ladung Heilsirup wäre gut. Ich strich mir durch die Haare, die mir Anna ziemlich kurz geschnitten hatte. Sie waren praktisch, auch wenn ich sie lang lieber mochte.

»Ich schinde Zeit.« Der Jadestein war noch immer in meiner Hand, nicht um meinen Hals. Ich starrte auf mein Spiegelbild, sah mir selbst fest in die Augen.

Komm schon. Es ist nur ein Stein.

»Nur ein Stein.«

Ich atmete aus, knotete das Lederbändchen auf und legte es vorsichtig um meinen Hals. Mit einem weiteren Knoten zog ich es wieder fest.

Da! War gar nicht schwer.

Der Stein fand sofort seine Stelle wieder und ruhte locker unter der Kuhle an meinem Hals. Dort, wo er hingehörte. Noch immer hielt ich die Luft an, strich mit den Fingern darüber, so wie ich es früher ständig getan hatte. Mir wurde schwindelig. Das war zu viel. Diese Geste, die Vertrautheit, dieses ... Ding, das womöglich nur ein Stein war, aber für mich eben nicht.

Er war Erinnerung!

Die unzähligen Male, wenn ich vor Mikaels Büro gestanden und vor Nervosität mit dem Stein gespielt hatte, weil mich da drinnen die nächste Standpauke erwartete. Tobias, der bei einem unserer letzten Kämpfe das Lederbändchen ergriffen und es wie eine Garotte um meinen Hals geschlungen hatte. Immerhin hatte er dafür die vorderen Zähne eingebüßt. Dieser Volltrottel.

Ich ließ den Stein wieder los und sah ihn im Spiegel an. Es war ein schräges Bild, mich als erwachsenen Mann damit zu sehen und nicht mehr als Teenager.

»*Er gehört zu dir. Er wird dir helfen.*«

Aber wobei, Ariadne? Wobei? Ich hatte keine Ahnung. Immer noch nicht. Außer ein wenig Schwindel fühlte ich mich wie immer. Was also hatte sie damit nur gemeint?

Amir wieherte und riss mich aus meinen Gedanken. Ich drehte herum und lief zu meinem Fenster. Mein Zimmer zeigte auf die Innenseite des Anwesens. Von hier aus konnte ich einiges von unserem Gelände überblicken, inklusive der Bibliothek und weiter hinten noch die Spitze der Trainingshalle. Ich lehnte mich ein Stück hinaus und sah mich um. Amir stand unten auf dem kleinen Platz und starrte nach rechts, Richtung Vorderseite. Die Ohren gespitzt, die Nüstern gebläht, die Muskeln gespannt. Ich lauschte, doch außer dem Pfeifen des Windes, der sich durch das löchrige Mauerwerk arbeitete, hörte ich nichts. Amir stampfte mit den Vorderhufen auf und wich rückwärts. Okay, da war definitiv etwas. Joanne vielleicht? Die Parsumi reagierten auf jedwede dämonische Energie. Es hatte sogar eine ganze Weile gedauert, bis sie mich akzeptiert hatten.

Ich kickte die restlichen Scherben aus dem Fensterrahmen, zog mich hoch und sprang hinunter. Mit einer Rolle fing ich den Schwung ab und kam sofort auf die Beine. Amir stand wie angewurzelt da und fixierte was auch immer.

»Schon gut.« Noch einmal tätschelte ich seinen Hals und sah in die gleiche Richtung wie er. Und dann roch ich es auch. *Den Tod.* Es war nicht der typische Verwesungsgeruch der Schattendämonen, das hier war bedrohlicher. Es war der Duft, der Menschen umgab, kurz bevor sie starben. Ich zog meinen Dolch aus dem Stiefel und schlich los.

Mit jedem weiteren Schritt spürte ich die Anwesenheit eines anderen Wesens. Ein Dämon? Könnte sein, doch irgendwie fühlte es sich nicht danach an. Es sei denn, die Entwicklung, die Joanne durchmachte, war dafür verantwortlich. Ich blieb dicht an der Hauswand, dehnte meine Sinne aus, machte mich bereit, jederzeit angegriffen zu werden.

»Sucht alles ab«, sagte auf einmal eine Mädchenstimme. »Sie muss Spuren hinterlassen haben. Bringt mir Haare, Kleidung, egal was. Hauptsache, ich habe etwas Greifbares von ihr.«

»Jawohl, Herrin«, antwortete ein Mann.

Ich drückte mich an die Ecke des Hauses und stockte. Verfluchte Scheiße, was machte die denn hier?

Ich erkannte sie sofort. Die Phantomzeichnung von ihr war derart detailgetreu gewesen, dass eine Verwechslung ausgeschlossen war. Alles stimmte: die helle Haut, das schwarze Haar, der leicht irre Ausdruck in ihren Augen. *Coco.*

Sie war in Begleitung von drei Männern in Uniformen der Marines. Ihre Bewegungen wirkten mechanisch, wie Roboter, als wären sie lediglich dazu da, Befehlen zu folgen. Und genau das taten sie. Einer lief ins Haus, der nächste machte sich auf den Weg zu den Stallungen, und der letzte kam auf mich zu. Ich beobachtete ihn kurz, versuchte einzuschätzen, was für eine Art von Gegner er war. Wenn ich ihn einfach passieren ließ, wäre ich allein mit ihr.

»Nehmt euch vor Coco in Acht.«

Auch das hatte Ariadne gesagt. Wenn sie hier war und Spuren von Jess fand … wobei die ihr nicht viel helfen würden. Sie war durch ihr Amulett geschützt. Der beste Suchzauber der Welt konnte sie nicht aufspüren. Vielleicht sollte ich dieser Coco mal ein wenig auf den Zahn fühlen.

Ich huschte lautlos zurück, gab Amir ein Zeichen, dass er mir folgen sollte, und rannte mit ihm um die Hauswand bis nach hinten zur Terrasse.

Amir machte sich sofort wieder über das Gras her, während ich an der Ecke stand und den Kerl beobachtete. Er bog auf den Weg ab, der zur Bibliothek führte. Gut, wenn er in die Richtung weiterginge, wäre er erst mal eine Weile beschäftigt. Ich wartete noch, bis er außer Sichtweite war, und wollte gerade zurück nach vorn, als ich ihre Schritte hörte.

»Ich weiß, dass da jemand ist, ich höre deinen Herzschlag. Komm also raus und zeig dich, Seelenwächter.«

»Ich bin kein Seelenwächter«, sagte ich und trat hinter der Ecke hervor.

Sie zuckte zusammen, riss ihre Augen auf und hielt die Luft an. »Bei allen Göttern dieser und der nächsten Welt!«

Sie starrte mich an, als wäre ich ein Engel, der gerade auf die Erde herabgestiegen war.

Okay, mit so einer Reaktion hatte ich nun wirklich nicht gerechnet.

Sie machte einen zaghaften Schritt auf mich zu, ich legte den Dolch zurecht, bereitete mich darauf vor, mich zu verteidigen, doch das war nicht nötig.

Denn sie verbeugte sich vor mir.

»Es ist mir eine Ehre, dir endlich gegenüberzustehen.«

Jetzt wurde es wirklich schräg. »Was zum Teufel redest du da?«

Sie hob den Kopf und lächelte. Es war ein wissendes Lächeln, als wäre sie mir um Längen voraus.

Mir wurde übel. Das hier fühlte sich genauso surreal an wie mein Gespräch mit Ariadne, kurz bevor sie starb. Sie hatte auch etwas über mich gewusst. Sie hatte von einer Prophezeiung gesprochen und dass es mich wirklich gab. Sie hatte gewusst, wer ich bin. Und so wie Coco mich gerade anstarrte, wusste sie es ebenfalls.

»Woher kennst du mich?«

Cocos Blick blieb auf meinem Jadestein haften. Sie nickte sanft, als würde sie das Ding ebenso wiedererkennen.

Automatisch fasste ich an die Stelle. Ich wusste nicht, was ich sagen sollte, wie ich mich verhalten musste. Ich war wie ein

Zahnrad in einem Getriebe, das einfach von einem anderen angestoßen wurde und weder die Richtung noch die Geschwindigkeit bestimmen konnte, in das es sich drehte. »Rede endlich: Woher kennst du mich?«

»Du bist ein Geschöpf meiner Herrin.« Sie sagte das mit einer Gewissheit, als würde ich fragen, ob gerade die Sonne scheint.

Mir brach der Schweiß aus. »Welche Herrin?«

»Lilija.«

Der Name hallte bis tief in meine Eingeweide nach. Ich hatte ihn definitiv noch nie zuvor gehört, dennoch kam er mir so bekannt vor wie mein eigener. »Wer ist das?«

»Sie war einst Teil dieses Systems.« Coco deutete auf das Anwesen.

»Wo ist sie? Kann ich ... kann ich mit ihr sprechen?« Ich wusste nicht, warum ich mit Coco redete. Ob sie mich gerade einlullte, damit ich unvorsichtig wurde, ob ein Körnchen Wahrheit in dem steckte, was sie sagte. doch mein Instinkt sagte mir, dass Coco ein Teil dieses Puzzles war, und je mehr ich davon zusammensetzte, umso mulmiger wurde mir.

»Nein, sie wurde betrogen und eingesperrt. Mir fehlt der Schlüssel, um sie zu befreien, aber wenn du mir hilfst, können wir ihn gemeinsam finden.«

»Der Schlüssel ...« Der Boden bewegte sich vor mir, ich wankte. Das war zu viel auf einmal. Der Stein, dieses Zusammentreffen ... »Was für ein Schlüssel?« Doch irgendwie wusste ich die Antwort darauf bereits.

»Ich brauche die Nachfahrin«, sagte Coco.

Es gibt einen Grund, weshalb du hier bei uns bist. Jess ist ...« Die Nachfahrin. Der Schlüssel. Mein Untergang. »Ihr müsst euch vor Coco in Acht nehmen.«

Sie trat einen Schritt auf mich zu, ich wich automatisch einen zurück. Ich wollte sie nicht noch näher kommen lassen, als sie mir sowieso schon war.

»Das alles muss sehr verwirrend für dich sein«, sagte sie leise. »Niemand hat dir je gesagt, was du bist, oder?«

Nein. Nein. Nein.

»Ich kann dir alles erklären, wenn du willst, aber ich brauche die Nachfahrin. Wo ist sie?«

»Was willst du von ihr?«

»Wie gesagt, sie ist der Schlüssel. Ich werde ihr nichts tun, keine Angst.«

Lüge! Ich roch es. Sah es in ihren Augen, die leicht zuckten, als sie den Satz gesprochen hatte. Ich schüttelte mich, versuchte, ihre Worte und das, was sie in mir auslösten, loszuwerden. Genug davon. Coco bemerkte die Veränderung in mir.

Sie legte den Kopf schräg und stemmte eine Hand in die Hüfte. »Du kannst mir vertrauen.«

Sagte die Schlange zu der Maus. »Erst will ich wissen, was hier abgeht. Wer ist Lilija?«

»Ich brauche die Nachfahrin.«

»Das kannst du vergessen.«

Coco schürzte die Lippen. Musterte mich. Schätzte vermutlich ab, wie gewillt ich war, zu kooperieren. »Das ist okay, wenn du nicht reden willst. Früher oder später bekomme ich immer, was ich will. Auf die ein oder andere Art.«

Sie hob die Hand und ballte sie zur Faust. In der Sekunde traf mich etwas gegen den Schädel. Beißend und schmerzhaft, als hätte sie eine Feuerkugel auf mich geworfen. Ich wich rückwärts, streifte das Gefühl ab und lockerte die Fesseln des Jägers. Er brauchte nicht lange, um sich nach oben zu arbeiten. Fast war es so, als hätte er nur darauf gewartet, und der Schmerz ließ mit seinem Erwachen genauso plötzlich nach, wie er gekommen war.

Ich blickte auf, funkelte sie an. Sie starrte in meine Augen, die sicherlich silbern glänzten.

»Es ist also wahr.« Jetzt lächelte sie. »Das ist perfekt. Du bist perfekt!«

Ich knurrte leise und stürzte mich auf sie.

»Carlos!«, schrie sie noch, und dann stießen wir bereits zusammen. Ich hatte so viel Schwung, dass ich sie einfach von den Füßen fegte. Wir verkeilten uns ineinander, sie schlang ihre Beine um meinen Körper und drückte zu. Verflucht noch eins, diese Kraft hätte ich dem zierlichen Ding gar nicht zugetraut. Ich landete auf dem Rücken, sie auf mir. Mein Dolch einen Meter von mir entfernt. Sofort war ihre Hand an meiner Kehle. Ihre Gefühle drangen in mich ein. Sie waren leicht zu lesen: Euphorie. Das hier erregte sie in höchstem Maße.

»Hör auf, gegen mich zu kämpfen. Wir sind keine Feinde!«

Ich schlug ihr mit der flachen Hand ins Gesicht. Sie keuchte, ihre Lippe platzte auf, und ein dünner roter Blutfaden rann über ihr Kinn. Rotes Blut. Ein Mensch. Oder zumindest kein Schattendämon.

Sie schüttelte sich wegen meines Schlages. »Du bist wirklich unartig, einfach so ein wehrloses Mädchen zu verprügeln.«

Das war jetzt wohl ein Witz. Ich packte sie an der Schulter, zog mich nach oben und verpasste ihr mit meiner Stirn eine Kopfnuss, die in meinem Schädel wie ein Gong nachhallte. Sie stürzte nach hinten, lachte dabei, als hätte sie den Spaß ihres Lebens. Diese Frau war irre. Eindeutig.

Ich sprang wieder auf die Beine, jetzt hatte sie außer der aufgesprungenen Lippe noch eine Platzwunde an der Augenbraue. Sie tippte mit dem Finger darauf und leckte ihr eigenes Blut ab. Dann grinste sie mich auffordernd an. Oder eher lüstern, keine Ahnung. Sie lag vor mir auf dem Boden, stemmte ihren Oberkörper auf und öffnete ihre Beine, wie eine Aufforderung, mich wieder auf sie zu legen.

Eine Sache hatten wir beide gemeinsam: Wir wollten etwas vom anderen wissen und würden nicht vor Gewalt zurückschrecken. Im Prinzip war mir dieses Mädchen gar nicht unähnlich.

Auf einmal lagen zwei Arme um meinen Nacken und zerrten an meinem Genick. Mist, den Kerl hatte ich nicht mal kommen hören. Instinktiv trat ich nach hinten aus, traf ein Schienbein, doch mein Angreifer dachte gar nicht daran, seinen Griff zu lockern. Also holte ich mit den Fingern aus und stach ihm in die Augen. Er zuckte kurz, mehr nicht. Dafür verstärkte er die Klammer um meinen Hals. Ich würgte trocken, versuchte, Luft zu bekommen.

Coco lachte. »An Carlos kannst du dich austoben, so viel du willst, er spürt keinen Schmerz.«

Das werden wir sehen.

Ich schlug mit dem Ellbogen nach hinten. Traf seine Wange. Einmal. Zweimal. Ein drittes Mal, bis sich sein Griff endlich ein wenig lockerte. Sofort schlüpfte ich nach unten hinaus, packte meinen Dolch und rammte ihn ohne zu zögern in seinen Oberschenkel. Der Mistkerl zuckte tatsächlich nicht. Und während ich noch auf meine Klinge starrte, bekam ich selbst eine geknallt. Der Hieb war derart heftig, dass ich schwarz sah, nach hinten flog, mich überschlug und nicht mehr wusste, wo oben oder unten war. Scheiße.

»Sei zärtlich mit ihm, Carlos. Wir nehmen ihn mit.«

Ganz sicher nicht.

Carlos stapfte auf mich zu, ich ging in die Hocke und machte mich bereit, loszuspringen. Wo war seine Schwachstelle? Konnte ich ihn töten wie einen Schattendämon? Dolch ins Herz und fertig? Carlos stürzte sich auf mich, im gleichen Moment sprang ich ab, zielte mit meinem Messer auf seine Brust. Ich traf sein Herz punktgenau, zog meine Klinge wieder heraus und bekam schon den nächsten Schlag. Dieses Mal schleuderte es mich gegen die Hauswand. Ich donnerte voll dagegen, brach mir die Nase, einige Rippen und wusste der Geier was sonst noch alles. Der Schmerz rauschte durch meinen Körper, ich plumpste nach hinten wie ein nasser Sack und hoffte, die Selbstheilung würde gleich anspringen. Carlos Stiefel tauchte in meinem Gesichtsfeld auf, sofort rollte ich mich zur Seite, ignorierte meine geborstenen Knochen und versuchte gleichzeitig, dem nächsten Tritt auszuweichen. Der Kerl war ein Berserker.

»Ist es nicht schön, wenn Jungs Spaß haben?« Coco stand auf und klopfte sich den Dreck aus ihrem Kleid.

Ich stemmte mich nach oben. Wo war mein Dolch? Carlos trat mir in die Seite, ich flog ein weiteres Mal durch die Luft. Mit dem Aufprall kam der Zorn. Ich würde diesem Mistsack den Kopf abreißen und ihn genauso zerfleischen wie die Dämonen im Schloss. Mal sehen, ob er das überleben konnte. Mit einem Satz nach vorn ließ ich dem Jäger freie Bahn. Die Euphorie wallte durch meinen Körper, ließ mich schneller, stärker, skrupelloser werden. Wir knallten gegeneinander. So hart, als wären zwei Züge kollidiert. Ich griff an seinen Kopf und zog. Carlos packte meine Arme, hielt dagegen. Coco lachte. Schön, wenn sie das Schauspiel genoss. Wir verkeilten uns, einer so stark wie der andere. Es kam selten vor, dass ich ebenbürtige Gegner hatte – Keira vielleicht –, und ich musste gestehen, dass ich diesen Kampf mochte. Carlos grub seine Nägel in meine Schultern, schien sich durch meine Muskeln bis zu meinen Knochen durchzuarbeiten. Ich umklammerte seinen Kopf, stemmte meine Ellbogen gegen seine Schultern und drückte nach oben. Es knirschte in seinem Nacken, doch es gab nicht nach. Er sah mich an, lachte und biss mich in den Hals. Sofort ließ ich ihn wieder los, trat ihm mit Wucht in die Eier, doch das störte ihn ebenfalls nicht. Also zielte ich tiefer, gegen seine Kniescheibe. Wieder und wieder und wieder, bis der verdammte Knochen brach und er einknickte. Endlich ließ er mich los. Das Blut sickerte meinen Hals hinab in mein Shirt. Mir wurde duselig. Hatte er meine Aorta erwischt? Konnte ich bei Sinnen bleiben? Die Wunde kribbelte, mein Körper arbeitete daran, den Schaden zu beheben. Ich torkelte einige Schritte nach hinten. Carlos stand wieder auf, zog das zertrümmerte Bein einfach mit sich. Mein Sichtfeld verengte sich, alles verschwamm. Ich schüttelte den Kopf, zwang mich, wach zu bleiben.

»Ich habe übrigens noch mehr von der Sorte«, sagte Coco. »Falk! Komm her. Hilf Carlos.«

Carlos hatte mich fast erreicht, die Bisswunde war beinahe zu, doch der Blutverlust noch lange nicht ausgeglichen. Ich pfiff kurz. Amir war noch hinter dem Haus, er brauchte nur Sekunden. Mit dem verletzten Bein war Carlos langsamer, ich wich ihm aus, wollte gerade Amir entgegenlaufen, da riss mich der nächste Kerl um. Es war wieder ein Typ in der Uniform der Marines, er war sicher einen Kopf größer als ich und bullig. Wir rollten einige Meter über den Kies. Die Drehungen benebelten meine Sinne zusätzlich. Ich ließ mich einfach fallen, vertraute darauf, dass der Jäger mir genügend Energie geben würde, um das hier durchzustehen. Falk setzte sich auf mich und prügelte auf mich ein. Wir lagen fast an der gleichen Stelle, an der ich Jess vermöbelt hatte. So kam wohl wirklich alles zu einem zurück. Ich drehte mich unter seinem nächsten Hieb weg, trat ihn mit der Stiefelspitze von hinten, so fest ich konnte, gegen den Schädel. Es krachte, er verdrehte kurz die Augen, doch dann holte er erneut aus.

Das gibt es doch nicht!

Sein Arm war noch in der Luft, als er den Huf gegen den Kopf bekam. Amir stand über uns, hatte ihn voll mit dem Hinterbein erwischt. Carlos wollte seinem Kumpel beistehen, setzte zum nächsten Angriff an, doch Amir schoss nach vorn und biss ihm in die Seite. Carlos stob herum, tat es ihm gleich und trat Amir in die Flanke. Ich sprang auf die Füße, schloss zu meinem Pferd auf und hielt mich am Sattel fest. Er tänzelte, versuchte, den Hieben von Carlos auszuweichen und mich nicht zu verlieren. Mit einem Bein im Steigbügel und einer Hand am Sattelhorn drehten wir herum. Ich griff in den Zügel, zog Amir zurück zum Haus. Er gehorchte, trat nach Carlos aus und traf ihn auf der Brust. Jetzt war allerdings Falk wieder fit und attackierte uns von der Seite. Ich zog mich halb in den Sattel, sah meinen Dolch im Gras liegen und steuerte Amir an die Stelle. Coco stand mit verschränkten

Armen in der Nähe und sah uns zu. Offenbar hatte sie keine Lust, sich die Hände schmutzig zu machen, oder das Ganze war ein Test, um zu sehen, wie stark ich war. Ich fischte meinen Dolch aus dem Gras, zog mich ganz in den Sattel und drehte herum. Falk hatte uns erreicht, wollte mich wieder von Amirs Rücken ziehen. Ich galoppierte einfach los. Er blieb an uns hängen, bekam durch seine Position immer wieder Tritte von Amir ab, doch das juckte ihn nicht im Geringsten. Seine Hände verkrallten sich in meinem Oberschenkel. Ich drängte Amir zu mehr Tempo. Am Rande bekam ich mit, wie wir den Kiesweg hinunterschossen und das Tor erreichten. Ich steuerte leicht nach links, so dass Falk an einem der Eisenflügel hängenbleiben musste. Es war ein knappes Manöver, doch irgendwie musste ich den Kerl wieder loswerden. Er sah es, krallte sich noch fester. Also gab ich mehr Gas. Amir legte einen Zahn zu, ich fühlte bereits, wie die Luft sich abkühlte, weil wir gleich ins Portal gezogen werden würden.

Wir passierten das Tor, und Falk prallte voll gegen den Engelsflügel. Uns riss es zur Seite. Amir strauchelte, verlor fast das Gleichgewicht, fing sich aber wieder ab. Immerhin waren wir jetzt unsere Last los. Ich blickte noch einmal zurück. Falk lag in seiner Blutlache am Tor und blickte mir nach. Seine linke Körperseite war komplett zertrümmert, der Arm halb abgerissen. Keine Ahnung, ob er wieder heilen würde. Schätze, ich würde es bei meiner nächsten Begegnung herausfinden, denn die würde es geben. Unweigerlich.

Ich lehnte mich nach vorn, flüsterte Amir unser Ziel zu und versuchte, mich auf seinem Rücken zu halten.

Zum Glück war Jess nicht dabei gewesen.

11. Kapitel

Joanne schlug die Augen auf und bereute es augenblicklich. Sie konnte sich nicht erinnern, wann sie jemals derartige Schmerzen verspürt hatte. Weder als Mensch noch als Dämon. Als hätte jemand mit einem eisernen Haken durch ihr Gehirn gepflügt und jeden einzelnen Gedanken, jede Erinnerung ausgegraben, herumgedreht, begutachtet und dann weggeworfen. Sie keuchte und stemmte sich in die Höhe, fiel jedoch sofort wieder in sich zusammen.

Ich bleibe einfach hier liegen und stehe nie wieder auf ...

Sie lachte leise. Warum sie das gerade so witzig fand, wusste sie nicht, doch sie konnte es auch nicht aufhalten. Das Gekicher suchte sich einen Weg nach draußen, ihr Zwerchfell vibrierte, sie lachte lauter und lauter. Joannes Stimme hallte von den Wänden wider. Es klang, als wäre ein irres Wesen in den Gängen gefangen. So fremdartig und böse, dass sie ihre eigene Stimme kaum erkannte.

Diese Göre hat mich mit ihrem Wahnsinn infiziert.

So lag sie da, starrte an die Decke des Tunnels und ergab sich ihren Lachanfällen, bis sie keine Energie mehr hatte.

Irgendwann rollte sie sich auf den Bauch, stützte sich an der Wand ab und zog sich langsam in die Höhe. Ihre Beine fühlten sich an, als wären sie mit Blei gefüllt. Joanne hasste es. Sie war es nicht mehr gewohnt, an die Grenzen ihres Körpers zu kommen, schon gar nicht, seit der Emuxor erwacht war. Diese kleine Schlampe hatte Joanne mehr zugesetzt, als sie sich selbst eingestehen wollte. Bedauerlicherweise war Joanne sicher, dass sie bei einer weiteren Begegnung wieder den Kürzeren ziehen würde. Noch nie in ihrem Leben hatte sie etwas derart niedergerissen wie die Kraft dieses Mädchens.

Äußerlich die Unschuld, innerlich eine Bestie.

Endlich stand sie einigermaßen aufrecht und bemühte sich, den Drehwurm in ihrem Schädel zu ignorieren. Zu ihren Füßen lag ihr Handy. Es war in seine Einzelteile zertrümmert, aber selbst das fand sie wieder überaus witzig.

Sie torkelte zu der kleinen Kammer zurück. Die Tür stand offen, alles war so, wie sie es verlassen hatte. Bis auf die vier Tonkrüge, die sie mit den Teleportationskugeln versehen hatte. Immerhin hatte das geklappt.

Joanne ging zu dem Schrank. Es waren noch sechs Teleportationskugeln da. Sie stopfte alle in ihre seitlichen Taschen, dann nahm sie eine in die Hand und stellte als Ziel Nepal ein. Kirians Anwesen stand als Nächstes auf ihrer Liste. Sie würde sich an den Plan halten, komme, was wolle. Sie warf die Kugel in die Luft. Es dauerte Sekunden, bis das Portal stand. Auf der anderen Seite erkannte sie die mit Schnee bedeckten Berge, die versuchten, den Himmel zu küssen.

Das Dach der Welt.

Hoffentlich gab es dort etwas Ordentliches zu essen. Ein paar Einheimische vielleicht, wobei die meistens schwer zu fangen waren. Je ursprünglicher die Menschen lebten, je näher sie der Natur waren, umso eher erkannten sie das dämonische Wesen, das ihnen gegenüberstand. Egal. Sie musste es darauf ankommen lassen.

Sie atmete durch, machte einen Schritt durch das Portal – und schon war Joanne am anderen Ende der Welt.

Sie blickte sich um, sog die Umgebung in sich auf und orientierte sich. Hier brach gerade ein neuer Tag an, die Sonne zeichnete sich als heller Streifen am Horizont ab. Das Klima war schwülfeucht, es duftete nach wilden Blumen und Gras. Joanne wurde leicht schwindelig. Nicht von der Reise, sondern von der dünnen Luft, die hier oben – einige Tausend Meter über dem Meeresspiegel – schwerer zu atmen war. Zum Glück besaß sie eine übernatürliche Konstitution, sonst hätte sie es jetzt vermutlich umgehauen.

Kirians Anwesen lag direkt vor ihr. Dank Wills Informationen während seiner Gefangenschaft wussten sie mittlerweile, wo die

Standorte der Seelenwächter waren. Das ersparte die umständliche Suche. Das Haus war ein riesiger Bau mit einer schwarzen Mauer, die scheinbar direkt aus dem Berg gehauen worden war. Es strahlte etwas Unnahbares, Düsteres aus. Eine Straße gab es nicht, nicht mal einen Kletterpfad. Somit schwand auch Joannes Aussicht auf Nahrung, denn kaum ein Mensch würde sich hierher verirren.

Na großartig.

Das Ziehen in ihrem Magen war unerträglich. Zudem fühlte sie sich noch schwach und ausgepowert. Sollte sie erst einen kurzen Abstecher in eine Stadt machen und sich nähren? Sie griff nach der nächsten Teleportationskugel. Es waren nur noch fünf, zwei würde sie benötigen, um in eine Stadt und wieder zurückzukehren …

Also hungrig bleiben … vorerst.

Sie setzte sich in Bewegung und lief auf das Haupttor zu. Das Tor war, wie bei Ilai, ein Kunstwerk aus Eisen. Allerdings ohne die verschnörkelten Engelsflügel. Hier waren es Streben mit spitzen Dornen, die Besucher vermutlich abschrecken sollten. Eigentlich hatte sie erwartet, dass ein Luftwächter sich eine freundlichere, *luftigere* Bleibe suchen würde und keinen schwarzen hässlichen Klotz.

Sie wollte gerade öffnen, als sie eine weibliche Stimme vernahm.

Schon wieder.

Nur klang es dieses Mal nicht nach einem Mädchen, sondern nach einer erwachsenen Frau. Joanne presste sich an die Mauer und spähte um die Ecke. Eine Seelenwächterin mit leuchtend roten Locken stand am Brunnen in der Mitte des Hofes. Das Wasser hatte sich vor ihr zu einer Gestalt geformt, die Joanne schon mal gesehen hatte. Das war der Seelenwächter mit dem Gehstock, der damals Aiden geholt hatte, kurz nachdem Joanne mit Ben gekämpft hatte.

»Logan«, sagte die Frau.

Richtig, so hieß er.

»Hallo, Kendra. Das ging ja schnell.«

»Ich habe alles im Haus abgesucht. Die Adern sind auch hier vorhanden. Sie ziehen sich unter dem Mauerwerk durch.«

»Aiden hat sich vorhin ebenfalls zurückgemeldet. Wie Jess sagte, sind die Adern bei uns genauso verteilt. Auf Sorajas Rückmeldung warten wir noch.«

»Was soll ich tun?«

»Du könntest eine Probe entnehmen, wenn es möglich ist. Wir untersuchen das Zeug hier. Vielleicht können wir Ilais Gegenmittel modifizieren, damit es auch gegen die Adern wirkt. Immerhin stammen beide Zauber von Ralf. Es ist gut möglich, dass sie auf der gleichen Grundlage aufbauen.«

»Verstanden. Ich erledige das und komme dann zu euch.«

»Bis bald und pass auf dich auf.«

»Mach ich doch immer.«

Sie strich mit der Hand durch die Luft, die Wasserfigur fiel in sich zusammen.

Raffiniert.

Joanne umfasste die Streben. So wie es aussah, würde sie doch noch etwas zu essen bekommen.

Sie wartete, bis Kendra zurück im Nebengebäude war, öffnete das Tor und zögerte. Eigentlich musste Joanne problemlos eintreten können. Die Schutzzauber waren durch die Adern zerstört worden. Sie würde es gleich herausfinden. Mit angehaltenem Atem schritt sie unter dem Torbogen durch.

Es geschah nichts. Kein Kribbeln. Kein Widerstand. Die Schutzzauber waren unten.

Sie lächelte und lief weiter in den Innenhof. Er war mit schwarzen, blank polierten Steinen ausgelegt, wirkte wie Obsidian. Kirian hatte wirklich einen eigentümlichen Geschmack, denn auch das Haupthaus war aus diesem Material. Es thronte erhaben am Berg, die schmalen Fenster wirkten wie Augen, die jeden Besucher genau im Blick behielten. Joanne rann ein eiskalter Schauer den Rücken hinunter. Dieser Ort war gruselig. Unwirklich und abweisend. Sie war froh, wenn sie hier fertig war.

Rasch ging sie weiter zum Nebengebäude und öffnete leise die Tür. Das Dach lief in der Mitte spitz zusammen, die Fenster waren aus Buntglas, ebenso lang und schmal wie die im Haupthaus. Der Geruch nach alten Büchern wehte ihr entgegen. Eine Bibliothek also, genau wie bei Ilai. Leise schlich sie hinein. Im Inneren setzte sich der Faible für schwarz fort.

Wie konnte sich jemand hier nur wohlfühlen? Rechts und links zweigten kleine Nischen mit Büchern und Sitzmöglichkeiten ab, in der Mitte stand ein langer Tisch, das Licht war gedämmt, doch das störte sie nicht. Joanne lief weiter in den Raum, versuchte, ihre Sinne wachzuhalten, aber sie spürte die Müdigkeit. Coco hatte ihr heftig zugesetzt. Hoffentlich war die Seelenwächterin lecker genug, um das auszugleichen.

Auf einmal surrte etwas an ihrem Ohr vorbei. Joanne duckte sich gerade rechtzeitig, um dem Dolch auszuweichen, der auf sie geworfen worden war. Sie wirbelte herum. In einer der Nischen stand die Seelenwächterin und legte bereits das nächste Messer in der Hand zurecht. Joanne machte einen Satz zur Seite. Ihr wurde schwindelig von der ruckartigen Bewegung. Hatte sie ihren Zustand unterschätzt? Das wäre jetzt äußerst unpraktisch.

Das zweite Messer traf sie in den Oberschenkel. Joanne keuchte und zog es wieder heraus. Die Wunde brannte wie Feuer, das Titanium vergiftete ihr Blut, arbeitete sich in ihr Innerstes vor. Sie war eindeutig nicht mehr auf der Höhe. Das schmerzte schlimmer als sonst. Joanne drehte die Klinge und stürzte sich auf die Seelenwächterin. Es war ihre einzige Chance, wenn sie gewinnen wollte.

Kendra sprang aus ihrer Nische, umklammerte bereits das nächste Messer. »Du bist diejenige, die Isabella getötet hat.«

Joanne grinste. »Ging ganz schnell. Was bei dir nicht der Fall sein wird.«

Kendra hob eine Augenbraue. Die beiden umrundeten sich, taxierten einander. »Ich werde dich dafür auseinandernehmen und filetieren.«

Joanne lachte, doch leider war der Großteil ihrer Selbstsicherheit gespielt. Ihr war übel, der Schweiß perlte von ihrer Stirn, ihr Magen fühlte sich an, als wäre er zur Hälfte geschrumpft. Sie spannte die Muskeln, sammelte ihre gesamte Energie und startete einen Angriff. Er ging ins Leere. Kendra wich ihr aus, versuchte, sie von hinten zu erstechen, doch Joanne duckte sich rechtzeitig. Sie schwang ihr Bein herum, traf Kendra oberhalb des Knies und brachte sie kurz aus dem Gleichgewicht. Sofort fuhr sie herum und warf sich auf sie. Zusammengeknäult stürzten sie nach hinten. Joanne legte eine Hand auf Kendras Stirn, suchte mit der anderen ihren Brustkorb, doch da bekam sie schon einen Tritt in den Bauch. Sie flog rückwärts von Kendra herunter, überschlug sich und biss sich auf die Zunge. Alles drehte sich. Joanne fühlte sich so schwach und ausgepowert wie schon lange nicht mehr. Ein ekelhaftes Ziehen breitete sich in ihrem Bauch aus. Es war ein Gefühl, fremd und gleichzeitig vertraut: Joanne hatte Angst. Sie spürte, wie sich die Emotion über sie stülpte, von ihr Besitz nahm und ihren gesamten Organismus befiel.

»Geht dir schon die Klammer?«, fragte Kendra.

Sie war das gewesen! Natürlich. Dieses Miststück gehörte zu den Empathen und hatte ein Gefühl in Joannes Körper gepflanzt, das sich jetzt in ihr breitmachte wie ein Virus. Mit Mühe richtete sie sich wieder auf, wollte einen neuen Angriff starten, doch der Stiefel der Seelenwächterin traf sie am Kinn. Joanne bekam eine weitere Ladung Furcht ab. Sie stürzte und schlug mit dem Schädel auf.

»Ich mach dich fertig!«, brüllte Kendra und trat erneut zu. Dieses Mal in Joannes Seite. Mit jedem weiteren Hieb traf sie eine neue Welle aus Angst. Joanne versuchte, sie zu ignorieren, aber es gelang ihr kaum. Die Decke tanzte vor ihren Augen. Das Schwarz der Wände schien sie verschlingen zu wollen. Ihr Sichtfeld wurde kleiner, sie zwang sich, wachzubleiben, schüttelte den Kopf und stand wieder auf.

So durfte das auf keinen Fall enden.

Joanne hielt sich auf wackeligen Beinen. Die Seelenwächterin stand vor ihr, fixierte sie genau. Auf einmal sah Joanne alles doppelt. Zwei Rothaarige, zwei Messer – oder vier?

Das würde sie nicht überleben. Niemals! Joanne machte einen Schritt nach vorne und bekämpfte den Drang, sich auf den Boden zu werfen und in Fötushaltung zusammenzuigeln. Diese verfluchte Angst! Alles schien auf sie einzustürzen. Die Wände, das Schwarz. Es erdrückte sie! Sie würde jämmerlich krepieren!

Joanne schrie, griff ins Leere, ein Windhauch streifte sie von links, und auf einmal fuhr ein beißender Schmerz durch ihre Schulter. Sie blickte auf die Stelle. Das Messer steckte bis zum Anschlag unter ihrem Schlüsselbein. Mit zittrigen Händen griff sie danach, als sie den zweiten Schmerz spürte. Im Bauch dieses Mal. Kendra spießte sie regelrecht auf.

Joanne keuchte, spuckte eine Ladung Blut aus und knickte in den Knien ein. Das war's. Diese verdammte Seelenwächterin würde recht behalten. Joanne hatte keine Chance. Sie griff ins Innere ihrer Tasche. Suchte nach dem Sender, als sie erneut einen Tritt bekam und auf dem Rücken landete.

Kendra schrie all ihren Zorn und ihre Trauer hinaus. Joanne blickte auf. Das Gesicht der Seelenwächterin war tränenüberströmt.

Joanne grinste und fühlte sich dabei genauso verzweifelt wie vorhin in der Höhle.

»Ihr könnt nicht gewinnen.«

Dann drückte sie den Sender und aktivierte auch auf Kirians Anwesen die Goldadern. Die Explosion verschluckte Kendras Schreie.

12. Kapitel

Jessamine

Ich trat aus dem Aufzug im sechsten Stock und blickte in beide Richtungen. Der Flur war mit grauem Teppich ausgelegt, einer zweigte rechts ab, einer links. An der Wand gegenüber des Aufzugs war eine Tafel mit den Bezeichnungen der einzelnen Büros angebracht. Ich suchte sie kurz ab, aber nirgendwo stand etwas von *Experten für Dechiffrierung* oder *Übersetzer für altertümliche Sätze aus der Bibel*.

»Jess«, rief Ben von links.

Er saß in der Mitte des Flurs und trank Kaffee aus einem Pappbecher. Im Gegensatz zu Anna sah er gut aus. Ein wenig müde vielleicht, doch sonst strahlte er die urige Kraft und Gemütlichkeit aus, die ich so an ihm schätzte.

»Wie geht es dir?«, fragte er und nahm mich in den Arm.

»Danke, gut. Anna redet gerade mit Logan.«

Er nickte. »Gibt es Neuigkeiten aus Riverside?«

»Das werden wir wohl gleich erfahren. Was gibt es bei dir?«

»Nicht viel. Sam sitzt immer noch über den Textstellen in der Bibel. Er meinte, es ist schwer, darin ein Muster zu finden, das er dekodieren kann.«

»Aber es ist eins da?«

»Möglich. Ebenso ist es möglich, dass es nur eine andere Übersetzung der heiligen Schrift ist, wobei er das schon fast ausgeschlossen hat. Er hat alle bekannten Übersetzungen gegenübergestellt, und keine davon glich der aus Wills Bibel. Hoffentlich kommen wir bald weiter.« Ben verknotete die Finger miteinander. Auch für ihn war diese Situation nervenaufreibend. Er war mit Riverside Springs verbunden. Er sorgte für Ordnung in der Stadt, und nun musste er danebenstehen und hilflos mit ansehen, wie die Schattendämonen alles zerstörten.

Ich legte meine Hand auf seine. »Wird schon.«
Er nickte.
»Hast du noch Kaffee?«
»Der ist leider nicht sehr lecker.«
»Macht nichts. Hauptsache Koffein.«
»Klar, ich hol dir …« Die Tür hinter ihm ging auf und ein Mann trat heraus. Er war indianischer Abstammung wie Ben und hatte graumeliertes schulterlanges Haar, das er zu einem Pferdeschwanz zusammengebunden trug. Mir war der Mann auf Anhieb sympathisch. Ein zufriedenes Lächeln umspielte seine Lippen.
»Hast du etwas gefunden?«, fragte Ben.
»Ja.« Sam sah zu mir.
»Sam, das ist Jess. Eine Freundin.«
»Es freut mich. Kommt.«
Wir betraten das Büro. Es war gemütlich eingerichtet mit einem großen Nussbaumschreibtisch neben dem Fenster. In der Ecke rechts stand eine abgesessene Ledercouch, an den Wänden hingen Fotos, die Sam entweder beim Angeln oder Grillen zeigten. Die linke Wand war komplett mit Büchern zugestellt. Das Regal ging bis unter die Decke und enthielt alle möglichen Wälzer über Kulturen, Sprachen, Symbole. Ein Sammelsurium aus Fachwissen. Sam trat hinter seinen Schreibtisch und schob die Blätter zur Seite. Er hatte sich Notizen gemacht. Zwei Bibeln lagen aufgeschlagen auf dem Tisch, Textstellen hatte er markiert. Nach einer kurzen Suche zog er ein Blatt hervor. Ich erkannte Jaydees Handschrift sofort wieder. Er hatte an dem Abend, als Anna in Wills Kopf forschte, die Notizen gemacht.
Jetzt standen Sams Anmerkungen mit Bleistift daneben.
»Der Code war sehr geschickt gesetzt. Er folgte einem Muster: Jeder sechste Buchstabe aus jeder sechsten Zeile, und alle sechs Silben wurde er einmal gedreht. Heraus kamen am Schluss diese vier Zeilen.«
Grundgütiger, er hatte es tatsächlich geschafft, ihn zu entschlüsseln! Wir waren einen Schritt weitergekommen. Wir könnten

Violet retten, sie von dem Dämon befreien und ... Ich betrachtete den Zettel:

A'uw rai'a bo tonna'an svele e'ahuhs
Huka A'uw. Aglo banos. Agloje!
Iho! Se' unai! moo olei! sei olei!
A'uw rai's aka nurr

Okay, dann war ja alles klar. »Und was steht da?«
Ben trat neben mich.
»Die Wörter sind sehr alt.« Sam verschränkte die Hände auf dem Schreibtisch. »Sie zeigen Ähnlichkeit mit der Sprache der Dowanhowee-Indianer.«
Ben blickte auf. »Mein Volk.«
»So ist es.«
»Aber ...« Er nahm den Zettel und hob ihn hoch, als könnte er so besser lesen, was darauf stand. »Ich kann unsere Sprache, das hier ergibt keinen Sinn.«
»Du musst besser zuhören, Benjamin Walker«, sagte Sam und schmunzelte.
Ben rollte mit den Augen. »Jaja, du bist nicht der Erste, der mir das sagt. Sie weist nur *Ähnlichkeiten* auf und sie ist alt.« Er schürzte die Lippen. »Und somit vielleicht vergessen.«
»Genau.«
»Gibt es darüber mehr Aufzeichnungen? Können wir sie übersetzen?«
»Mit den richtigen Mitteln könnte das möglich sein, nur habe ich die nicht hier.«
»Dann holen wir sie«, sagte Ben. »Was brauchst du?«
»In der Stadtbibliothek von Riverside gibt es eine eigene Abteilung über die Indianer in der Nähe. Kultur, Sprache, Vergangenheit. Wenn etwas zu finden ist, dann dort.«
Ich sackte in mich zusammen. Warum konnte es nicht einfach

mal so sein: »*Hey, hier ist die Übersetzung aus der Bibel. Ihr müsst diese Worte sprechen, dreimal im Kreis hüpfen, und der Dämon, der Violet beherrscht, kehrt dahin zurück, wo er hergekommen ist. Die Fylgja ist frei. Die Menschen sind gerettet. Gratuliere.*«

Doch mir war klar, warum es nicht so war. »*... alles was dich erwartet, wurde nur zu einem einzigen Zweck erschaffen: Deine Seele zu zerbrechen.*« So sah es aus. So würde es immer aussehen. Eigentlich müsste ich mich daran gewöhnt haben, denn genau so war es, als wir Mum suchten. Mein beschissenes Leben rannte ich in verschiedene Richtungen, ohne anzukommen. Ich strich mir durchs Gesicht und ließ mich auf einen Stuhl plumpsen. Ben legte eine Hand auf meine Schulter und drückte sachte zu.

»Nicht verzagen«, flüsterte er.

Ich nickte. Auch das hatte ich irgendwann gelernt: *Wenn dir jemand sagt, es wird alles gut, obwohl du genau weißt, dass es nicht so ist, dann nicke und gib ihm das Gefühl, recht zu haben. Er wird sich gut dabei fühlen, und du hast wieder deine Ruhe.*

Ich blickte zu Sam. Erst da fiel mir auf, dass er nichts weiter zu Riverside gesagt hatte. Als wüsste er, was dort vor sich ging.

Ben steckte den Zettel ein und reichte Sam die Hand. »Danke dir. Du hast uns sehr geholfen. Schickst du mir die Rechnung, bitte? Du hast ja meine Adresse.«

»Dieser Rat ist kostenfrei. Ich habe das Gefühl, dass wir alle davon profitieren werden.«

»Dann lade ich dich wenigstens auf ein Bier ein«, sagte Ben. »Ich melde mich bei dir.«

Ich stand auf und lief wie an einer Schnur gezogen hinaus in den Flur. Meine Beine waren bleischwer, meine Glieder steif, mein Herz fühlte sich an, als würde es eine Tonne wiegen. Mir war klar, dass wir jetzt nicht aufgeben durften, aber hey, ein kleiner Moment der Hoffnungslosigkeit sollte mir doch gestattet sein.

Als ich draußen im Flur war, schloss Ben zu mir auf.

»Okay, wir müssen mit meinem Großvater sprechen. Mit ein wenig Glück kennt er die Sprache und kann sie für uns übersetzen. Danach können wir beratschlagen, wie es weitergeht.« Er drückte den Knopf.

»Wir müssen auch Jaydee sagen, wo wir sind.« Er hatte ja keine Möglichkeit, mit uns Kontakt aufzunehmen.

Die Aufzugstüren öffneten sich, wir wollten gerade einsteigen, als die Tür zum Treppenhaus aufschlug und Anna zu uns stürmte. Sie war so blass wie die Wand hinter ihr. Ich griff nach Bens Hand und drückte seine Finger.

Es war etwas geschehen.

Etwas Schreckliches.

Ich sah es ihr an.

»Violet …« Mir wurde übel. Mein Magen zog sich zusammen, die Galle stieg mir nach oben. Bitte, bitte sag, dass nichts mit Violet ist. Ich hatte doch gar keine Magenkrämpfe mehr gehabt, und auch sonst hatte ich mich nicht anders als sonst gefühlt. Also konnte es doch nicht sein, oder? Ich musste doch fühlen, falls sie zurück in ihrer Dimension war. Wir waren Freunde. Schwestern! Ich würde … Ben legte seine Hand in meinen Rücken und stützte mich.

»Atmen, Jess.«

Anna blieb vor uns stehen und schnaufte. »Ralf hat sich Kirian geholt. Die Meldung kam rein, als ich mit Logan gesprochen habe.«

Ich taumelte. Ben umschlang meine Taille und zog mich an sich. Es ging nicht um Violet. Gott sei Dank. Ich lehnte mich kurz an Ben, atmete tief durch und ließ Annas Nachricht sacken. Was war ich für ein grässlicher Mensch? Ich konnte doch nicht erleichtert sein, wenn jemand anderes verletzt wurde. »Wie geht es ihm?«

»Genauso wie Ilai. Er hängt in diesem Stadium zwischen Leben und Tod. Joanne hat … sie hat sich auf sein Anwesen geschlichen und dort ebenso eine Explosion ausgelöst wie bei uns. Logan erzählte, dass Kirian einfach am Tisch zusammengebrochen sei. Die Adern, die bei uns auf dem Anwesen waren, haben sich auf seinem Körper gebildet. Logan versuchte, ihn zu heilen, Derek, ihn mit einem Zauber davon zu befreien, aber es ging nicht. Die Adern wurden lebendig und formten sich zu diesen Drachenwesen. Sie vertrieben jeden, der sich dem Körper näherte.«

Ich schlug die Hand vor den Mund. Konnte kaum glauben, was sie uns da erzählte.

»Schließlich kam Ralf und hat auch Kirians Seele geholt.«

»Du großer Gott …«

»Niemand konnte etwas für ihn tun. Aiden bringt Kirian ebenfalls in den Tempel der Wiedergeburt.«

»Das ist so schrecklich.«

»Ja, aber es gibt auch gute Nachrichten. Wenn man das so nennen will.« Anna atmete einmal tief durch. »Kendra hat Joanne gefangen.«

»Nein!«, rief ich. Das war … »Bist du sicher? Ich meine, klar bist du das, aber das ist ja …« Unglaublich.

Anna nickte. »Die beiden haben gekämpft, und Kendra konnte sie überwältigen. Sie ist jetzt in einem unserer Gefängnisse. Sobald Joanne zu sich kommt, wollen Derek, Soraja und Logan sie befragen.«

»Ich kann mir nicht vorstellen, dass sie munter alle Pläne ausplaudern wird.«

»Ich leider auch nicht.« Sie strich sich über die Arme, doch dieses Mal wollte sie sich wohl nicht die Haut aufkratzen. Es war eher, als wollte sie sich selbst wärmen. »Die Frage ist, ob wir Jaydee davon erzählen sollen.«

»Lass uns erst mal zu meinem Großvater«, sagte Ben. »Joanne ist in Gewahrsam, und so, wie ich dich verstanden habe, kommen wir im Moment sowieso nicht an sie ran. Mit ein wenig Glück kann Abe uns weiterhelfen, und wir beenden den Spuk noch, bevor diese Dämonin wieder die Augen aufschlägt.«

»Dein Wort in Gottes Ohr«, sagte ich.

»In Ikandus«, antwortete Ben.

13. Kapitel

Jessamine

»Ach du großer Gott.« Ich schlug die Hand vor den Mund. »Ben ...«
»Ja.« Er ritt neben mich und erstarrte. Wir hatten das Dorf, in dem Bens Stamm lebte, erreicht. Wobei Dorf zu viel gesagt war. Es war eine Anreihung von Häusern an einer abgelegenen Bergstraße oberhalb von Riverside. Ben hatte uns erklärt, dass es nur noch zwanzig Stammesmitglieder gab. Und sechs von ihnen lagen auf dem Weg. Ausgesaugt, seelenlos. Das Werk eines Schattendämons. Vier Frauen, zwei Männer.

»Heiliger Ikandu.« Ben sprang von seinem Pferd, torkelte. Anna und ich starrten uns an.

»Hakan und Bena ...«, rief Ben. Er schwankte von einer Leiche zur anderen. »Sie ... sie hatte eine Tochter. Flo! Wo ist Flo? Wo sind die anderen? Hallo?« Ben rannte die Straße hinunter, rief ein Stammesmitglied nach dem anderen beim Namen. Seine Stimme wurde mit jedem Wort kratziger, herber. Ich schloss die Augen, versuchte das Leid um mich herum auszublenden, obwohl ich wusste, dass es nicht ging.

Erst als Anna ebenfalls abstieg, konnte ich mich wieder rühren. Sie lief zu einer jungen Frau, Anfang Zwanzig, gar nicht so viel älter als ich. Sie lag mitten auf der Straße, die noch nass vom letzten Regenguss war. Ihre Augen weit aufgerissen. Die Haut spannte sich über das Skelett. Nicht schon wieder. Bitte nicht schon wieder. Ich wollte sie mir nicht ansehen, denn ich wusste, was mich erwartete. Ihr Körper war eine leere Hülle, ohne Seele. Ohne Ausdruck.

»Sie ist noch warm«, sagte Anna.

»Wie ist das nur möglich? Sollte die Barriere um die Stadt nicht auch dafür sorgen, dass die Schattendämonen dieser Gegend fernbleiben?«

»Abe! Rowan!«, rief Ben weiter. Er bog nach links ab, rannte einen Hügel hinauf und verschwand auf der anderen Seite.

»Was tun wir jetzt?«

»Es ist gut möglich, dass der Dämon noch in der Nähe ist«, sagte Anna. »Ich werde alles absuchen und ihn erledigen. Hast du eine Waffe?«

»Ich habe nur meinen Dolch.« Und der war nicht aus Titanium.

Anna lief zu Bee und öffnete eine der hinteren Satteltaschen. »Mit dem Kurzschwert warst du im Training am besten, oder?«

»Ja.«

»Hier.« Sie zog ein Schwert in einem ledernen Schaft heraus und reichte es mir.

Ich stieg von Mirabell ab und band das Schwert an meinem Gürtel fest.

»Wir sehen uns kurz um, und dann wirst du dich in einem der Häuser verschanzen und warten, bis ich wiederkomme.«

»Aber ich kann doch …

»Mit deiner geprellten Rippe kämpfen? Ganz sicher nicht.«

Anna lief los. Ich folgte ihr. Natürlich hatte sie recht. Genau wie Jaydee. Trotz allem, was ich erlebt hatte, war ich noch keine gute Kämpferin. Schon dreimal nicht in meinem lädierten Zustand. Ich folgte Anna schweigend. Sie hielt zwei Wurfmesser in ihrer Hand. Die zerbrechliche, schwache Frau von vorhin war verschwunden. Anna bewegte sich grazil und selbstbewusst, die Schultern gespannt, den Blick auf die Umgebung gerichtet. Das hier war ihre Berufung.

Wir folgten der Straße. Über uns zogen dicke Gewitterwolken auf, es würde nicht lange dauern, bis es wieder anfing zu regnen. Üblich für diese Gegend. Gerade im Sommer kamen und gingen Hitzegewitter im Stundentakt. Ich blickte nach links. Dort, hinter dem Wald in einem Tal, lag Riverside. Dort unten war Violet. Ob sie spürte, dass ich in der Nähe war? Was, wenn sie alles bei vollem Bewusstsein erlebte und mit ansehen musste, wie die Menschen um sie herum starben? Es wäre das pure Grauen für sie.

Ich blieb stehen und deutete in die Richtung. »Will erzählte mir, dass ich die Macht habe, Violet zurückzuschicken.« Er meinte allerdings auch, dass ich dazu Körperkontakt zu ihr brauchte und der Wunsch, sie gehen zu lassen, aus tiefstem Herzen kommen müsse. »Was, wenn wir doch in die Stadt gehen und ich diesen Spuk beende?«

»Und wie willst du das machen?«, fragte Anna. »Sicher kann der Rat für dich die Barriere senken, aber was dann? In Riverside wimmelt es von Dämonen, die gefährlicher sind denn je. Denkst du, Ralf lässt dich einfach munter da reinmarschieren, damit du sein Werk zerstören kannst?«

Ich presste die Lippen zusammen und schüttelte den Kopf. »Aber es wäre eine Lösung. Für uns alle.«

»Wir finden eine bessere. Eine, bei der wir nicht auf ein Selbstmordkommando müssen.«

Ich dachte über ihre Worte nach. Leider hatte Anna recht. Sobald ich mich dort zeigen würde, wäre ich eine Gefangene von Ralf. Er mochte kein Interesse daran haben, mich zu töten, aber er würde mich auch nicht wieder gehen lassen. Ich wischte eine Träne weg, die sich gerade auf den Weg nach unten machen wollte, und wandte meinen Blick ab. »Wir holen dich da raus«, flüsterte ich. Vielleicht hörte Violet es ja. Irgendwie.

Wir erreichten das Ende der Straße. Außer einem streunenden Hund begegnete uns niemand. Ein herber Kontrast. Von einer Metropole wie New York in dieses Dorf. Dörfchen eher gesagt.

Anna blieb stehen und drehte sich nach links. »Da drüben«, sagte sie. »Ich fühle mehrere Seelen im Wald. Menschen.«

»Aber keinen Dämon?«

»Nein, nur leider heißt das nicht, dass keiner da ist.«

Das stimmte. Die »neuen« Dämonen wie Joanne konnten nicht mehr von den Seelenwächtern wahrgenommen werden. Es war, als hätten sie eine Tarnmütze auf, was die Jagd nicht einfacher machte.

Anna lief zu einer Holzhütte am Hang. Sie wirkte urig, mit einer kleinen Veranda und einem Schaukelstuhl. Die Fenster waren mit Vorhängen verdeckt. Anna griff an die Klinke. Nicht abgeschlossen. Anna warf einen kurzen Blick ins Innere, um sich zu vergewissern, dass die Hütte leer war. »Du wirst da drinnen auf mich warten. Sperr hinter dir ab und öffne niemandem.«

»Können wir nicht doch ...«

»Nein. Jetzt geh rein.«

Schön, den Befehlston hatte sie sich von Jaydee abgeschaut. Doch ich gehorchte und betrat die abgedunkelte Hütte.

»Ich bin so schnell zurück wie ich kann, okay?«

»Ja. Bitte sei vorsichtig.«

Anna nickte, drehte um und ließ mich allein. Ich schloss sofort hinter ihr ab und lauschte ihren Schritten, die sich rasch entfernten.

Tja, da war ich. Geparkt auf dem Abstellgleis, mal wieder. Ich musste dringend mein Training fortsetzen, aber wenn ich ehrlich zu mir selbst war, wusste ich, dass es mir nicht viel helfen konnte. Es würde Jahre dauern, bis ich jemals ansatzweise gut genug war, um gegen Dämonen zu kämpfen. Das reale Leben war leider nicht wie in den Filmen, wo die Helden einige Trainingsstunden absolvierten und nach kurzer Zeit topfit und muskulös über den Bildschirm hüpften. Ich war ein Mensch. Punkt. Die einzige Möglichkeit, in dieser Welt zu bestehen, war, ihr entweder den Rücken zu kehren oder zu versuchen, ein richtiger Teil davon zu werden. Ich könnte Will fragen, ob es möglich war, mich in den Tempel der Wiedergeburt zu bringen und zu testen, ob in mir das Potenzial lag, eine Seelenwächterin zu werden. Aber war das überhaupt möglich? Ich streckte meine Arme aus und betrachtete die blauen Venen am Handgelenk. Dort drinnen floss der Zauber, der meine Gabe unterdrückte und mich von Jaydee fernhielt. Ashriel hatte gesagt, so lange er nicht mit anderer Magie vermischt wurde, blieb er harmlos. Vermutlich waren Rituale, die mich zur Seelenwächterin machten, eingeschlossen.

Ich seufzte und blickte mich um. Es roch nach Holz und frischen Blumen. Ein kleiner gemütlicher Raum mit einer Kochecke, einem Sofa und einem Kamin. Hinter einem Vorhang war eine Schlafecke eingerichtet. Vom Penthouse am Central Park zu einer Hütte in den Bergen. Hätte mir jemand vor ein paar Jahren erzählt, wie viel ich einmal herumkommen würde, hätte ich ihm kein Wort geglaubt. Ich lief zu der kleinen Küchenzeile und öffnete einen Schrank nach dem anderen, ohne genau zu wissen, nach was ich eigentlich suchte. Schließlich fand ich verschiedene Teesorten, schön portioniert in kleinen Dosen. Ich betrachtete sie eine Weile, wusste nicht so recht, was ich jetzt mit mir anfangen sollte. *Abwarten und Tee trinken natürlich.* Wäre das alles nicht so nervenaufreibend, würde ich glatt darüber lachen.

Ich atmete durch und schüttelte den Kopf. Ach, warum eigentlich nicht? Vielleicht beruhigte es mich. Ich roch an einigen Tees, nahm schließlich den heraus, der mir am besten gefiel, und stellte den Wasserkocher an. Gerade als ich die Kräuter in ein Sieb füllte, klopfte es an der Tür.

»Hallo?«, fragte ich leise.

Keine Antwort.

»Anna?«

Ich stellte den Tee ab und lief zur Tür. Draußen probierte jemand, die Klinke zu drehen. Sofort zog ich das Schwert vom Gürtel. Vielleicht ein wenig paranoid, aber wer konnte mir das verübeln, nach allem, was ich bisher erlebt hatte?

Wieder ein Klopfen. Zaghaft dieses Mal. Würde ein Schattendämon anklopfen? Okay, Joanne hatte es an der Kirche genauso gemacht, um mich herauszulocken, doch mittlerweile würde sie die Tür einfach eintreten und nicht mehr so lange fackeln. Vermutlich hatte das damals einfach zu ihrem Spiel gehört, oder sie war zu schwach gewesen, um die stämmige Kirchentür zu durchbrechen. Ich schlich an der Wand entlang zu einem der Fenster, die auf die Vorderseite zeigten, und hob den Vorhang ein Stück.

Eine junge Frau stand draußen. Ich sah ihre Schulter, ein rotes Kleid, Stiefel. Sie verlagerte ihr Gewicht von einem Bein auf das andere. Klopfte noch mal. Warum hatte sie nicht gleich geantwortet, als ich mich eben gemeldet hatte? Ich presste mich fester an die Scheibe, versuchte, mehr von ihr zu erkennen.

Auf einmal fuhr sie herum und klatschte mit der flachen Hand gegen das Fenster. Ich schrie und machte einen Satz nach hinten.

»Hilfe!«, rief sie. »Bitte, bitte hilf mir!«

Jetzt erkannte ich auch ihr Gesicht. Es war ein Mädchen, jünger als ich. Sie hatte lange schwarze Haare, die völlig verknotet waren. Ihre Wange war verschmutzt, genau wie die Vorderseite ihres Kleides – als wäre sie bäuchlings in den Dreck gefallen.

»Mach bitte auf! Ich … ich glaube, ich werde verfolgt!«

Oh-oh …. ganz schlechtes Déjà-Vu. Auf die Nummer würde ich nicht noch mal reinfallen.

Doch die Kleine ließ nicht locker. »Hallo?«

»Was ist passiert?« Erst mal abchecken und dann aufmachen. Vielleicht.

»Ich war oben auf der Wiese, um Kräuter für Leoti zu sammeln … auf einmal war da … sie hat mich angegriffen. Einfach so. Sie hat sich auf mich geworfen und mir die Hände auf Brust und Oberkörper gelegt, und dann war es heiß. Glühend. Ich dachte, ich muss verbrennen. Ich habe um mich geschlagen, und schließlich konnte ich mich irgendwie befreien.«

Ich kaute auf meinen Fingernägeln. Was nun?

»Bitte, bitte, lass mich rein! Ich hab solche Angst.«

Ich betrachtete das Kurzschwert, atmete durch und ging zur Tür. Was, wenn sie die Wahrheit sagte?

»Wo ist die Frau, die dich angegriffen hat?«

»Ich weiß es nicht. Rowan und Pat haben sie verscheucht. Ich glaube, sie ist in die Wälder geflohen. Pat sagte, ich soll zurück ins Dorf und mich einschließen, bis sie zurückkommen. Warum lässt du mich nicht rein?«

Weil ich dir misstraue und du genauso gut der Dämon sein könntest, vor dem du mich warnen willst!
»Wie heißt du?«
»Nioti.«
Ich lehnte die Stirn an die Tür. Was? Was sollte ich tun?
Nioti fing an, auf- und abzulaufen. Von rechts nach links und links nach rechts und rechts nach ... auf einmal rumpelte es, sie keuchte gedämpft, und dann war es still.
Scheiße ...
»Nioti?«
Keine Antwort.
Oh Gott, nein, bitte nicht.
Wieder ein Keuchen, gedämpft, als könnte sie nicht mehr sprechen. Ich rannte zurück zum Fenster und spähte hinaus, doch ich erkannte nichts. Mist, verdammter!
Ich lief rückwärts, umklammerte das Schwert fester und starrte auf die Tür. Ich hatte zu lange gezögert. Nioti hatte die Wahrheit gesagt, und ich war zu misstrauisch, um sie ...
Hinter mir klirrte eine Scheibe. Ich fuhr herum.
Nioti sprang ins Zimmer, das Gesicht zu einer Fratze verzogen, die Zähne gebleckt. Sie hatte Kratzer von den Scherben. Schwarzes Blut rann über ihr Gesicht. Schwarzes Blut!
Es gelang mir gerade noch, das Schwert zu heben, als sie mich angriff und von den Füßen riss. Wir flogen nach links, ich verlor meine Waffe, prallte mit dem Kopf gegen die Kommode und stürzte voll auf meine geprellten Rippen. Der Schrei blieb mir im Halse stecken, plötzlich war da keine Luft mehr. Für einige Sekunden beherrschte mich der Schmerz vollkommen. Ich wusste nicht, ob ich lag, noch immer fiel, wo oben, wo unten war.
Etwas Schweres setzte sich auf mich und quetschte meinen lädierten Brustkorb. »Es tut mir leid, aber ich kann nicht anders«, sagte Nioti, und schon legte sie eine Hand auf meine Stirn, die andere auf meine Brust.

»Ich habe so schrecklichen Hunger!« Sie atmete ein, und dann begann der Sog. Ich kannte das. Nur zu gut. Und das hier würde nicht geschehen.

Ich handelte instinktiv, spannte meine Finger und rammte sie ihr in die Augen. Sie schrie, ließ meine Stirn los und griff sich an die Stelle. Wenigstens war sie unerfahren. Ich trat ihr ins Kreuz, versuchte, sie so von mir herunterzubekommen. Nioti drehte sich herum, versuchte, meinen Schlägen auszuweichen und gleichzeitig auf mir sitzen zu bleiben. Meine Rippe protestierte gegen jede Bewegung. In meinem Kopf hämmerte es, ich fühlte etwas Feuchtes, Warmes an meinem Schädel den Hals hinablaufen. Ich richtete mich auf, und schon kroch mir die Galle nach oben. Mit Gewalt zwang ich sie wieder nach unten, versuchte, etwas zu erkennen, aber alles tanzte vor meinen Augen herum, als wäre ich in einem wirren Film. Oder betrunken.

Nioti packte meine Schultern, versuchte, mich wieder nach unten zu pressen. Ich holte mit dem Ellbogen aus und traf sie am Kinn, gleichzeitig bekam ich ein Bein frei. Mein Tritt ging genau in ihren Bauch. Sie schrie, stürzte nach hinten und gab mich frei.

Schwert. Wo war mein Schwert? Ich blickte mich um. Es war zur Couch gerutscht. Sofort stand ich auf, stürzte, stand wieder auf. Gott, war mir schlecht. Ich würgte, spuckte aus, was auch immer sich auf den Weg nach oben gemacht hatte, und torkelte weiter. Mein Körper ein einziger Schmerz.

In der Höhe der Küchenzeile erwischte mich Nioti von Neuem. Sie zerrte mich an den Schultern zurück und schleuderte mich gegen den Kühlschrank. Es klirrte im Inneren und in meinen Knochen. Bevor Nioti ihre Hand ein weiteres Mal auflegen konnte, duckte ich mich weg, stürzte nach vorn und griff den Wasserkocher. Ohne nachzudenken, öffnete ich den Deckel und schüttete das immer noch heiße Wasser direkt auf Niotis Gesicht. Sie schrie fürchterlich. Riss die Arme hoch, fasste an ihr verbranntes Gesicht und kreischte. Ihre Haut schlug Brandblasen, es stank nach Aas und Verwesung.

Ich stürmte an ihr vorbei, stützte mich an der Küchenzeile ab und nutzte den Schwung, um die Couch zu erreichen. Nioti wimmerte nur mehr, mir war klar, dass sie bereits heilte und jetzt noch hungriger sein würde als zuvor. Ich erreichte das Sofa, hörte ihre Schritte hinter mir und griff nach meinem Schwert. Sofort wirbelte ich herum und stieß zu. Ich erwischte sie im Bauch. Weit unterhalb ihres Herzens. Sie stockte, griff an die Klinge und wirkte für einige Sekunden zu perplex, um zu reagieren. Ihr Gesicht war noch rot-schwarz geschwollen, voll kleiner Wunden und Brandblasen, doch sie setzte sich wieder zusammen. Ich zog das Schwert aus ihrem Bauch und wollte ein zweites Mal zustechen, aber sie verpasste mir eine Ohrfeige mit der Hinterhand. Ein heftiger Schlag. Ich stürzte auf das Sofa, versuchte, mich abzufangen, aber mit dem Schwert in der Hand bekam ich es nicht mehr rechtzeitig hin. Dieses Mal fiel ich auf meine gesunde Seite, was keinen Unterschied machte. Meine Rippe war hinüber, jede weitere Drehung die Hölle.

Nioti packte mich an den Füßen und zerrte mich zu sich heran. Sie bäumte sich über mir auf, ich zog das Schwert unter meinem Körper hervor und versuchte, ein zweites Mal zuzustechen. Sie wich mir aus, schlug nach der Schneide und ritzte sich dabei den Unterarm auf. Ich kämpfte mit allem, was ich noch hatte, schlug, trat, stach einfach blindlings um mich. Nioti hatte alle Hände voll zu tun, um mich abzuwehren. Und auf einmal steckte mein Schwert in ihrer Brust. Hatte ich ihr Herz getroffen?

Sie starrte an sich hinab. Ihre Augen weit aufgerissen vor Schreck. Dann sackte sie einfach zur Seite. Ich gab ihrem Körper einen letzten Tritt, um mich komplett unter ihr zu befreien, zog mich nach oben und wankte zur Tür. Raus, raus, nur noch raus. Keine Ahnung, ob sie tot war oder nur bewusstlos. Ob sie so war wie Joanne, die einfach wieder aufgestanden war, nachdem Isabella sie mit einem Pfeil erschossen hatte. Ich wollte nicht hier bleiben und es herausfinden. Ich brauchte Anna und Ben und ... Ich riss die Tür auf und sah gerade, wie Jaydee vor dem Haus bremste und vom Pferd sprang. Hinter ihm saß Anna, die sich ebenfalls aus dem Sattel schwang und auf mich zurannte.

»Duck dich!«, schrie Jaydee. Ich gehorchte, ohne nachzudenken. Schon hörte ich ein Surren neben meinem Kopf, einen dumpfen Aufprall und das unterdrückte Keuchen Niotis. Jaydee war mit wenigen Sätzen an mir vorbei, ich wirbelte herum, versuchte dabei, mein Gleichgewicht zu halten und wusste schon jetzt, dass ich versagen würde. Ich taumelte nach hinten, meine Füße suchten vergebens nach Halt. Jaydee war bei Nioti, zog seinen Dolch aus ihrem Hals und trennte ihr den Kopf ab.

Ich fiel. Einfach so.

Und wurde aufgefangen. Von zwei starken, schlanken Armen, die nach Mandarine dufteten.

»Ich hab dich«, sagte Anna.

Sie umschlang meinen Oberkörper und gab mir den Halt, den ich jetzt nicht mehr selbst aufbrachte. Fertig. Aus. Ich ließ mich an Anna sinken, alles drehte sich, alles schmerzte.

Wie aus der Ferne registrierte ich, dass Jaydee zurückkam und sich über mich beugte. Ich öffnete die Augen, sah ihn an. Diesen wunderschönen Mann, der irgendwie zu mir gehörte und irgendwie auch wieder nicht.

Er wischte sich den Dolch an seinem Hosenbein ab und schüttelte den Kopf.

»Kann ich dich eigentlich keine fünf Minuten alleine lassen?«

Ich deutete auf sein Shirt. Es war zerfetzt und verschmutzt. Er war eindeutig in einen Kampf verwickelt gewesen. »Das sagt der richtige …«, war das letzte, was ich herausbrachte. Dann gab mein Körper auf.

14. Kapitel

Jaydee

Verletzt. Verletzt. Schon wieder verletzt.

Jess lag in Annas Armen. Ihr Atem ging flach, aber ruhig. Sie sah fürchterlich aus. Ihre Haare waren im Nacken verkrustet, getrocknetes Blut klebte an ihrem Hals. Ihr rechtes Auge geschwollen, als hätte sie eine gehörige Backpfeife kassiert.

»Sie wird wieder«, sagte Anna und strich ihr über die Haare.

Natürlich würde sie das. Irgendwie würde sie immer wieder werden. Aber musste das sein? Am liebsten würde ich rund um die Uhr auf sie aufpassen, doch das war schlecht möglich. Ich drehte mich weg und lief zu der Dämonin, die ich eben geköpft hatte. Ihr Körper lag im Türrahmen, ihr Kopf im Zimmer. Noch ein Stück weiter nach oben, und Jess hätte ihr Herz erwischt. Ich beugte mich über den Leichnam. Das schwarze Blut sickerte auf den Holzboden.

»Jaydee!«

Das war Ben. Ich blickte über meine Schulter zurück. Er kam einen Hang heruntergerannt und war in Begleitung eines jüngeren Mannes mit hüftlangen schwarzen Haaren und einem ziemlich grimmigen Gesichtsausdruck. Weiter hinten folgten zwei ältere Männer, beide komplett ergraut, beide gezeichnet von den Verlusten ihres Stammes.

Ben blieb neben mir stehen und ging in die Knie. »Beim heiligen Ikandu.«

Er schloss die Augen und senkte den Kopf. Die drei Männer traten ebenfalls zu uns. Der Jüngere sah kurz auf die Leiche, dann verzog er das Gesicht und drehte sich weg.

»Was können wir tun?«, fragte Ben.

»Ihr müsst sie verbrennen. Ansonsten können wir nicht sicher sein, dass sie tot bleibt.«

»Okay.« Ben drehte sich um. »Rowan. Du musst mir helfen.«

Aber Rowan konnte nicht. Er winkte ab, verbarg sein Gesicht in den Händen und rannte die Straße hinunter.

»Die beiden standen sich sehr nahe«, sagte Ben.

»Schon gut.«

»Tocho und ich helfen dir«, sagte einer der älteren Männer.

Ich stand auf und machte den Männern Platz. Das hier war nicht mehr mein Kampf, sie mussten alleine Abschied nehmen.

Tocho hob die Leiche behutsam an und trug sie hinters Haus. Der andere Mann kam zu uns.

»Jaydee, das ist übrigens Abe«, sagte Ben. »Mein Großvater.«

Ich nickte ihm zu. »Wir sind …«

Er hob die Hand. »Alles zu seiner Zeit.« Abe blickte zu Jess. »Bring sie rüber zu Leoti. Sie und Tuja sollen sich um sie kümmern.«

Ben sah zu mir. »Die beiden sind Heilerinnen und großartig.«

Ja. Das hoffte ich. Doch ich sagte nichts, starrte nur Jess an, die immer noch weggetreten war und mir damit mehr Schmerzen zufügte, als irgendein Dämon es konnte.

Abe legte eine Hand auf meine Schulter. Mich haute es fast um, als seine Energie in meinen Körper floss. Nicht, weil es den Jäger hervorkitzelte, sondern weil Abe fast so mächtig war wie ein Seelenwächter. Wenn ich jetzt die Augen schloss, wäre es beinahe so, als würde Akil mich anfassen. Auch Abes Gefühle waren glasklar. Er war beherrscht. Konzentriert. Und er trauerte. Seine Seele war komplett im Jetzt, eine Eigenschaft, die nur sehr wenige Menschen besaßen.

Ohne ein weiteres Wort ließ er mich los und lief nach drinnen. Ich schüttelte mich, um das Gefühl von ihm wieder loszuwerden, obwohl ich mich lieber noch eine Weile darin gesuhlt hätte.

Ben lief zu Jess, bückte sich und hob sie sachte auf seine Arme. Sie stöhnte leise und ließ sich sofort gegen seine Brust sinken. Was gäbe ich darum, mit ihm zu tauschen. Wenigstens für eine Minute, eine Stunde – oder für den Rest meines Lebens.

Anna kam zu mir, schlang ihre Arme um meine Taille und presste sich an mich. Ich erwiderte ihre Umarmung und gab mich ihrer Kühle hin.

»Sie wird sich wieder erholen. Jess ist zäh.«

»Ich weiß.« Nur machte es das nicht besser.

Sie verstärkte den Druck, schickte mir Ruhe und Stärke, obwohl sie die selbst vermutlich brauchte.

»Wie konnte das hier geschehen?«, fragte ich.

»So wie es aussieht, sind zwei Dämoninnen aus der Stadt geflohen, als die Barriere kurz gesenkt wurde. Joanne und eine andere. Die zweite suchte wohl in dem Dorf hier oben nach Nahrung. Sie fand sie in Nioti. Rowan und Hakan scheuchten die Dämonin auf, aber Nioti war nicht mehr zu retten. Allerdings wussten sie nicht, dass sie so schnell wieder auferstehen würde.«

»Es ist wie in New York.« Wie bei meinem Kampf. Die Wandlung ging schneller vonstatten.

»Und es gibt noch mehr Neuigkeiten«, sagte Anna und erzählte mir von Kirian, der jetzt ebenfalls ein Opfer in diesem Kampf geworden war und sich im Tempel der Wiedergeburt befand.

Ich strich mir durchs Gesicht. Das durfte doch alles nicht wahr sein. »Was macht der Rat jetzt?«

»Sich verschanzen. Logan meinte, sie schauen gerade, ob sie sich von ihren Anwesen lösen können, aber das ist wohl nicht so einfach.«

»Verstehe.« So langsam brach alles über uns zusammen. Egal, was wir taten, in welche Richtung wir gingen: Ralf und Joanne waren schon da und machten alles schlimmer. Ein Regentropfen traf mich auf die Stirn. Ich blickte nach oben. Es fing schon wieder an zu nieseln, schwere Gewitterwolken trieben in unsere Richtung. »Seid ihr mit dem Spruch aus der Bibel weitergekommen?«

Sie berichtete von ihrem Besuch in Toronto. »Weiter sind wir noch nicht. Hier herrschte ja das pure Chaos.«

Hinter uns zischte es. Wir drehten uns beide gleichzeitig um. Ein riesige Flamme stob hinter dem Haus auf. Sie verbrannten Niotis Leiche. Hoffentlich hielt der Regen sich noch eine Weile zurück.

»Sie werden die anderen sechs Toten ebenfalls beobachten müssen. Nicht, dass ihre Seelen auch noch zurückkehren«, sagte Anna. »Ich kümmere mich darum.«

»Tu das. Ich hole Ben, damit wir mit Abe sprechen können.«

Sie nickte und rannte hinter das Haus.

Ich blieb mitten auf der Straße im Nieselregen stehen. Es war ein angenehmer warmer Sommerregen, der den Asphalt zum Dampfen brachte und die Luft abkühlte. Ich legte den Kopf in den Nacken und ließ die Tropfen auf mein Gesicht fallen. Nur kurz durchatmen, zu mir kommen, alles verdauen. Der Regen wurde stärker, durchnässte mein Shirt, meine Haare, meine Hosen. Ich ließ es einfach geschehen. Die Kämpfe mit Cocos Gefolgsleuten hatten meine Klamotten mal wieder zerschlissen. Sollte ich Jess von dieser Begegnung berichten oder eher nicht? Wenn ich es ihr sagte, würde sie vielleicht auf die Idee kommen, nach ihr zu suchen, und das war im Moment unmöglich.

»Hol dir bitte keine Erkältung«, sagte Ben auf einmal.

Ich fuhr herum. Er kam auf mich zugelaufen und wischte sich die Hände mit einem Tuch sauber. Jess' Blut hatte sein Shirt ebenso ruiniert.

»Wir werden nicht krank. Wie geht es Jess?«

»Sie schläft. Leoti hat ihr Tee eingeflößt und ihre Wunden mit Paste abgedeckt. Sie und Tuja sind gut in dem, was sie tun. Ich bin mir sicher, dass sie sich bald erholt hat.«

Bis zum nächsten Angriff, der nächsten Verletzung, die irgendwann nicht mehr so glimpflich verlaufen würde.

»Da kommt Großvater.« Ben deutete die Straße hoch. Abe war vollkommen durchnässt, doch es schien ihn genauso wenig zu stören wie mich.

Statt zu uns zu laufen, ging er Richtung Wald. »Kommt«, rief er und verschwand im Schutz der Bäume.

Ich sah kurz zu Ben, der mit den Schultern zuckte. »Das macht er immer so.«

»Aha.« Ein Mann der wenigen Worte. Er wurde mir immer sympathischer.

15. Kapitel

Williams Finger zitterten.
Hier war er also wieder. Auf der Insel El Hierro. Vor den Toren des Rates, bereit, einen weiteren Gang nach Canossa anzutreten. Die Wellen schlugen gegen die Felsen der Klippen, die Brandung wirkte aggressiv, roh. Er mochte das Wasser nicht. Feuer und Wasser waren nicht kompatibel.

Langsam lief er weiter, als wolle er es so lange wie möglich hinausziehen. Dabei wusste er, was er zu sagen hatte. Die Worte spukten in seinem Kopf herum: *Jaydee ist das Böse. Er wurde von eurer alten Feindin Lilija erschaffen. Er ist ihr Werkzeug. Ihr Handlanger. Falls Coco sie je befreien kann, wird sie ihn zu sich rufen und den Jäger endgültig von der Leine lassen. Und niemand wird ihn aufhalten können ...*

»Jaydee ist das Böse«, wiederholte er und versuchte damit, all die guten Dinge, die er mit Jaydee verband, zu vernichten. Die zarten Ketten, die sich zwischen ihnen gebildet hatten, durften nicht weiterwachsen, die Freundschaft nicht tiefer werden, sonst wäre William am Ende genauso verklärt, wie Ilai es gewesen war.

William legte die Hand auf die Tür und wies sich somit als Feuerwächter aus. Polternd glitt sie auf und ermöglichte ihm den Zugang zur Höhle, die ihn direkt ins Herz des Rates führen würde. Gerade als er den Gang betreten wollte, kam das Ziehen in seinem Bauch zurück. Er keuchte, stützte sich an der Wand ab und wartete, bis der Schmerz nachließ. Was war das nur? Er hörte doch jetzt auf seine innere Stimme. Oder etwa nicht?

Ein greller Lichtblitz durchzuckte sein Gesichtsfeld, das Brennen in seinem Inneren breitete sich aus, und dann war es auf einmal wieder weg.

»William«, sagte Soraja plötzlich hinter ihm.
Er drehte herum. Sie kam auf ihn zu, sah wie immer perfekt aus, mit ihrem langen blauen Kleid und den wallenden Haaren.

Soraja war eine Seelenwächterin durch und durch. Zumindest äußerlich. Über ihre Einstellung ließ sich durchaus streiten.

»Wie geht es Ilai?«

»Er ist bei seinem Element, das war alles, was ich für ihn tun konnte.«

»Hast du Aiden getroffen?«

»Nein. Sollte ich?«

»Sie hat Kirian ebenfalls in den Tempel gebracht.«

Aber das hieße doch, dass … Ein Hitzewall rauschte durch seinen Körper. »Nein … nein … bitte sag, dass das nicht wahr ist.«

»Dein Bruder hat sich ein weiteres Ratsmitglied geholt. Die Handlangerin von Ralf hat die nächste Explosion ausgelöst.«

»Joanne.«

»Kirian ist einfach so zusammengeklappt. Es war schrecklich.«

William schloss die Augen, bekreuzigte sich und lehnte sich an die Wand der Höhle. Nicht noch ein Opfer. Nicht noch mehr Tote.

»Die Schattendämonin wurde übrigens gefangen.«

»Wie bitte?« Sie hatten Joanne? »Wo ist sie?«

»In einem unserer Verliese. Logan ist bei ihr, um sie zu befragen, aber ich fürchte, er wird nicht viel aus ihr herausbekommen.«

Das käme wohl darauf an, welche Mittel sie einsetzen würden. Doch Seelenwächtern waren Grenzen gesetzt. Sie hatten eine Art natürlich eingebaute Moralsperre. Sie konnten keine anderen Lebewesen foltern, nicht einmal Dämonen.

Aber Jaydee könnte es. Er ist kein Seelenwächter.

»Was sollen wir tun?«, fragte er. Er fühlte sich so hilflos und verloren wie ein Kind. Das alles wuchs ihm über den Kopf. Sein Bruder, Jaydee, Ilai. So viele Entscheidungen. So viel Verantwortung. Vielleicht konnte er tatsächlich nicht damit umgehen. Er wusste einfach nicht mehr, wo oben oder unten, vorn oder hinten war.

Soraja blickte ihn fest an, als spürte sie genau, was in ihm vorging. Sie senkte die Stimme. »Zuerst werden wir beide ein Stück miteinander gehen. Komm.«

»Aber ich wollte euch gerade …«

»Komm!«, sagte sie mit mehr Nachdruck.

Er knirschte mit den Zähnen und fügte sich. Was blieb ihm auch anderes übrig. Soraja war ihm übergeordnet, und er war an seinen Eid gebunden. *Ein Diener der Gemeinschaft.*

Sie hakte sich bei ihm unter und führte ihn Richtung Klippen. Ein leichtes Kribbeln zog seinen Arm hinauf. Soraja forschte nach Williams Gefühlen. Er war nicht sicher, was sie daraus lesen konnte.

»Hast du Angst, William?«

»Ja.« Sehr. Es war sinnlos, das vor Soraja zu verheimlichen. Sie hatte es längst erkannt.

»Die habe ich auch, und daher müssen wir endlich handeln«, sagte sie leise und blieb stehen. Der Wind pfiff stärker so nah am Wasser. Die Brandung rauschte in einer Lautstärke, dass William Mühe hatte, Soraja zu verstehen. »Die einzige und wahre Lösung liegt darin, die Fylgja zurückzuschicken.«

»Es wäre zumindest ein guter Ansatz.« Doch wie? Der Zauber, um sie von Jess zu lösen, funktionierte nicht, und Jess selbst konnte Violet nur gehen lassen, wenn sie sich direkt gegenüber standen. »Wir könnten vielleicht doch versuchen, in die Stadt zu kommen, damit Jess …«

»Und weitere Seelenwächter dafür opfern? Dein Bruder wird uns töten wie Fliegen, sobald wir in seinem Reich sind. Die letzte Chance, die wir haben, ist, den Menschen loszuwerden.« Sie legte die Finger auf seinen Unterarm, drückte sachte zu. »Du weißt, dass ich recht habe.«

Den Menschen loswerden.

Will erinnerte sich noch zu gut an das Gespräch mit Logan. Als er erwähnte, dass Soraja den Vorschlag gemacht hatte, Jess zu töten.

»Nein«, stammelte er. Ihm wurde schwindelig. Das Kribbeln aus Sorajas Fingern wanderte seinen Arm hinauf bis zu seinem

Herzen. Beeinflusste sie gerade seine Gefühle? Oder war es wieder diese innere Stimme, die ihm sagen wollte, was er zu tun hatte. William schüttelte den Kopf, versuchte, einen klaren Gedanken zu finden.

»Ich spüre, dass du genauso empfindest«, sagte sie und kam näher. »Ich werde dich nicht zwingen, etwas gegen deinen Willen zu tun, ich helfe dir nur, Klarheit zu erlangen. Du bist ein Seelenwächter. Tief in deinem Inneren weißt du, was zu tun ist. Also stell dich nicht länger dagegen und lasse es zu. Gib dich deinen Gefühlen hin. Hilf mir, unsere Gemeinschaft und die Menschen zu beschützen, so wie wir es geschworen haben.«

William machte sich von Soraja los und wich zurück. Er wollte das nicht hören, er wollte es nicht empfinden. Allein diesen Gedanken zuzulassen: *Wir müssen Jess töten!*, fühlte sich so falsch und gleichzeitig so richtig an. Das Ziehen in seiner Brust verriet es ihm.

»Höre auf dein Herz, William. Es weiß, was zu tun ist. Es lässt die Zweifel beiseite und entscheidet für das Wohl aller. In Riverside sterben Menschen. Und es werden mehr, wenn dein Bruder erreicht, was er will. Wir müssen ihn aufhalten!«

»Aber doch nicht so!«

Oder doch?

Es wäre einfach.

Und falsch.

Und richtig.

Und er hatte es doch geschworen.

Er war ein Seelenwächter. Ein Beschützer der Unschuldigen. Er war stark. Trug Verantwortung. Durfte sich von seiner Freundschaft für Jess nicht beeinflussen lassen. Er war …

»Du weißt, was zu tun ist«, sagte Soraja auf einmal ganz nah bei ihm. »Ilai ist deinem Bruder bereits zum Opfer gefallen, ebenso wie Kirian. Was muss noch geschehen, bis du endlich reagierst? Bis ihr alle reagiert? Es ist nur ein Menschenleben! Eins für Hunderte, Tausende, Millionen.«

William schüttelte den Kopf. Doch er konnte es kaum noch ignorieren. Das Brennen in seinem Herzen nahm zu, je mehr er sich gegen Sorajas Vorschlag stellte.

»Lass mich mit Anna und Ben reden. Wir haben etwas in der alten Bibel gefunden, einen Spruch womöglich. Wir können vielleicht die Magie umkehren, die mein Bruder ….«

»*Womöglich. Vielleicht.* Merkst du denn nicht, wie schwammig das alles ist? Herrje, William. Es gibt keine *Vielleichts* mehr für uns. Nur noch Fakten. Wir müssen handeln.«

Ihre Finger legten sich auf seinen Unterarm, gruben sich tief in seinen Muskel. Ihn fröstelte. Nicht nur wegen des eisigen Windes, der vom Meer her wehte, sondern wegen ihrer Energie. Soraja hatte ihn fest im Griff, er wusste das und sie auch.

»Was … was willst du von mir?« Doch er kannte die Antwort bereits, ebenso wie er wusste, dass sie sich richtig anfühlen würde. Liebe gegen Vernunft. Jess' Leben gegen das von allen.

Sie kam noch näher. Ihr körpereigener Geruch nach Wasser und See vermischte sich mit dem salzigen Duft des Meeres. Eine weitere Böe schlug ihm ins Gesicht. William hatte das Gefühl, keine Luft mehr zu bekommen, trotz des vielen Sauerstoffs um ihn herum.

»Hilf mir, bevor es zu spät ist«, sagte sie leise. »Hilf mir, Jess zu töten.«

16. Kapitel

Jaydee

Abe führte uns tief in den Wald hinein. Die Luft war schwül und stickig, aufgeladen durch das bevorstehende Gewitter und unseren Erwartungen. Ben und ich liefen hintereinander, unsere Stiefel schmatzten auf dem nassen Waldboden, über uns prasselte der Regen auf das Blätterdach. Nur ab und an schaffte es ein Tropfen, sich nach unten zu kämpfen und auf meinem Kopf zu landen.

»Wohin gehen wir?«, fragte Ben.

Abe bog nach links ab, führte uns tiefer ins Unterholz.

Ich sah zu Ben zurück, er rollte die Augen, als wolle er mir damit sagen, dass er wenigstens versuchte, es herauszufinden. So liefen wir schweigend durch den Wald. Ich versuchte, mich auf die Reise einzulassen, mich in Geduld zu üben, während alles in mir danach schrie, zurück zu Jess zu gehen und auf sie aufzupassen.

»Wir sind da«, sagte Abe und deutete auf einen Felsen. Er lag gut versteckt unter Efeuranken und Geäst. Das Ganze kam mir vor wie in einem Märchen. Abe duckte sich unter einem Stamm hindurch und verschwand im Unterholz. Wir kletterten hinterher. Der Weg war zugewuchert, das Vorankommen mühsam. Doch schließlich hatten wir es geschafft und standen vor dem Eingang einer Höhle. Abe ging voran, zog ein Streichholz aus seiner Tasche und griff in eine Felsnische. Er holte eine Fackel heraus und zündete sie an.

»Weißt du, wo wir sind?«, fragte ich Ben.

»Keinen Schimmer.«

Wir folgten Abe ins Innere der Höhle. Die Luft wurde schlagartig kühler. Als hätte jemand die Klimaanlage hochgefahren. Abe steckte mit seiner Fackel weitere an, und schon bald war die Höhle in ein angenehmes Flackerlicht getaucht.

Ben pfiff durch die Zähne. »Das ist ja der Wahnsinn.«

In der Tat. Die Höhle war ein Kunstwerk. Bemalt mit unterschiedlichen Szenarien. Männer auf der Jagd, beim Feuermachen, beim Hausbauen. Geschichten, die von einer Generation zur anderen weitergetragen wurden. Abe lief tiefer in die Höhle hinein. Sie wurde breiter, Wege zweigten in unterschiedliche Richtungen ab, aus einer Wand weiter hinten entsprang ein kleiner Wasserfall, der sich in einem Becken sammelte und als Fluss tiefer in der Höhle verschwand.

»Dies ist das Werk unserer Urahnen. Aus jeder Generation wird ein Mann bestimmt, der die Geschichte fortsetzt. Wir kommen hierher und zeichnen die Erlebnisse unseres Volkes auf.«

»Wer ist es bei uns?«, fragte Ben.

»Ich«, antwortete Abe. »Doch meine Tage werden bald gezählt sein. Eigentlich hatte ich gehofft, dass dein Vater meinen Platz einnehmen würde.«

Ben räusperte sich. »Tut mir leid, dass er dich enttäuscht hat.«

»Das muss es nicht. Es ist nicht dein Versagen.«

Abe bog nach links ab, führte uns tiefer in dieses Kunstwerk der Geschichte. Es war, als würden wir in der Historie rückwärts laufen. Die Zeichnungen wurden mit jeder Abzweigung anders, primitiver, aber nicht weniger schön.

Schließlich blieb er vor einer Nische stehen. »Vor knapp zweitausend Jahren lebte unser Volk nicht nur in diesen Bergen, sondern auch in der Stadt, die ihr heute als Riverside Springs kennt. Damals nannten wir den Ort: Dowanhowee.«

»Die Dowanhowee-Indianer«, sagte Ben.

»Der Ursprung unseres Volkes«, antwortete Abe. »Unser Dasein verlief friedlich und ruhig, bis es eines Tages zu einem fürchterlichen Streit zwischen zwei Brüdern kam. Eru und Tora. Sie waren beide in Dowana, die Tochter des Stammesältesten, verliebt. Da sie sich nicht für einen der beiden entscheiden konnte, stellte sie ihnen eine Aufgabe. Derjenige, der sie am meisten überraschte, würde ihr zukünftiger Ehemann. Die Brüder gaben alles, um ihr zu gefallen. Sie schenkten ihr Blumen, Pferde, Kleidung, doch Dowana war nicht zufrieden.

Schließlich ersann Eru einen waghalsigen Plan. Er trug Bagera, der Göttin der gehörnten Tiere, seinen Wunsch vor und bat sie, ihn in einen kraftvollen Büffel zu verwandeln. So wäre er seinem Bruder überlegen und könnte Dowana ganz sicher beeindrucken. Doch Bagera war launisch und unberechenbar. Vor allen Dingen mochte sie keine Liebesbeziehungen. Statt also nur Eru zu verwandeln, lockte sie auch seinen Bruder herbei und sprach einen Zauber. Sie verschmolz die Seelen der Brüder zu einer und verwandelte ihren Körper in einen Widder. Das einzige Tier, das die Welt der Toten und der Lebenden betreten konnte – und ein treuer Diener der Göttin.«

Abe deutete auf eine Wandmalerei, die zwei Männer zeigte, wie sie sich in einen Widder verwandelten.

»Aus reiner Gehässigkeit befahl Bagera dem Widder, Dowana niederzutrampeln und danach ihre Seele zu verspeisen. Diese Tat sollte eine Warnung an alle Menschen sein, sie nie wieder zu belästigen.«

»Meine Güte«, sagte Ben und betrachtete sich die Zeichnung näher, auf der ein Widder in der Größe eines Elefanten eine junge Frau mit seinen Hörnern zweiteilte.

»Dowanas Vater war außer sich vor Wut und Trauer. Er verfluchte Bagera, er verfluchte Eru und Tora und band in einem düsteren Ritual Bageras Seele an die des Widders. Das Tier wurde gefangen und gefoltert. Und während er dahinsiechte, riss er die Göttin mit sich in den Abgrund. Angeblich soll diese Tortur vier Tage und vier Nächte gedauert haben, bis mein Volk endlich von ihm abließ. Unfähig, ihn zu töten, verbannten sie ihn zu einer Existenz in der Zwischenwelt, wo er ausharren und weitere Qualen überstehen sollte. Ebenso gaben sie ihm einen neuen Namen, um ihn zusätzlich zu strafen. Fortan hieß er: Emuxor. Das Geschöpf des Bösen.«

Auf der Wand war genau dieses Szenario aufgemalt: Der Widder, wie er von den Menschen gefoltert wurde, die Seele der beiden Brüder, die versuchten, ins Licht zu gehen und durch symbolische Ketten an die Erde gebunden blieben.

»Tausend Jahre später kam ein Mann. Er war vom anderen Ende der Welt zu uns gereist, und er interessierte sich sehr für unsere Geschichte.« Abe deutete auf das nächste Gemälde. Es war ein junger Mann in Rüstung und …

»Verfluchter Mist.« Ich trat näher, betrachtete mir das Bild genauer. »Dieses Wappen auf dem Schild … das ist Williams altes Familienwappen.« Bevor wir zur Undine aufgebrochen waren, hatte Will mir von seiner Familie erzählt. Außerdem hatte ich es im Schloss in Schottland auf einem der Rüstungen gesehen.

»Er hieß Heinrich. Er gab sich als Bote eines Gottes aus, von dem wir noch nie gehört hatten. Heinrich behauptete, dieser Gott habe ihn geschickt, um an diesem Ort ein Gebäude für ihn zu errichten. Freundlich wie mein Volk war, gewährte es Heinrich sein Vorhaben. Nicht wissend, dass sie damit einen weiteren Dämon in ihre Mitte ließen. Innerhalb der nächsten zehn Jahre entstand dieses Haus Gottes.« Abe tippte auf die Kirche. Auf mein ehemaliges Heim. Sie war natürlich viel kleiner als das Gebäude, das ich heute kannte, dennoch wusste ich, dass es *meine* Kirche war. Der Turmgiebel mit dem Kreuz auf der Spitze, die Architektur des Gebäudes, die Energie, die das Bild ausstrahlte. Das war mein einstiges Zuhause. In einer Zeit, in der es mich noch nicht gab.

»Aber die Naturvölker wurden doch erst viel später missioniert«, sagte Ben. »Wenn ich mich recht erinnere, entdeckte Columbus Amerika im Jahre 1492.«

»Heinrich kam auch nicht, um uns zu missionieren, sondern um den Emuxor zu erwecken. Das einzige Wesen, das zwischen dieser und der nächsten Welt wandeln und Heinrich ewiges Leben schenken konnte. Die Kirche sollte ihm als heilige Stätte für sein Ritual dienen. Aber es war nicht so einfach, wie er glaubte. Der Emuxor war durch seine Jahrtausende lange Folter geschwächt und mürbe. Er war nicht mehr fähig, seine alte Gestalt anzunehmen. Also züchtete Heinrich ihm eine neue. Er brachte einen wunderschönen Widderschädel mit und opferte einen seiner Männer nach dem anderen bei dem Versuch, die Seele des Emuxors an einen Körper zu binden. Durch sein Ritual öffnete Heinrich die Tore zur Zwischenwelt. Auf einmal erwachten die Toten zu neuem Leben und labten sich an den Seelen meines Volkes. Beinahe hätten sie uns ausgerottet.«

»Schattendämonen«, sagte ich. »Wie Joanne.« Wie Nioti. Wie der Obdachlose im Park. Sobald sie starben, verwandelten sie sich. Wir liefen ein Stück weiter. Aus der Kirche strömten Dämonen, sie warfen sich auf die Menschen, legten Hände auf Stirn und Brustkorb und saugten ihre Seelen aus.

»Sie waren kaum zu besiegen, egal, was wir versuchten«, sagte Abe. »Bis einer aus Heinrichs Gefolge schließlich handelte. Alle nannten ihn Pater Armstrong, er war der Hüter der Kirche, und er war es, der den Emuxor zurück in sein Fegefeuer schickte. Pater Armstrong entwickelte sein eigenes Ritual und kehrte die Anrufung um. Kaum war der Emuxor gefangen, schwanden auch die Kräfte der Schattendämonen, und wir konnten sie besiegen.«

Das nächste Bild zeigte den Pfarrer. Er hatte die Hände hoch erhoben, aus seinen Fingern strömten Energiestrahlen.

»Wie hat er das gemacht?«, fragte ich.

»Laut Überlieferung hat er den Emuxor zurück in sein Asyl gebannt und mit Blut eine Art Tor erschaffen, welches der Dämon nicht durchschreiten konnte.«

Ben und ich starrten auf die letzte Malerei an der Wand. Der Pater rammte sich selbst ein Messer ins Herz.

»Das Tor hielt. Bis jetzt«, sagte Abe. »Jemand hat das Gefängnis des Emuxors geöffnet, und dieses Mal ist es noch schlimmer als zu Heinrichs Zeiten. Dieses Mal besitzt er einen Körper. Er ist an diese Erde gebunden und wird nicht eher aufgeben, bis er alle

Dämonen aus den Schatten befreit hat. Nach den Jahren der Folter empfindet er für die Menschen nur noch eines: Hass. Und er wird nicht eher ruhen, bis er alle von der Erde gefegt hat.«

Abe drehte sich zu uns um.

»Diese Zeit steht kurz bevor. Die Winde flüstern es.«

Wir blickten einander an. Ließen das Gehörte sacken und versuchten, alles zu begreifen. Dieser Dämon war also schon einmal hier gewesen. Gerufen von Williams und Ralfs Vater. Das war genau das, was Ralf immer sagte: Er setzte das Werk seiner Familie fort.

»Warum erzählst du das erst jetzt?«, fragte Ben.

»Weil ihr vorher nicht bereit wart.«

Großartig. Ich liebte dieses Gewäsch. Ich sah zu Ben und nickte. Schätze, es war an der Zeit, dass wir ebenfalls etwas zu der Geschichte beitrugen.

Er erzählte Abe alles. Wie wir uns kennenlernten, wer den Emuxor gerufen hatte, was wir bisher wegen Ralf und Joanne durchmachen mussten. Die Details, die er nicht kannte, füllte ich auf, bis ein rundes Bild entstand. Es dauerte lange, bis er fertig war. Abe unterbrach uns kein einziges Mal.

»Gerade kommen wir aus Toronto«, vollendete Ben seine Erzählungen. »Wir haben das hier in der Bibel gefunden, die Ralf für die Anrufung des Emuxors verwendet hat.« Er zog den Zettel aus seiner Tasche und reichte ihn Abe.

Dieser nickte nur. »Das ist die alte Sprache meines Volkes.«

»Weißt du, was darauf steht.«

»Es sind die alten Beschwörungsformeln, die Heinrich anwandte, um den Emuxor zu rufen.«

»Dann kennst du auch die Gegenformel?«, fragte ich. »Die Worte, die Pater Armstrong verwendete, um den Emuxor wieder zu fangen.«

»Nein, aber sie ergeben sich aus dem Text.«

Ich atmete aus. Konnte das tatsächlich wahr sein? Hatten wir das Ritual gefunden, das diesen ganzen Spuk beendete? Doch wenn es so wäre, sollte Abe dann nicht erleichterter wirken und uns nicht so ansehen, als stünden wir alle an der Schwelle des Todes? »Was noch?«, fragte ich.

»Die Worte allein haben kein Gewicht, so lange sie nicht von der richtigen Person ausgesprochen werden.«

»Und wer ist die richtige Person?«

»Lediglich ein Nachkomme von Pater Armstrong ist dazu in der Lage. Er hatte einen Sohn, der sein Werk fortführte und die Kirche fortan leitete. Dieser Sohn hatte weitere Söhne und diese ebenso. Die Linie zieht sich fort bis heute. Bis der letzte Hüter der Kirche geboren wurde.«

Mir lief es eiskalt den Rücken hinunter. »Mikael.«

Abe nickte. »Wir benötigen sein Blut. Nur er ist in der Lage, das Tor zum Gefängnis des Emuxors zu erneuern und zu versiegeln.«

Aber Mikael war tot.

Zack.

So schnell ging das. Wir schöpften Hoffnung, wir verloren sie. Jetzt war mir klar, was Jess bei der Suche nach ihrer Mutter durchmachte.

Ich lief ein paar Meter hin und her. Sollte es das wirklich gewesen sein? Mikael hatte keine Kinder, und ich zählte nicht, denn ich war nicht mit ihm blutsverwandt.

»Es gibt noch einen Weg«, sagte Abe leise.

Ich blieb stehen. Schluckte. Irgendwie beschlich mich das Gefühl, dass mir nicht gefallen würde, was er gleich vorschlagen würde.

»Die Urahnen meines Volkes haben Verbindung zu der anderen Welt. Wir können sie anrufen und sie darum bitten, die Seele von Mikael zu uns zu bringen.«

Ich lachte auf. Es hallte in den Wänden zurück, klang leicht panisch. »Okay, stopp! Du hast gerade nicht ernsthaft vorgeschlagen, meinen Vater aus der Totenwelt anzurufen.«

»Das habe ich.«

»Bist du irre?« Das war schon von Jess eine bescheuerte Idee gewesen, sie war jetzt nicht besser. »Mikael ist tot. Er hat seinen Frieden gefunden, er ist ins Licht gegangen, und er wird dort bleiben!«

»Jaydee, durchatmen«, sagte Ben.

»Ich …« Das war Irrsinn! »Abgesehen davon: Was sollte es dir bringen? Du sagst, du brauchst das Blut, und eine Seele besitzt kein … Blut.« Oh nein. Nein, nein, nein. Mir war klar, auf was Abe spekulierte.

Das konnte ich unmöglich zulassen!

Die Gemälde an der Wand schienen lebendig zu werden. Sie tanzten vor meinen Augen.

Abe, Ben, diese Geschichte: Alles zerdrückte mich. »Ich muss hier raus.«

Ich rannte los. Wie genau ich aus der Höhle kam, wusste ich nicht. Meine Beine trugen mich einfach vorwärts, bis mich der Duft des Waldes einhüllte und ich wieder atmen konnte. Es war schon fast dunkel, und es regnete stärker als zuvor. Dicke Tropfen prasselten auf mich nieder, als wollten sie alles Schlechte, alle Erinnerungen von mir waschen.

»Jaydee.« Bens Stimme klang ewig weit weg. Ich wusste nicht, woher sie kam oder warum er auf einmal hinter mir stand. »Bitte, beruhige dich.«

Ich wirbelte herum, und schon lag meine Hand an seiner Kehle. Er röchelte, griff an meinen Arm, versuchte, sich von mir zu befreien. Meine Finger schlossen sich ganz automatisch um seinen Hals, bohrten sich tief in seine Haut. Ich wollte so gerne zudrücken. So gerne ein Leben nehmen. Grundlos. Nur, weil es mir Spaß machte und es so verflucht einfach wäre.

»Hör auf«, stammelte er.

Doch ich wollte nicht aufhören. Ich hatte die Schnauze voll davon, vernünftig zu sein. Was brachte es mir, auf der Seite der *Guten* zu stehen, fair zu kämpfen, wenn es doch nichts nutzte?

Akil hatte seine Fähigkeiten verloren, Ilai schwebte am Rande des Todes, selbst die Fylgja war ein Opfer dieser Spiele. Die einzigen, die daneben standen und lachten, waren Ralf und Joanne. Die wahren Gewinner in dieser Sache.

»Lass ihn los«, sagte Abe. Seine Hand legte sich auf meinen Arm. Seine Gefühle fluteten mich. Sie waren anders als die der anderen Menschen. Ruhe. Vertrauen. Ein Hauch Verständnis. Er war Mikael so ähnlich, dass es schmerzte.

»Ben ist nicht der Dämon, den du bekämpfen musst.« Abe trat näher an mich heran. »Beherrsche das Böse in dir. Jetzt ist nicht seine Zeit.«

Ich funkelte ihn an. Ganz sicher blitzten meine Augen silbern. Ich fühlte die Kraft des Jägers an meinen Eingeweiden kratzen. Abe zuckte nicht zurück. Es lag weder Angst noch Abscheu in seinem Blick.

»Lass ihn los«, wiederholte er mit mehr Nachdruck.

Ich gab Ben frei. Er hustete und würgte, griff sich an den Hals. Ich drehte herum, meine Muskeln kribbelten, als stünden sie unter Strom, meine Nerven waren gespannt. Ich wollte schreien, laufen, mich mit jemandem prügeln, meine Kraft aus mir herausschlagen. »Ihr werdet Mikael in Frieden lassen!«

»Der Emuxor wird bald seine komplette Kraft entfalten«, sagte Abe. »Wenn er stark genug ist, wird er seine Hülle sprengen und seine wahre Gestalt annehmen. Der Widder kehrt zurück und wird alles Leben niederwalzen.«

»Denke wenigstens darüber nach, Jaydee.«

»Ich muss nicht darüber nachdenken, verfluchte Scheiße! Ist dir eigentlich klar, was dein Großvater gerade vorschlägt?«

Ben kniff die Augen zusammen. Es war ihm noch nicht bewusst.

Ich schüttelte den Kopf. »Überleg doch mal! Was passiert zur Zeit mit all den Toten, die hier festhängen?«

»Sie ... sie werden zu Schattendämonen«, sagte Ben leise und senkte den Kopf.

»Und genau das ist dein Plan, oder? Du spekulierst darauf, dass es mit Mikael so ist, damit ihr sein Blut verwenden könnt, um diesen verfluchten Dämon wieder einzusperren. Dabei hast du nicht einmal die Garantie, dass es funktioniert! Wer sagt dir, dass sein Blut noch rein genug dafür ist?«

Abe sagte nichts. Es war auch nicht nötig.

»Und somit ist diese Diskussion beendet!«

Ich stapfte davon. Tiefer in den Wald. Denn wenn ich den beiden noch eine Minute länger ins Gesicht sehen musste, würde ich ihnen die Kehlen herausreißen.

»Jaydee!«, hörte ich Ben noch rufen, doch ich beschleunigte einfach, bis die Dunkelheit mich verschlang und ich alleine war.

17. Kapitel

Jessamine

Es war dunkel, als ich die Augen aufschlug. Für einige Sekunden wusste ich nicht, wo ich war, doch dann fiel es mir wieder ein.
Mich hat ein Schattendämon überwältigt.
Sie hatte an meine Tür geklopft und war dann über mich hergefallen.
Ich blickte mich um. Ich lag auf dem Bett in einer Hütte, ähnlich jener, in der ich mit Nioti gekämpft hatte. Etwas Kühles pappte in meinem Nacken, ebenso auf meiner Rippe. Vorsichtig tastete ich nach dem Verband an meinem Genick. Es pochte leicht, doch ich fühlte kaum noch Schmerzen. Ganz dunkel konnte ich mich daran erinnern, wie mir eine der Frauen eine Kräuterpaste auf meine Wunden geschmiert hatte. Sie hatte nach Kampfer und Minze gerochen und war unglaublich wohltuend gewesen. Langsam richtete ich mich auf, machte mich auf einen weiteren Stich in die Rippe gefasst, doch er blieb aus. Scheinbar verfügten nicht nur die Seelenwächter über wirkungsvolle Heilmethoden.
Ich hievte mich aus dem Bett und stellte mich auf. Ein wenig schwindelig war mir noch, ansonsten fühlte ich mich erstaunlich fit. Auf dem Nachttisch stand eine Tasse mit einem Rest Tee. Ich nahm sie auf und roch daran. Auch an das Zeug konnte ich mich erinnern, sie hatten es mir zum Trinken gegeben. Die Ladies mussten mir unbedingt das Rezept für dieses Zeug geben, bei meiner Verletzungsquote konnte ich es gut gebrauchen.
Ich stellte sie wieder zurück und lief zur Küchenzeile. Auf dem Tresen lag eine Nachricht für mich. Sie war von Anna:

Jess,
ich halte mit Tuja Grabwache, damit wir nicht noch eine Dämo-

nenüberraschung bekommen. Rowan patrouilliert um die Stadt herum. Jaydee und Ben reden mit Abe wegen dem Spruch aus der Bibel. Leoti mischt neue Heilpaste. Wenn du etwas brauchst, komm einfach den Berg hochgelaufen.*

Liebe Grüße,
Anna

Ich legte den Zettel zurück. Schade, dass ich nicht dabei sein konnte, während Jaydee mit Abe sprach. Zum einen wollte ich wissen, was dabei rauskommen würde. Zum anderen vermisste ich ihn ganz schrecklich. Wie er mich vorhin angesehen hatte ... da war wieder dieser Blick gewesen. Voller Zuneigung, aber auch voller Sorge. Es wäre schön gewesen, wenn er bei mir geblieben wäre. So wie Will vor Annas Bett Wache gehalten hatte ... ich schmunzelte, nein, das ging wirklich zu weit. Abgesehen davon konnte ich mir Jaydee nicht dabei vorstellen, wie er mir Märchen vorlas.

Plötzlich klopfte es an der Tür. Vor Schreck ließ ich fast den Zettel fallen.

Meine Glieder versteiften sich, mein Herz begann zu rasen. Es geschah völlig unwillkürlich, als würde sich mein Körper sofort wieder darin erinnern, wie es beim letzten Mal war, als jemand anklopfte.

»Jess?«

Ich ließ die Luft aus den Lungen. Das war Will! Kein Dämon. Rasch legte ich den Zettel weg, eilte zur Tür und riss sie auf. Da stand er. Verwuschelt, müde, etwas mitgenommen, aber er war es.

»Bin ich froh, dich zu sehen.« Ich warf mich ihm an den Hals. Er taumelte einen Schritt zurück, machte sich erst steif, doch schließlich gab er sich der Umarmung hin. »Ich habe immerhin Klamotten an«, sagte ich.

»Ja, aber nicht viele.«

Das stimmte allerdings. Irgendwer hatte mir ein langes Shirt übergestreift, das bis zum Knie ging, mehr nicht. Ich drückte ihn fester, genoss die herrliche Wärme und seinen angenehmen Duft nach abgebrannter Kohle. Will schlang die Arme um meine Taille, legte eine Hand in meinen Rücken und drückte mich an sich. Er hielt mich fest, vergrub seine Nase in meinen Haaren und schluchzte leise.

Die Umarmung fühlte sich anders an als sonst. Noch wusste ich nicht genau, woran es lag. Will strahlte eine enorme Hitze ab. Als würde das Feuer in ihm glühen. Oder er brach langsam unter der Last zusammen, die auf seinen Schultern lag. Also versuchte ich, ihm irgendwie Stärke zu geben. Mit meiner Umarmung, meiner Nähe, meinen Gedanken. Ich ließ ihm die Zeit, die er brauchte, hielt ihn fest und wartete, bis er wieder bereit war, mit mir zu sprechen.

Nach einer gefühlten Ewigkeit machte er sich von mir los und sah mir in die Augen. Auch die wirkten anders. Dunkler. Tiefer. Erfüllt mit Gedanken, die ihn belasteten.

»Wie geht es Ilai?« Ganz sicher war ich mir nicht, ob ich eine Antwort darauf hören wollte. Wenn er jetzt sagte, er wäre tot, wäre es endgültig.

»Er ist bei seinem Element. Es hat geklappt. Jetzt müssen wir abwarten.«

Ich ließ die Luft aus den Lungen. Abwarten war nicht gerade meine Stärke, aber es war besser als jede weitere Horrornachricht. »Woher weißt du eigentlich, wo wir sind?« Will konnte ja nicht ahnen, dass wir direkt von Toronto aus hierhergekommen waren.

»Von Logan. Ich habe ... vorhin mit ihm gesprochen. Er wollte wissen, wie es Ilai geht.« Will blickte über meine Schulter. »Bist du allein?«

»Ja. Hier war ganz schön was los.« Ich fasste es in kurzen Sätzen zusammen. Er nickte immer wieder, doch ich hatte das Gefühl, dass er mir gar nicht richtig zuhörte. »Anna müsste gleich wieder kommen, magst du rein? Ich kann dir einen Tee machen.«

»Ja. Nein. Ich ...« Er lachte, strich sich durchs Gesicht und schüttelte den Kopf. »Ich weiß nicht.«

Ich nahm ihn an der Hand und zog ihn ins Innere. Er ließ es sich gefallen, doch ich spürte den Widerstand in seinem Körper.

»Ist sonst noch etwas?«, fragte ich. »Du wirkst sehr gehetzt.«

»Nein. Es ist alles bestens. Wirklich. Alles bestens.«

Ich ließ ihn los und lief zur Küche. Will sah sich rasch um, fuhr sich durch den Nacken.

Wurde es wärmer im Raum? Es kam mir zumindest so vor.

Will hob den Zettel von Anna auf und las ihn. Er lächelte leicht, und ganz kurz blitzte etwas von seiner Unbeschwertheit durch.

»Sie hat mit mir über die Sache mit euch geredet. Also über euer Erlebnis, als du in ihrem Kopf warst.«

Er nickte und legte den Zettel weg. Ich suchte eine Tasse aus dem Schrank und wartete, ob er mich fragen würde, was Anna dazu gesagt hatte, aber das tat er nicht.

»Bist du sicher, dass alles okay mit dir ist?«, fragte ich noch mal und stellte die Tasse auf den Tresen.

»Ja.« Er lachte wieder. Es klang so verzweifelt, so hilflos, als würde er gleich durchdrehen.

»Du benimmst dich nur leider nicht so.«

»Ich weiß, Jess. Es ist so viel geschehen. Du wirst nicht glauben, was ich ... worum ich ...« Er betrachtete seine Hände, als hätte er einen Spickzettel dort versteckt, der ihm sagen konnte, wie es weitergeht. »Es muss leider sein.«

»Was denn?«

Er blickte auf. Da war wieder dieser dunkle Ausdruck in seinen Augen, den er eben bereits gehabt hatte. Er passte nicht zu ihm und er gefiel mir nicht.

»Will?«

»Du wirst es gleich verstehen.« Er hob die Hand, und auf einmal traf mich etwas Heißes im Gesicht. Es war, als würde ich vor einem Hochleistungsofen stehen. Ich riss den Arm hoch, stieß die Tasse dabei um, die klirrend auf dem Boden zerschellte. Die

Hitze nahm zu, ich drehte mich weg, doch ich konnte ihr nicht entkommen. Sie hüllte mich ein, raubte mir den Atem, die Sicht. Ich schrie, taumelte in der Küche umher, versuchte, mich irgendwo abzustützen und warf dabei einen Stuhl um.

Am Rande bekam ich mit, wie Will auf mich zuging und die Arme ausbreitete. Meine Hände verkrallten sich irgendwo, rissen weitere Sachen vom Tresen. Es klirrte, polterte. Vielleicht trat ich auch gegen irgendetwas.

Ich fiel, wurde aufgefangen und festgehalten.

»Es tut mir so leid«, flüsterte Will in mein Ohr. »Aber es geht nicht anders.«

Die Hitze nahm zu und übermannte mich.

Dann war es vorbei.

Ende

XI

Bruderkampf

1. Kapitel

Jaydee

Mikael zurückholen!
Die Worte drehten und drehten sich in meinem Kopf, während ich ziellos durch den Wald streifte.

Meine Füße trugen mich blind vorwärts. Der Boden war vom Regen aufgeweicht und rutschig, doch es machte mir nichts. Genauso wenig wie die Dunkelheit oder die durchnässten Klamotten, die an meiner Haut klebten.

Rennen! Weg! Rennen! Immer weiter!

Das war es, was ich wollte. Tobias hatte vollkommen richtiggelegen: Wenn es schwierig wurde, haute ich ab. Ich kehrte allen den Rücken und floh wie ein dämlicher Hase vor dem Fuchs.

Feigling! Hosenscheißer! Memme!

So hatte er mich stets genannt, wenn ich nach stundenlanger Abwesenheit zurück in die Kirche kam. Seine Meinung über mich war mir im Grunde egal. Ich rannte nicht, weil ich Angst hatte. Ich rannte, weil mein Körper es brauchte, weil es mir half, den Jäger zu beschäftigen. Das war damals so gewesen und hatte sich bis heute nicht geändert. Wenn ich vorhin nicht gegangen wäre, wäre Ben nicht mehr am Leben. Ich hätte ihm das Genick gebrochen, hätte diese Wut, den Zorn, diesen unbändigen Drang, anderen wehzutun, an ihm ausgelassen.

Und genau deshalb haute ich ab.

Auf einer Lichtung blieb ich stehen. Nass bis auf die Haut, aufgeputscht und gleichzeitig erschöpft und unfassbar wütend. Der Regen hatte zugenommen, prasselte auf mich nieder, doch ich spürte ihn kaum noch. Mein Körper zitterte, vor Anspannung, vor Kälte, vor Eindrücken.

Sie wollten tatsächlich Mikael zurückholen!

Das allein zu denken fühlte sich so abwegig, so falsch, so ... unmöglich an!

Er würde als Schattendämon wiederauferstehen.

Als Schattendämon! Verdammte Scheiße!

Sobald er den Emuxor zurück in sein Gefängnis verbannt hätte, würde er postwendend auf unserer Abschussliste landen, und wir mussten ihn töten.

Damit wäre seine Seele endgültig vernichtet.

Keine Chance auf Wiedergeburt.

Keine Chance auf Frieden.

Ich strich mir übers Gesicht, wischte den Regen weg, um gleich darauf die nächsten Tropfen auf meiner Haut zu spüren.

»Ich kann das nicht.« Mikael war immer für mich dagewesen, er hatte mir Liebe geschenkt, obwohl ich sie nicht verdient hatte, er war für andere gestorben, weil er in dieser verdammten Kirche blieb, bis alle draußen waren. Er war besser als dieser ganze Scheiß!

Ich starrte in den Himmel, schloss die Augen, ließ Regentropfen auf mich prasseln. Um mich war es still, und trotzdem fühlte ich das Leben im Wald. Die Käfer, die Schutz vor dem Regen suchten, Maulwürfe, die ihre Tunnel gruben, Würmer, die sich in die Erde buddelten.

Alles um mich war in Bewegung. Alles hatte ein Ziel. Und ich? Keine Ahnung. Es gab zu viele Möglichkeiten, zu viele Optionen, zu viele Wege. Und es war zu schwer, sich zu entscheiden.

Also blieb ich stehen, lauschte auf die Geräusche des Waldes, versuchte, seine Energie in mich aufzunehmen und herauszufühlen, was richtig und was falsch war.

Dabei gab es vermutlich gar kein Richtig oder Falsch. Wenn wir gewinnen wollten, mussten wir den Emuxor zurück in seine Hölle schicken. Sollten die Schattendämonen weiter mutieren und sich so rasant entwickeln, hätten wir bald keine Chance mehr gegen sie. Sie würden uns niederwalzen wie eine Armee Heuschrecken. Und es gäbe kein Mittel, mit dem wir sie töten könnten ...

Wobei ...

Ein Gedanke schob sich in mein Bewusstsein. Ben hatte vorhin etwas zu uns gesagt. Ich hatte nicht nachgehakt, weil wir gleich darauf mit Abe losgezogen waren.

»*So wie es aussieht, sind zwei Dämoninnen aus der Stadt geflohen, als die Barriere kurz gesenkt wurde. Joanne und eine andere. Die zweite suchte wohl in dem Dorf hier oben nach Nahrung. .... Rowan und Hakan töteten die Dämonin ...*«

Sie töteten die Dämonin.

Eine, die aus der Stadt gekommen war. Zusammen mit Joanne.

Noch wussten wir nicht, welche Auswirkungen genau der Emuxor auf die Dämonen hatte. Joanne hatte die Attacke von Isabella damals überlebt, aber war sie dadurch auch unsterblich? Wir gingen lediglich davon aus, doch probiert hatten wir es nicht. Wie auch?

Und was für Möglichkeiten böten sich uns, wenn es nur Joanne beträf und die anderen nicht? Was hätten wir davon?

Wir könnten in Riverside einfallen, alle Dämonen auslöschen und uns Ralf vorknöpfen. Dann wäre er ausgeschaltet, dieser verdammte Emuxor, aber immer noch da.

Doch dann könnte Jess ihre Fylgja entlassen und wir müssten Mikael nicht rufen.

Sein Leben gegen das der Fylgja.

Durfte ich so etwas von Jess verlangen?

Ich betrachtete meine Hände. Noch immer konnte ich mich an das Gefühl ihrer Haut auf meiner erinnern. Ich wusste exakt, an welcher Stelle ich sie geküsst hatte, an welcher ich sie noch gerne geküsst hätte und an das, was ich vorhin zu ihr im Hotel sagte: *Wir finden einen Weg.*

Für uns. Für sie und mich.

Deshalb mussten wir gemeinsam entscheiden und überlegen, was wir tun konnten.

Ich drehte herum und machte mich auf den Rückweg.

Während der gesamten Strecke grübelte ich, wie ich mit ihr darüber sprechen konnte, legte mir im Kopf die passenden Sätze zurecht. Suchte Argumente, wägte das Für und Wider ab.

Bis ich das Bergdorf erreichte, in dem Abe und seine Leute wohnten, war ich keinen Schritt bei meinen Überlegungen weiter.

Ich blieb stehen, orientierte mich. Es war nach wie vor finster. Kein Mensch auf der Straße, und es regnete immer noch, wobei ich die Nässe kaum spürte. Das Dorf wirkte bei Dunkelheit noch mystischer, fast gespenstisch. Einige Holzläden klapperten im Wind, ein Mobile klimperte traurig vor sich hin. Es standen nur wenige Häuser rechts und links der Straße. Einige waren komplett verschlossen, die Holzlatten kaputt, die Dächer zum Teil abgedeckt. Das Dorf atmete mit jeder Minute seinen Verfall aus. Bald wäre hier kein Leben mehr übrig.

Auf einmal hörte ich Schritte. Sie kamen von dem Hügel rechts. Ich blickte in die Richtung und sah Anna. Sie stürmte den Weg herunter. Das Gesicht so blass, dass es in der Dunkelheit weiß schimmerte.

»Jaydee! Gott sei Dank!«

Sie warf sich in meine Arme und drückte sich an mich, als wäre ich tagelang weggewesen. Ihr Kleid war ebenso nass wie mein Shirt, sie war also schon eine ganze Weile draußen. Vermutlich hatte sie nach mir gesucht. »Ben hat mir alles erzählt. Das mit dem Emuxor und … Mikael!«

Ich umschlang sie, vergrub meine Nase in ihren Haaren und nahm einen tiefen Atemzug. Der Duft ihres Shampoos umhüllte mich, vermischte sich mit dem Regen und lief in sanften Bahnen meine Arme hinab. Anna an meinem Körper. Weich und tröstend.

»Ich hatte Angst, dass du etwas Dummes tust.«

»Was sollte ich denn tun?«

»Die Stadt stürmen, dir einen Weg zu diesem Emuxor freikämpfen, versuchen, ihn eigenhändig zu töten. So Dinge eben.«

Der Gedanke war gar nicht mal so abwegig. Schon gar nicht nachdem, was Ben erzählt hatte. Ich fasste es für Anna zusammen.

Dass Rowan und Hakan eine Dämonin getötet hatten und sie vielleicht nicht so stark waren, wie wir dachten.

Sie hörte mir schweigend zu, doch ich fühlte, wie ihre Anspannung mit jedem weiteren Wort wuchs. »Ich habe lange mit Tuja geredet, als wir Grabwache hielten. Sie erzählte mir, dass Rowan der Dämonin das Genick gebrochen hat.«

»Und das hat sie umgebracht?«

»Offenbar.«

»Aber das ist unmöglich.« Niemand konnte einen Schattendämon mit einem Genickbruch töten. Zwar hatte ich in Schottland auch keine Waffen gehabt, doch ich hatte nicht genug von den Körpern übrig gelassen, damit sie heilen konnten.

»Und dennoch war es so. Diese Menschen hier ... sie sind anders. Wie Ben. Er ist immun gegen unsere Fähigkeiten, Rowan kann einen Dämon mit bloßen Händen töten. Leoti kann schwere Verletzungen heilen ... dieses Volk umgibt ein Zauber, den ich noch nicht begreife. Es ist magisch.«

»Vielleicht könnten wir ja doch in die Stadt ...« Dem Jäger würde so ein Ausflug gefallen.

Anna löste sich von mir, umfasste mein Gesicht mit beiden Händen und blickte mir in die Augen. »Versprich mir, dass du nichts dergleichen tun wirst.«

»Aber ...«

»Akil ist weg. Ilai halb tot ... Will und ich sind ...« Sie schloss die Augen. »Ich weiß es nicht, was wir sind, aber nichts ist mehr wie früher.« Eine Woge aus Angst schwappte zu mir herüber. Es war nicht nur eine Furcht vor den Dingen, die uns im Moment überrollten. Was Anna aussandte, war pure Urangst. Sie fühlte sich allein und verlassen. »Wir fallen auseinander, Jaydee. Unsere Familie zerbricht, und wenn du jetzt auch noch ...«

»Okay, ist gut.« Ich zog sie an mich und drückte ihr einen Kuss auf die Stirn. »Es ist gut«, flüsterte ich gegen ihre kühle Haut. »Ich mache keine Dummheiten.«

Sie ließ die Luft aus den Lungen und entspannte sich. Es tat gut, das zu spüren. Anna war, neben Akil, immer so etwas wie mein Rückzug gewesen. Sie und ihre unerschöpfliche Liebe hatten mich unzählige Male aufgefangen, mir Kraft gegeben, den Jäger beruhigt. Ich zog sie noch enger an mich und blickte die Straße hinab. Der Regen hatte kleine Flüsse hinterlassen, die den Asphalt überschwemmten und den Hang hinuntersickerten. Die Luft roch klar, nach Kräutern und Erde und vielleicht tatsächlich ein wenig nach Magie. »Wie geht es eigentlich Jess?«

»Sie hat friedlich geschlafen, als ich zuletzt nach ihr gesehen habe, aber das ist schon eine Weile her.«

»Vielleicht ist sie ja jetzt wach.« Ich musste mit ihr über alles reden. Außerdem musste ich mich vergewissern, dass es ihr gut ging, dass sie nicht schon wieder verletzt war. Am liebsten würde ich vierundzwanzig Stunden am Tag auf sie aufpassen. Verrückt, aber so war es leider.

Anna drückte meine Finger. »Lass uns nachsehen.«

Sie führte mich die Straße hinunter zu einem der Häuser. Den ganzen Weg über sagte sie nichts, hielt einfach meine Hand fest und versuchte dabei, die Angst in sich niederzukämpfen.

Wir bogen nach links ab in eine Sackgasse und erreichten schließlich das Haus. Und wir waren nicht die Ersten.

Die Eingangstür stand sperrangelweit offen.

Sofort beschlich mich ein merkwürdiges Gefühl. Die Sorte, bei dem einem heiß und kalt gleichzeitig wurde, bei dem sich alles zusammenzog und es kaum noch möglich war, Luft zu holen.

Es ist etwas passiert. Etwas mit Jess.

Ein Ziehen breitete sich in meinem Magen aus und kroch nach oben.

Drinnen brannte Licht, ich erkannte Bens Silhouette, der am Boden kniete und etwas aufhob. Ohne zu klopfen trat ich ein und wäre am liebsten rückwärts wieder hinaus. Das Zimmer war erfüllt von ihrem Duft. Er setzte sich in meine Poren, in die

Nase, vervielfältigte sich in meinem Bauch zu einem einzigen Klumpen.

»Jaydee ...«, sagte Ben und stand auf. Er hielt Teile einer zerbrochenen Teetasse in der Hand. An seinem Hals waren rote Würgemale. Meine Fingerabdrücke. Noch immer konnte ich mich nicht dafür entschuldigen.

»Was ist passiert?«

»Jess ist weg.«

Er hätte mir genauso gut einen Schlag in den Bauch verpassen können. Das Ziehen in meinem Magen wanderte höher. Erfasste jetzt auch mein Herz. Meine Seele. »Seit wann?«

»Das weiß ich nicht.«

»Gewaltsam? Ich meine ... wurde sie entführt?«

»Es gibt keine Anzeichen für einen Kampf. Bis auf die Tasse und den umgeworfenen Stuhl, aber das hat nichts zu ...«

Ich stapfte an ihm vorbei, lief durch das Zimmer, blähte die Nasenflügel, um noch eine Spur, einen Duft zu erhaschen, der mir helfen konnte. Mein Herz raste, meine Hände waren schweißnass. Dieses Ziehen in meinem Inneren. Ich erinnerte mich daran. An diesen Schmerz, der so zerstörerisch, so lähmend war.

Jess ist weg! Einfach so.

»Hat sie eine Nachricht hinterlassen?«

»Nein, aber bestimmt gibt es eine ...«, sagte Ben.

»Sag mir nicht, dass es hierfür eine logische Erklärung gibt, wenn du nicht wirklich davon überzeugt bist.« Ich drehte mich zu ihm. Er sah zerknittert aus, mürbe.

Ich strich mir durch die Haare, tigerte von rechts nach links, auf und ab.

»Jaydee ...«

»Sie würde nicht gehen. Nicht ohne Nachricht.«

»Vielleicht hatte sie keine Zeit, etwas zu schreiben.«

»Für fünf Zeilen? *Macht euch keine Sorgen, bin kurz spazieren. Brauche frische Luft*, egal was! Sie weiß doch, wie verflucht noch mal …« Nach allem, was wir miteinander erlebt hatten, musste sie doch wissen, dass ich …, dass wir uns Sorgen machen würden. »Wir können nicht mal einen Suchzauber ausführen, denn sie trägt dieses beschissene Amulett!«

»Okay. Du holst jetzt Luft und lässt mich meine Arbeit machen«, sagte Ben. »Zuerst scherst du dich raus und hörst auf, meine Spuren zu verunreinigen. Ich untersuche das Haus, rufe ein paar Leute an, schreibe eine Fahndung aus.«

»Ohne Foto.«

Er trat näher und legte eine Hand auf meine Schulter, stoppte so mein Gewusel. »Jess war eine Verdächtige in einem Mordfall. Ich kann mich online in ihre Akte einloggen. Ich mache diesen Job nicht erst seit gestern, also bitte vertraue mir.«

Ich drehte mich von ihm weg. Ich konnte ihm nicht in die Augen sehen. Nicht jetzt. Die Eindrücke in diesem Raum erstickten mich. Sie waren so intensiv, kratzten über meine Haut wie Dornen. Meine Sinne waren überdreht und gleichzeitig lahmgelegt, als hätte ich verlernt, mit ihnen umzugehen. »Es sind so viele Gerüche hier.«

»Du bist zu befangen«, sagte Ben. »Das ist völlig normal.«

»Ich kann nicht …« Jess Shirt, das sie in New York getragen hatte, hing über einem Stuhl links von mir. Ohne es zu wollen, schnappte ich es mir, knautschte den Stoff in den Händen und roch daran, als könnte ich so erfahren, was hier stattgefunden hatte. War sie entführt worden? War Coco mir gefolgt? So viele Möglichkeiten! Schon wieder gab es viel zu viele Wege!

»Könnte es sein, dass sie herausgelockt wurde? Von einem Dämon? Oder vielleicht …« Oh, verdammt. Ich kam ins Straucheln, fing mich aber sofort. »Joanne.« Ben hatte es doch vorhin gesagt: Sie war mit einer anderen Dämonin entkommen. Ich hätte schneller reagieren, darauf eingehen sollen. »Wenn sie es …«

»Joanne kann es nicht gewesen sein«, sagte Anna. Sie stand am Türrahmen. Ich zuckte, bemerkte erst jetzt, dass sie auch da war. »Sie … sie wurde eingesperrt.«

»Wie bitte?« Natürlich hatte ich verstanden, was Anna gesagt hatte, nur wollte ich es nicht glauben.

»Kendra hat sie erwischt. Auf Kirians Anwesen. Sie hat die zweite Explosion ausgelöst. Jetzt sitzt sie in einem unserer Gefängnisse.«

Ich atmete tief ein. Kämpfte das Brodeln im Inneren nieder und starrte sie an. Sie wich meinem Blick aus. »Wie lange weißt du das schon?«

»Seit wir aus Toronto zurück sind.«

Also hatte sie mehr als genug Zeit, mir davon zu erzählen. »Du auch?«, fragte ich Ben.

»Wir wollten dich nicht zu sehr aufregen.«

Ich lachte. Aber nicht, weil ich es lustig fand, sondern weil ich es nicht fassen konnte! »Habt ihr eigentlich einen Knall? Dieses Miststück führt mich seit Wochen an der Nase herum. Sie hat mich an Jess gekettet, ich hätte sie daraufhin fast umgebracht! Joanne tritt mich mit Füßen, und ihr sagt mir nicht, dass sie bei uns in Gewahrsam sitzt?!«

»Logan befragt sie bereits«, sagte Anna leise. »Wir dachten, es ist besser, wenn du es erst mal nicht weißt. Abgesehen davon würde dich der Rat nicht in ihre Nähe lassen. Schon gar nicht, wenn sie sehen, wie du drauf bist.«

Ich biss den Kiefer zusammen. »Hat sie schon etwas gesagt?«

»Das weiß ich nicht. Logan und ich haben seither nicht miteinander gesprochen.«

Logan … der Rat … Und da dämmerte es mir. Logan hatte es uns selbst gesagt: *Soraja hatte bereits angemerkt, ob es nicht doch das Beste wäre, sie zu opfern, damit Violet gehen kann …*

Ich warf das Shirt auf den Küchentresen, stiefelte zur Tür hinaus und pfiff nach Amir. Der Regen hatte zugenommen, peitschte mir ins Gesicht. Fast fühlte es sich an, als würden die Tropfen auf meiner Haut verglühen.

Jess ist weg!

Sie hätte einen Zettel geschrieben! Ich wusste es einfach. Sie würde mir das nicht antun, nicht nach unserem letzten Ausflug ...

Ich hörte Bens und Annas Schritte hinter mir. »Jaydee ...«

»Jetzt nicht.« Ich blickte nach rechts und links, von dort hörte ich Hufgetrappel.

»Was hast du vor?«

»Ich reite zum Rat und knöpfe mir Soraja vor.

»Jay, bitte sei vernünftig«, sagte Anna. »Ich kann mir nicht vorstellen, dass sie das tun würden. Der Rat tötet keine Unschuldigen. Sie *können* es gar nicht.«

»Sie nicht, aber es gibt genügend Menschen, die man für so etwas bezahlen kann.« Wenn dieses Miststück Jess tatsächlich etwas angetan hatte ... Ich schloss die Augen, kämpfte die Rage nieder.

Noch nicht.

Jetzt war noch nicht die Zeit.

»Du solltest nicht in diesem Zustand ...«

Ich blickte Ben an. Er wich einen Schritt zurück, als würde ich Feuer speien. Ganz sicher waren meine Augen stechend silbern. Ben griff automatisch an seinen Hals. Sein Herzschlag beschleunigte sich, er bemühte sich um Kontrolle, aber es gelang ihm nicht.

»Mach jetzt bitte keine Dummheiten, Jaydee.«

Amir kam die Straße heruntergaloppiert, ich wartete nicht, bis er gebremst hatte, schwang mich, noch während er trabte, auf seinen nackten Rücken. An seine Mähne geklammert trieb ich ihn voran.

»Jaydee, bitte tu ...«

Was auch immer Ben noch sagen wollte, ging im Knall unter, als das Portal mich verschluckte.

2. Kapitel

Ach, verdammt noch mal!« Keira fegte die Landkarte vom Tisch.
Das war der fünfte Versuch!
Das fünfte Mal, dass sie mit Cocos Haaren den Suchzauber gefertigt hatte, das fünfte Mal, dass sie gescheitert war.
Sie konnte es einfach nicht!
Sie war keine Magierin.
Punkt. Aus. Fertig.
Dabei hatte sie gehofft, es würde klappen, nachdem sie so erfolgreich die Tür mit dem Zauber verschlossen hatte, als Jaydee hinter ihr hergewesen war. Aber ein Suchzauber war eine andere Hausnummer als der kleine Verriegelungstrick.
Es half alles nichts: Keira brauchte Hilfe.
Sie betrachtete die schwarzen Haare in der Schale vor ihr. Es war Glück, dass Jaydee bei seiner Attacke die gleichen Klamotten wie am Vortag getragen hatte. Bevor sie ihn in Arizona abgeliefert hatte, hatte sie seine Taschen durchsucht und tatsächlich die Haare von Coco gefunden, und nicht nur das: Ein Foto steckte ebenfalls dabei. Es zeigte eine hölzerne Tür, über der eine lateinische Aufschrift stand: ... *ab Iniuria defendid* ... Der Rest war zu zerkratzt gewesen. Keira hatte keine Ahnung, was es bedeutete. Er musste es aus ihrer Akte genommen haben, die Anthony extra für ihn deponiert hatte, damit er sie finden und Keira vertrauen würde. Der Plan hatte nicht ganz funktioniert, denn das erste, was Jaydee getan hatte, nachdem er aus Joannes Gefangenschaft entkommen konnte, war, sie zu attackieren. Dabei war nicht sie es gewesen, die ihn an Joanne verraten hatte, sondern Anthony.
Wie dem auch sei: Jetzt hatte sie Cocos Haare und kam dennoch nicht weiter!
Keira rieb sich durchs Gesicht. Sie war mürbe. Diese Suche nach Coco strengte sie an, außerdem schmerzte die Wunde, die

Jaydee ihr zugefügt hatte. Bei ihrem stümperhaften Eigenversuch, die Tattoos zu vollenden, hatte sie anscheinend zu tief gestochen, und die Tinte war in einer tieferen Hautschicht ausgelaufen. Dafür hatten sich die Kopfschmerzen dieses Mal in Grenzen gehalten. Nach dem Kampf mit Jaydee, der absolut irre gewesen war, waren die Tattoos rasch ausgebrannt und ihre Wirkung schon bald verpufft. Jetzt saß sie mal wieder ohne ihre Zeichen da, denn leider war auch Anthony wie vom Erdboden verschluckt.

Keira bezweifelte, dass ihm etwas zugestoßen war. Sonst hätte sie schon längst davon gehört. Er war bekannt wie ein bunter Hund in der übernatürlichen Welt.

Viel wahrscheinlicher war, dass Anthony gerade in einem Labor saß und Jaydees Blut untersuchte, das er ihm abgenommen hatte, als dieser ohnmächtig gewesen war. Vermutlich überlegte er, wie er den größtmöglichen Profit herausschlagen konnte. Aber dieses Mal ohne sie. Sie würde nicht noch mal den Fehler begehen und Jaydee verraten, denn eins war sicher: Würde sie das ein zweites Mal tun, wäre sie hinterher erledigt.

Keira gähnte herzhaft und streckte ihre Arme über den Kopf. Ihre Schultern knackten, ein Zeichen, dass sie zu lange an ihrem Schreibtisch gesessen hatte. Aber wenn es um Coco ging, verlor sie jegliches Zeitgefühl. Sie packte alle Utensilien zusammen, löschte den Weihrauch und die Kerzen, die sie für den Zauber aufgestellt hatte, bettete Cocos Haare in eine Holzkiste und stellte die Sachen zurück zu ihren Büchern. Sie würde es in ein paar Tagen noch mal probieren, wenn ihr Kopf freier war und die Schmerzen in ihrem Bauch nicht mehr so präsent. Die Begegnung mit Jaydee war noch nicht lange her; sie sollte ihrem Körper Ruhe gönnen. Am besten oben auf der Dachterrasse, während sie ein Glas Wein trank und zusah, wie die Sonne aufging.

Sie hatte gerade alles verstaut, als es an der Tür klopfte. Keira stockte. Normalerweise bekam sie keinen Besuch. Schon gar nicht um diese Uhrzeit. Ihre Auftraggeber kontaktierten sie telefonisch oder per Mail, niemand wusste, wo sie wohnte, außer Anthony.

Es klopfte ein zweites Mal. Sie lief zu ihrem Schreibtisch und zog ein Messer daraus hervor, dann schlich sie zur Tür und linste durch den Spion. Sie erkannte niemanden, aber sie hörte Getuschel auf der anderen Seite. Eine gedämpfte Männerstimme, die anscheinend telefonierte. Keira stellte sich seitlich zur Tür und wartete. Die Klinke drehte sich einmal rechts, dann wieder links. Es war nicht schwer, das Schloss zu knacken. Keira hatte sich schon oft vorgenommen, ein besseres einzubauen, aber es gab nichts Wertvolles bei ihr zu holen. Nicht mehr, seit sie die goldene Stimmgabel an Anthony gegeben hatte, um sich die Teleportationskapsel zu leisten.

Die Klinke dreht herum und knackte. Das Schloss war offen. Langsam glitt die Tür auf, und eine Hand erschien am Rahmen. Keira packte zu und zerrte sie nach hinten. Ein Mann schrie. Keira bog ihm den Arm auf den Rücken, nahm ihn in den Polizeigriff und setzte mit der anderen Hand das Messer an seine Kehle.

»Ein Mucks, und du bekommst eine Rasur verpasst, die dir nicht gefallen wird.«

»Nicht! Stopp!«, stammelte der Mann und riss den freien Arm nach oben. Er hielt einen braunen A-4-Umschlag in der Hand. »I-ich ... ich komme ... ich bin ... ich will Ihnen nichts tun.«

Keira presste den Mann wie einen Schutzschild vor sich und spähte hinaus in den Flur. »Bist du alleine?«

»Ja!«

Sie erwartete nicht, dass er die Wahrheit sprach, also trat sie mit ihm in den Gang und sah sich kurz um. Es war niemand da. »Vertrauenspunkt Nummer eins für dich. Warum brichst du bei mir ein?«

»Weil Sie nicht geöffnet haben.«

»Das ist deine Erklärung? Machst du das immer so?«

»Wenn ich etwas abzuliefern habe, ja. Ich wollte Ihnen nur den Umschlag auf den Tisch legen und verschwinden.«

»Für solche Fälle habe ich einen Briefkasten.«

Sie zog ihn zurück in ihre Wohnung und schubste die Tür zu. »Bist du bewaffnet?«

»Nein!«

Keira bugsierte den Typen an die nächste Wand, ließ seinen Arm los und setzte gleichzeitig den Dolch in seinem Nacken auf. »Wenn du einen Mucks machst, jage ich dir das Ding zwischen die Wirbel. Verstanden?«

»J-ja. Oh Gott, bitte tun Sie mir nichts! Ich will Ihnen wirklich nur den Umschlag geben.«

»Hände an die Wand.«

Er gehorchte sofort. Der Kerl war einen Kopf größer, aber fast genauso schmal wie sie. Er trainierte nicht viel, schien eher der Typ »Laufbursche« zu sein. Doch wenn Keira bisher eins in ihrer Karriere als Kopfgeldjägerin gelernt hatte, dann, dass man niemals – wirklich niemals – sein Gegenüber nach Äußerlichkeiten einschätzen durfte. Anthony war ein ebenso hagerer blasser Kerl, aber sie wollte um nichts in der Welt mit ihm kämpfen.

Sie tastete die Taschen und die Hose ihres Gegenübers ab, fand allerdings keine Waffen. Dafür ein Taschentuch mit Monogramm: A.J. Der feine Stoff passte zum Rest: Maßanzug, perfekter Haarschnitt, gepflegte Fingernägel, saubere Schuhe.

»Okay, A.J. Was ist in dem Umschlag?«

»Ihr neuer Auftrag.«

»Von wem?«

»Von Joshua.«

Hm, normalerweise rief er sie an … wobei … Ihr Handy war seit dem Kampf zwischen Akil und Jaydee nicht mehr zu gebrauchen, und sie hatte es tatsächlich noch nicht geschafft, sich ein neues zu holen. Der Ausflug nach Athen, das Erlebnis mit Jaydee und dem Greifen und schließlich der Angriff auf sie: Es war so viel geschehen, dass Keira es schlichtweg vergessen hatte.

Sie griff sich den Umschlag, ohne den Dolch von A.J.s Nacken zu lösen. »Lass die Hände oben.«

»Natürlich.«

Sie riss den Umschlag mit den Zähnen auf. Dabei pikste sie versehentlich A.J. in den Nacken. Er zuckte, gab aber keinen Mucks von sich, obwohl die Wunde blutete.

Keira spähte in das Kuvert. Auf der ersten Seite sah sie das Wasserzeichen von Joshua. Eine Eule, die auf einem Ast saß.

Langsam nahm sie den Dolch herunter und wich drei Meter nach hinten. Wenn er sie doch noch angreifen wollte, musste er so einen längeren Weg zurücklegen, und sie hätte mehr Zeit zu reagieren.

»Darf ich das abtupfen?«, fragte er. »Es wäre schade, wenn ich mein Hemd vollblute.«

»Meinetwegen.«

Ganz langsam zog er das Tuch aus der Tasche, um sich das Blut aus dem Nacken zu wischen. Keira fischte den Brief aus dem Umschlag, ohne A.J. aus den Augen zu lassen.

»Da Sie nun alles haben, was Sie benötigen, darf ich mich entschuldigen«, sagte er. »Sie finden Ihre Anweisungen in dem Dokument.«

»Beim nächsten Mal wirst du nicht mehr einbrechen.«

»Beim nächsten Mal bin ich besser vorbereitet.« Er verneigte sich und lief zur Tür.

Keira musterte ihn. Morgen würde sie sich ein besseres Schloss einbauen lassen. Und Ketten an der Tür anbringen.

A.J. öffnete und drehte sich noch einmal zu ihr zurück. »Eine Frage noch: Haben Sie etwas von Anthony gehört?«

»Nein, warum?«

»Weil sein Geschäft seit ein paar Tagen leer steht.«

»Macht vermutlich Urlaub in der Karibik. Er hat ein Faible für Kokosnüsse.«

A.J. grinste und gab ihr damit zu verstehen, dass er ihr kein Wort glaubte. »Einen schönen Tag noch.«

Damit trat er aus der Wohnung und schloss die Tür hinter sich.

Keira schüttelte den Kopf. Vielleicht sollte sie besser in eine andere Wohnung oder Stadt ziehen. Sie mochte es nicht, wenn ihre Auftraggeber wussten, wo sie lebte. Und das, obwohl sie Joshua nie ihre Adresse gegeben hatte …

Sie ging zurück zum Schreibtisch und zog den Brief aus dem Umschlag.

Es war ein kurzer Text:

In einer Stunde holt dich ein Wagen ab, der dich zum Flughafen bringt.
Joshua.
P.S.: Nimm die Haare mit, die du im Museum an dich genommen hast.

Keira schluckte. Jetzt wurde es wirklich merkwürdig, denn Joshua konnte unmöglich davon wissen!

Vor allen Dingen gefiel ihr sein Befehlston nicht. Zu Beginn hatte er sie förmlich angesprochen, doch nachdem sie ihn so lange bei ihren Untersuchungen mit Ariadne hingehalten hatte, hatte er die Höflichkeitsfloskeln eingestellt. Das war jetzt wohl der nächste Schritt: Er befahl, sie musste folgen.

Sie legte den Brief auf den Umschlag und tippte mit den Fingern auf der Tischplatte herum. Sie könnte ihn ignorieren. Immerhin gehörte sie Joshua nicht, und sie hatte noch andere Auftraggeber.

Aber keine, die so gut bezahlen. Und die nächsten Mahnungen lagen sicher schon im Briefkasten.

Wenn dieses verdammte Geld nicht immer wäre. Keira benötigte keinerlei Luxus. Sie war froh um ihre kleine Wohnung, die wenigen Habseligkeiten, die sie im Notfall in zwei Taschen packen konnte. Aber ihre Suche nach Coco verschlang unglaubliche Ressourcen. Allein Anthonys Dienste konnte sie sich nur leisten, weil sie für ihn Jobs erledigte. Okay, er erpresste sie nebenbei noch, aber immerhin vermittelte er ihr auch Aufträge.

Nimm die Haare mit, die du im Museum an dich genommen hast ...

»Verdammt seist du, Joshua!« Dafür, dass er sie neugierig machte, denn eins war klar: Er musste mehr über Coco wissen, ansonsten hätte er die Haare nicht erwähnt.

Ob es ihr gefiel oder nicht: Sie wollte sich mit ihm treffen.

Sie stand auf und zog sich den Pullover über den Kopf.

Eine Stunde.

Das reichte locker für eine Dusche.

3. Kapitel

Jaydee

Meine Gefühle waren noch immer aufgepeitscht, als ich das Portal verließ.
Die Sorge um Jess benebelte mich und zerrte stärker an meinen Eingeweiden als der Sog zwischen den Welten. Ich kannte diesen Zustand. Viel zu gut. Wenn die Angst um einen anderen Menschen einem die Luft abschnürte, wenn jeder Atemzug in der Lunge schmerzte, jeder Gedanke sich nur noch um eine Sache drehte. Ich kannte und hasste dieses Gefühl abgrundtief.
Und ich war selbst daran schuld.
Ich hatte Jess zu nahe an mich herangelassen, hatte zu viel investiert. Und jetzt musste ich erneut hilflos nebendranstehen, während jemand, der mir nahestand, litt.
Erst Mikael.
Jetzt sie.
Der Schmerz war fast identisch, obwohl ich sie so kurz kannte.
Das war nicht gut. Das war ganz und gar nicht gut, und mir war klar, worauf das alles hinauslief.
Wenn wenigstens Akil da wäre. Er wüsste einen Rat, würde mir helfen, meine Gefühle zu sortieren. Der Sack fehlte mir mit jedem Tag mehr. Außerdem wollte ich nicht mehr mein eigener beschissener Anker sein. Ich wollte meinen Freund zurück. Meinen Bruder, der an meiner Seite stand.
Amir stoppte vor dem Eingang zum Tempel. Hier war die Sonne bereits aufgegangen und brutzelte auf uns nieder. Es tat gut. Meine nassen Klamotten fühlten sich nach dem Ritt an, als hätten sie in einem Kühlhaus gehangen. Ich glitt von Amirs Rücken und schritt auf den Tunnel zu, durch den ich ins Innere des Tempels kam. Es dauerte Sekunden, bis sich der Eingang öffnete und ich eintreten konnte.

Das hieß nur eines: Anna hatte mich angekündigt. Natürlich. Sie wollte den Rat auf mich vorbereiten. Vielleicht war das ganz gut so. Vielleicht auch nicht. Ich würde es gleich herausfinden.

Der Gang war dunkel und feucht, so wie ich ihn in Erinnerung hatte. Ich mochte es nicht, hier zu sein, zwischen den ältesten Seelenwächtern, die, außer Ilai und Logan, nur Verachtung für mich empfanden. Und jetzt war nur noch einer meiner Fürsprecher übrig. Mal sehen, ob das genügte.

Nach einem kurzen Fußmarsch erreichte ich das Ende der Höhle und betrat den großen Saal mit dem Tisch in der Mitte. Neben den verbliebenen Ratsmitgliedern war auch Kendra da. Vermutlich, um Logan zu helfen. Soraja saß am Tischende und strich sich durch die Haare. Ihr Anblick schürte das Feuer in mir, drängte Aggressionen nach oben, die ich nur noch mühevoll zurückhalten konnte.

Vor Logan hatte sich eine Gestalt aus Steinen aufgebaut, die Seelenwächterart zu kommunizieren. Es war eine junge Frau mit hüftlangen Haaren und einer engen Hose. Sie trug einen Bogen auf dem Rücken und stemmte die Hände in die Hüften.

»Sei doch bitte vernünftig, Marysol«, sagte Logan. »Dein Platz ist beim Rat. Wir brauchen dich.«

»Seit gestern hat die Population an Schattendämonen derart zugenommen, dass wir kaum noch hinterherkommen. Du glaubst doch nicht ernsthaft, dass ich jetzt die anderen alleinlasse, um mit euch an einem verstaubten Tisch zu sitzen und zu quatschen!«

»Wir quatschen nicht! Wir halten die Gemeinschaft zusammen.«

»Einen Dreck tut ihr! Nehmt eure Waffen und kämpft an der Front. Dort, wo man euch braucht.«

»Aber *du* wirst hier gebraucht! Du bist die Nachfolgerin für Kirian! Stelle dich deiner Verantwortung als Seelenwächterin!«

»Genau das tue ich. Diese Unterhaltung ist beendet, und wage es nicht, mich noch mal anzufunken!«

Der Steinhaufen fiel mit Gepolter in sich zusammen. Logan sackte ebenso ein. Er lehnte sich an den Tisch und vergrub sein Gesicht in den Händen. Kendra legte tröstend eine Hand auf seine Schulter.

Ich hatte die Gruppe fast erreicht. Soraja drehte sich zu mir. »Ach, da ist ja unser Heißsporn. Wir haben schon gehört, dass der Mensch verschwunden ist.« Die Art, wie sie es sagte, wie sie dasaß – voller Gleichgültigkeit, Langeweile, Überheblichkeit: All das war zu viel für mich. Ich war zu überdreht, um noch klar zu denken, zu unbeherrscht, um mich zurückzuhalten, und so tat ich etwas, das ich im normalen Zustand nie getan hätte: Ich packte Soraja am Kragen, warf sie auf den Tisch und setzte mich auf sie.

»Jaydee!«, brüllte Logan, aber ich zog bereits meinen Dolch aus dem Stiefel und presste ihn gegen ihre Kehle.

»Bist du dafür verantwortlich?«

Ich drückte die Klinge fester auf. Sie keuchte, ein dünner Blutfaden rann an Sorajas Hals hinab.

»Lass sie los!«, schrie Derek und stürmte auf mich zu.

»Ihr bleibt sofort stehen, oder ihr könnt gleich den nächsten Nachfolger bestellen.«

»Mach das nicht, Jaydee«, sagte Logan.

Ich begab mich auf sehr brüchiges Eis, aber das war mir auf einmal egal. Ich wollte nur noch eines: Jess zurückhaben. Egal, welche Konsequenzen auf mich warteten.

Soraja wimmerte, ihre Gefühle drangen nach außen. *Angst.* Sie hatte tatsächlich Angst vor mir. Ich zog meine Schutzmauern hoch, damit ich nicht selbst davon befallen wurde. Seelenwächter des Wassers konnten ihre Emotionen auf andere übertragen. Es kostete mich stets mehr Anstrengung, ihre Fähigkeiten abzublocken. Vermutlich spekulierte sie darauf und beschwor die Angst deshalb hoch.

»Habt ihr Jess?«, fragte ich noch einmal.

»Natürlich nicht.«

Ich blähte die Nasenflügel. War es eine Lüge? Weder ihr Herzschlag noch ihre Gefühle änderten sich. Meistens ein Indiz, dass jemand die Wahrheit sagte, oder sie konnte sich gut verstellen.

Sie blickte mich an. Ihre Pupillen zogen sich zusammen, die einzige Reaktion, die sie zeigte.

»Wenn du sie jetzt loslässt, werden wir die ganze Sache vergessen, und du kommst ungeschoren davon«, sagte Logan.

»Das kannst du nicht machen!«, fuhr Derek dazwischen. »Lasst euch doch nicht von diesem Typen auf der Nase herumtrampeln.« Derek wandte sich mir zu. Auf einmal wurde der Dolch heiß, als würde das Metall in Feuer getaucht. Ich blickte auf. Derek hatte eine Hand zur Faust geballt und starrte auf die Klinge. Er wirkte Magie gegen meine Waffe. Ich umschloss den Griff fester, meine Haut zischte, Rauch stieg auf, es schmerzte, als würde ich auf eine heiße Herdplatte greifen, doch ich würde den Teufel tun und loslassen.

»Ich kann ihr schneller den Kopf abtrennen, als du einen Spruch wirken kannst«, sagte ich. »An deiner Stelle würde ich mir das überlegen.«

Statt aufzuhören, hob er auch die andere Hand. Meine Glieder wurden schwerer, steifer. Jetzt versuchte er also einen Schockzauber. Ich kannte die Symptome, Ilai hatte das einmal gegen mich gerichtet. Zwei Tage lang konnte ich mich nicht mehr rühren. Dereks Zauber hingegen fühlte sich anders an. Schwächer. Er war eben nicht Ilai …

»Ihr hört jetzt beide auf!«, blaffte Logan. »Wir haben genug Probleme, wir brauchen nicht noch eins.« Er schob sich zwischen Derek und mich, und die Wirkung seiner Magie verpuffte. Der Geruch aus frischer Erde und Moos stieg mir in die Nase. Erinnerte mich schmerzlich an Akil. Logan legte eine Hand auf meine Schulter. Sendete seine wohltuende Energie in mich. Ich schloss unwillkürlich die Augen, sog sie in mich auf wie ein

Verdurstender einen Schluck Wasser. Logan erdete mich. Wie Akil es immer getan hatte. Wie ich es in diesen Momenten brauchte.

»Lass sie los«, wiederholte er leise.

Ich schluckte, nahm einen weiteren tiefen Atemzug, ließ Logans Stärke in mich sacken. Er könnte mich jetzt mit Leichtigkeit von Soraja zerren. Stattdessen gab er mir mehr Energie. Angenehm und beruhigend wie ein kühles Bad an einem heißen Sommertag. Der Zorn in mir ebbte ab, der Jäger zog sich zurück, gab mich wieder frei. Ich sah noch einmal zu Soraja, die ihren Blick fest auf mich gerichtet hielt, und stieg von ihr ab. Sofort richtete sie sich auf, griff sich an den Hals und hustete theatralisch. Dabei hatte ich sie nur ganz leicht gekratzt.

»Du bist vollkommen irre!« Ihre Stimme war schrill und überdreht. »Ich werde dich in den nächsten Kerker werfen und dich verrotten lassen!«

»Das wirst du nicht«, sagte Logan. »Ich habe gesagt, dass wir ihn in Frieden lassen.«

»Er hat ein Mitglied des Rates tätlich angegriffen! Das bleibt ganz bestimmt nicht ohne Folgen!«

Vielleicht hätte ich ihr doch den Kopf abtrennen sollen, dann müsste ich mir wenigstens nicht das Geplärre anhören.

»Beruhige dich, Soraja. Ich werde es mit ihm klären.« Logan legte einen Arm um meine Schulter und drehte mich von ihr weg. Ich wollte mich gegen ihn wehren, aber er ließ es nicht zu.

»Mach es nicht schlimmer für dich, als es schon ist«, flüsterte er, ohne seinen Griff zu lockern. Wenn er wollte, könnte er mich an den Ohren hinauszerren. Gegen Erdwächter hatte ich körperlich wenig entgegenzusetzen.

»Kendra, komm mit.«

»Natürlich.«

»Er wird nicht ohne Strafe bleiben!«, schrie Soraja uns hinterher. »Ich werde eine Beschwerde einreichen!«

Die Frage war, bei wem sie das machen wollte. Der Rat war die oberste Instanz der Seelenwächter.

»Du wirst von deinem Posten abgesetzt, Logan Salvorian!«

Logan schob mich vorwärts und rollte mit den Augen, sobald die anderen es nicht mehr sehen konnten. Seine Gefühle waren vermischt: Traurigkeit, Enttäuschung, Stolz, ein klein wenig Freude; vielleicht Schadenfreude.

Hinter uns zeterte Soraja weiter. Ich blickte über meine Schulter zurück. Sie kramte nach Unterlagen, klemmte sie sich unter den Arm und stiefelte zu ihrem Ausgang.

Logan führte mich weiter weg vom Geschehen. »Das hättest du wirklich nicht tun sollen, Jaydee.«

»Wenn sie Jess mitgenommen hat …«

»Das hat sie nicht.«

»Woher willst du das wissen?«

»Weil sie die ganze Zeit über hier war und wir darüber gesprochen haben. Das ist selbst für sie eine Nummer zu groß.«

»Dann sucht sie sich Leute, die es für sie machen, ganz einfach.«

»Hältst du uns wirklich für solche Monster?«

»Ich halte euch für verzweifelt, und verzweifelte Leute tun Dinge, die sie sonst nicht mal in Betracht ziehen würden.«

Logan blickte zu mir. Seine Augen waren gerötet, als hätte er seit Tagen nicht mehr geschlafen. Erschöpfungszeichen traten bei Seelenwächtern der Erde selten auf, da sie sich selbst heilen konnten. Wenn es schon so weit war, käme Logan bald ans Ende seiner Kräfte. »Wir sind in der Tat verzweifelt, aber es wird keine Rolle mehr spielen.«

»Wie meinst du das?«

»Bald wird es keinen Rat mehr geben. Ralf wird Soraja und mich holen. Daran hege ich keinerlei Zweifel.«

»Logan, bitte rede nicht so«, sagte Kendra und kam näher. Dabei warf sie mir einen raschen Blick von der Seite zu, als müsste sie abchecken, ob ich noch gefährlich war. »Wir können dich in Sicherheit bringen. Dich und Soraja.«

Er lachte. »Es ist doch völlig egal, wo ich bin. Ralf muss nur einen Weg finden, wie er auf meinem Anwesen die Explosion auslösen kann. Wir haben es bei Kirian erlebt. Er ist dort an unserem Tisch zusammengebrochen.«

»Wie hat er das überhaupt angestellt?«, fragte ich.

»Es war Joanne«, sagte Kendra. »Sie tauchte plötzlich bei Kirian auf. Ich habe sie gehört, als sie die Tür zum Nebengebäude öffnete. Also lauerte ich ihr auf und habe sie angegriffen. Als sie in der Falle saß, hat sie einen Sender herausgeholt und die Explosion ausgelöst. Die Adern ... es war, als würden sie auf einmal lebendig. Ich kann es nicht anders beschreiben. Die Erde, die Wände, die Decke: Alles platzte auf, und heraus quoll diese goldene Masse. Sie war heiß und brodelnd wie Lava.«

»Zur gleichen Zeit ist Kirian bei uns zusammengebrochen. Erst hat er sich an die Brust gefasst und gemeint, er bekäme keine Luft mehr. Seine eigenen Adern traten heraus. Blau schimmernd, dann ebenfalls golden. Sie glühten immer stärker. Kirian schrie vor Schmerzen. Ich versuchte, ihn zu heilen, aber es gelang mir nicht. Diese Adern haben seinen gesamten Körper bedeckt. Derek legte einen Bannspruch über ihn, wollte sie so ausbremsen, doch auch das blieb fruchtlos – und dann kam Ralf. Oder eher sein Geist. Er wurde von drachenähnlichen Flammen begleitet, die uns sofort angriffen und zurückdrängten.«

»Das war auch bei Ilai so gewesen«, sagte ich. »Ich wollte an ihnen vorbei, hatte aber keine Chance.«

»Ralf hielt die Arme über Kirians Körper ausgestreckt. Wir haben ihn attackiert, doch wir kamen nicht gegen die Drachen an. Er nutzt die Elementarrückstände für seine Zwecke, sie sind ... ich hätte nicht gedacht, dass sie so mächtig sind. Je mehr wir versuchten, ihn zu stoppen, umso lauter hat er gelacht. Und dann war Kirians Seele weg. Zurück blieb ein Körper, ausgedorrt, vertrocknet. Nur seine Augen waren lebendig.«

»Auch das war bei Ilai so gewesen.«

»Aiden bringt ihn gerade in den Tempel der Wiedergeburt.« Vermutlich begegnete sie dort Will. Von ihm hatten wir auch noch keine Rückmeldung erhalten.

»Es ist uns ein Rätsel, wie Ralf die Barriere um die Stadt überwinden konnte und warum er nicht auch die Schattendämonen herauslässt.«

»Vielleicht kann er nicht. Er selbst erscheint ja auch nur als Geist. Oder als Rauch, wie auch immer man das bezeichnen will. Vielleicht kann er keine festen Körper durch die Barriere bringen.«

»Das ist möglich, und dennoch ...« Logan senkte den Kopf. »Wie sollen Soraja oder ich sicher sein, wenn einer von Ralfs Handlangern auf unsere Anwesen spazieren kann, um diese Explosion auszulösen?«

»Vorausgesetzt, er hat noch Handlanger da draußen. Habt ihr den Sender von Joanne?«

»Nicht nur den. Sie hatte auch einige Teleportationskapseln bei sich. Aber wir trauen uns natürlich nicht, die Sachen zu untersuchen.«

»Kann ich verstehen.« Ich strich mir über das stoppelige Kinn, zum Rasieren war ich noch immer nicht gekommen. »Könnt ihr euch von euren Anwesen trennen? Die Verbindung kappen?«

»Das ginge nur, wenn ich meine Macht auf einen anderen übertrage.«

»Und ich würde mich sofort zur Verfügung stellen«, sagte Kendra. »Oder Aiden. Lass uns für dich kämpfen.«

»Das wäre kein Kampf, das wäre Selbstmord.«

»Besser, es trifft uns als dich. Wir sind keine Ratsmitglieder.«

»Wir haben das ausdiskutiert, Kendra. Die Antwort bleibt Nein. Ich drücke mich nicht vor meiner Verantwortung.«

»Dann solltest du Joanne weiter befragen«, sagte ich. »Vielleicht könnt ihr noch etwas zu Ralfs Plänen erfahren.«

»Das habe ich versucht, aber sie schweigt. An ihrer Stelle würde ich das auch tun. Ich habe absolut keine Möglichkeit, sie zum Reden zu bringen, auch wenn es mich in den Fingern juckt.«

Er sah zu mir. Seine braunen Augen verankerten sich tief in meinen. Alle Seelenwächter besaßen eine Art Moralsperre. Es war ihnen nicht möglich, unnötige Gewalt gegen ein Wesen einzusetzen, nicht einmal gegen einen Schattendämon. Töten: ja. Quälen: nein. Joanne wusste das ganz bestimmt. Sie musste die Sache nur aussitzen.

»Manchmal beneide ich dich«, sagte Logan leise.

Ich hatte diese Sperre natürlich nicht. Auf der einen Seite schön, auf der anderen hätte sie mir schon viel Ärger erspart.

Logan drehte sich zu Kendra. »Wie wäre es, wenn ihr beide eine Runde spazieren geht? In der Zeit kann ich Soraja beruhigen und sie noch mal wegen Jess fragen.«

Ich kniff die Augen zusammen. Logans Geruch hatte sich verändert, war leicht herber geworden.

»Ihr solltet dort entlang.« Er deutete auf einen Weg, der um eine Ecke führte. »Ist sehr romantisch, vor allem um diese Uhrzeit, wenn das Licht so günstig steht.«

»Ich scheiß auf Romantik«, sagte ich. »Ich will wissen, wo Jess ist.«

»Mit deiner Methode wirst du hier nicht weiterkommen, genauso wenig wie ich bei Joanne. Wir sollten uns beide auf das konzentrieren, was wir am besten können.«

»Logan …«

Er reagierte nicht, drehte herum und lief den Weg zurück. Ich sah ihm eine Weile nach. Mir war klar, worum er mich bat und dass er ziemlichen Ärger bekommen würde, wenn es herauskäme.

»Kommst du?«, fragte Kendra neben mir.

Ich knirschte mit den Zähnen. Am liebsten wäre ich los, um Jess zu suchen. Doch wo konnte ich ansetzen? Bei Coco? Ich wusste ja nicht einmal, ob sie für ihr Verschwinden verantwortlich war. Wenn ich ihr ein weiteres Mal unter die Augen trat und sie unschuldig daran war … wer wusste, ob ich erneut mit so viel Glück entkommen konnte wie beim letzten Mal.

Womöglich konnte Logan für mich doch mehr herausfinden. Was ich brauchte, war ein wenig Geduld.

»Jaydee ...«, sagte Kendra erneut. Dieses Mal stand sie ganz dicht neben mir. »Logan wird dir helfen.« Sie legte eine Hand auf meine Schulter. Ein leichtes Kribbeln fuhr in mich. Sie wollte ausloten, wie ich mich fühlte, vermutlich, wie ich zu Jess stand. Sofort drehte ich mich weg.

»Lass uns gehen.«

Ihre Hand schwebte noch in der Luft, ihre Finger zuckten, sie wollte mich noch mal berühren, doch das würde ich ihr nicht gewähren. Sie nickte und setzte sich in Bewegung.

Wir folgten für einige Minuten dem Pfad. Er führte in einen hinteren Teil des Tempels, in dem ich bisher noch nicht gewesen war, zu einem Durchgang, der wiederum in einer weiteren Höhle endete. Sie war rund, etwa zwanzig Meter im Durchmesser und leer. An den Wänden war in regelmäßigen Abständen das Symbol der Seelenwächter abgebildet. Zwei übereinanderliegende Achten. Kendra ging zu einem und legte ihre Hand darauf. Das Gestein neben ihr wurde durchsichtig und öffnete eine Kammer.

»Ein Portal«, sagte ich.

»Joanne ist in einer Höhle in Australien. Eins der Gefängnisse, die der Rat gerne nutzt. Sie ist angekettet. Du findest dort zwei Kammern, eine für das Portal und in der anderen ist sie. Wenn du zurückwillst, tropfe Blut auf das Siegel am Boden.«

»Verstanden.«

Kendra nickte. »Sie hat Isabella getötet.«

»Sie hat noch viel mehr als das.«

Kendra stellte sich dicht hinter mich. Der Geruch nach frischem Wasser umhüllte mich. »Dann lass sie dafür bluten.«

Ich schluckte die Euphorie hinunter, die ich bei Kendras Worten spürte. Natürlich wollte ich das. Seit mir Joanne im Park entkommen war, brannte der Jäger darauf, sie ein weiteres Mal in die Finger zu kriegen. Sie war seine Beute. Sie gehörte ihm. Die Frage war, ob es gut für mich enden würde, wenn ich ihn herausließ. Ich trat einen Schritt nach vorne. Das Portal schimmerte golden, dahinter lag eine leere Kammer, ähnlich wie die, die ich schon mal betreten hatte, als ich die Goldketten untersuchte.

Wenn ich da durchging, wäre es vorbei mit meiner Moral. In dem Moment, wenn ich Joanne hilflos vor mir sah, würde sich der Jäger losreißen und sein Recht einfordern.

Und ich wollte, dass er es bekam. Es würde mich ablenken, es würde mir helfen, ich konnte alles an Wut und Frust endlich herauslassen.

Ich machte den Schritt und begab mich auf die Reise.
Showtime.

4. Kapitel

Der Flug war unangenehm gewesen. Turbulenzen hatten die kleine Maschine hin- und hergeworfen, und Keira kam sich nach den zwei Stunden vor wie nach zu langem Fahren auf einem Karussell. Zum Glück hatte sie nicht viel gegessen.

Nachdem sie gelandet waren, hatte sie sich sofort umgesehen und versucht herauszufinden, wo sie war. Sie standen auf einem Rollfeld mitten im Nirgendwo, umgeben von dichtem Wald. Keine Schilder, kein Flughafen, nichts gab ihr Hinweise. Dafür parkte eine schwarze Limousine am Rand. Das gleiche Modell, mit dem sie schon öfter abgeholt worden war. Keira blieb nichts anderes übrig, als einzusteigen und abzuwarten.

Typisch für Joshua. Er machte stets ein großes Geheimnis um seinen Aufenthaltsort, und jedes Mal trafen sie sich woanders.

Während der Fahrt sog Keira die Umgebung in sich auf. Sie rauschten auf einer Landstraße durch einen Wald. Es war stockfinster. Rechts und links verlor sich alles in tiefer Schwärze. Ständig knackten ihr die Ohren, das hieß dann wohl, dass sie einige Höhenmeter zurücklegten.

Wohin könnten sie in zwei Stunden geflogen sein? Da es Nacht war und bei ihr bereits der Morgen gegraut hatte, waren sie definitiv landeinwärts gereist. Einmal in der Zeit zurück. Das war aber auch schon alles, was sie sich zusammenreimen konnte. Der Rest blieb Spekulation.

Keira seufzte und ließ sich in die Lederpolster sinken. Die Zeit der Fahrt konnte sie genauso nutzen, um ein Nickerchen zu halten und ihren rebellierenden Magen zu beruhigen. So wäre sie hoffentlich ausgeruht, wenn sie sich mit Joshua traf, und ein klarer Kopf war immer besser.

Joshua war ein recht eigentümlicher Mann. Schwer zu greifen. Er hielt sich mit Worten und Gesten zurück, lächelte wenig, war stets adrett gekleidet. Jaydee hatte Keira bereits im Krankenhaus

nach ihm gefragt. Keira hatte nicht gelogen, als sie sagte, dass Leute gestorben waren, die über ihn geplaudert hatten.
Abwarten.
Sie lehnte den Kopf gegen die Nackenstütze und schloss die Augen. Es dauerte nur Sekunden, bis sie weggedriftet war.

»Ma'am.«
Keira zuckte, als die Autotür auf einmal aufging. Sie gähnte herzhaft und dehnte ihre Halsmuskeln. Die Haltung war nicht sehr bequem gewesen, aber das Nickerchen hatte ihr gutgetan. Sie stieg aus dem Wagen und blickte sich um. Die Sonne ging gerade erst auf, die Luft war angenehm mild und roch nach Pinien. Sie parkten im Wald vor einer urigen Holzhütte. Auf der Veranda saß ein Golden Retriever, der mit gespitzten Ohren die Neuankömmlinge betrachtete.
Oh bitte, geht es noch klischeehafter?
Keira drehte sich kurz zu ihrem Fahrer um, der mit gefalteten Händen vor dem Bauch am Auto lehnte und wartete.
Wie in einem bescheuerten FBI-Film. Fehlte nur noch, dass er die Sonnenbrille aufsetzte und mit seinem Kollegen via Knopf-im-Ohr redete. Keira zog ihre Lederjacke zu. Sie hatte keine Tasche mitnehmen dürfen, auch kein Handy, keine Waffen, nur Cocos Haare. Das war sie gewohnt. Joshua war ein vorsichtiger Mann.
Sie lief zur Holzhütte. Der Retriever sprang auf, schnappte sich einen Holzschuh, der vor der Tür lag, und kam ihr schwanzwedelnd entgegen. Er ließ ihn Keira vor die Füße fallen. Sie lächelte, bückte sich und warf ihn einige Meter von sich. Sofort stürzte er sich darauf, doch anstatt ihn zurückzubringen, plumpste er auf den Boden und zerkaute den Schuh.
Das Leben kann so einfach sein.
Als sie die ersten Stufen der Veranda betrat, ging die Vordertür auf und Joshua erschien. Er trug Jeans, ein Hemd mit Karomuster und Turnschuhe. Sie hätte ihn fast nicht wiedererkannt, da er bei

ihren letzten Treffen immer im Maßanzug erschienen war. Heute waren die grauen Haare etwas länger im Nacken, sein Gesicht braungebrannt. Offenbar hatte er einige Zeit im Freien verbracht, er sah erholt aus. Und es stand ihm gut.

»Guten Morgen«, sagte sie und lief ihm entgegen.

»Ich grüße dich, Keira. Komm rein.«

Sie betrat die Hütte und scannte sofort alles ab. Pure Gewohnheit. Rechts war eine Küche – passend zum Landhausstil aus Holz. An der Wand gegenüber ein Kamin, davor zwei Sofas, ein Sessel und links eine kleine Essnische, mit Terrassentüren und Blick auf den Wald. Am Ende des Raumes zwei weitere Türen. Vermutlich eine fürs Bad und eine für den Hinterausgang. Die Hütte war gemütlich eingerichtet. Rustikal. Genau das, was man erwartete inmitten der Natur.

»Möchtest du dich erst umsehen? Das Haus kennenlernen? Wobei es nicht viel zum Kennenlernen gibt. Da nebenan ist das Schlafzimmer, weiter hinten ein kleines Büro, mit einem Ausgang. Alternativ kannst du natürlich auch durch die Terrassentüren. Das wären also zwei Fluchtwege, falls du dich dazu entschließen solltest, abzuhauen.«

Sie lächelte. »Habe ich denn einen Grund dazu?«

»Noch nicht. Darf ich dir etwas zu trinken anbieten? Tee? Kaffee?«

»Kaffee, bitte. Ein Stück Zucker.«

Noch nicht ... was in Gottes Namen hatte Joshua mit ihr vor? Sie zog die Jacke enger, auch wenn es im Raum angenehm warm war. Vielleicht hätte sie doch nicht herkommen sollen.

Hinter ihr ging die Tür auf. Der Retriever kam hereingetapst, immer noch mit seinem Schuh bewaffnet. Er steuerte schnurstracks die Couch an.

»Benson!«, schalt ihn Joshua. Sofort drehte der Hund um und ließ sich stattdessen ganz selbstverständlich auf der Decke vor dem Kamin nieder, als wäre das sowieso sein Ziel gewesen.

Joshua stellte den Kaffee auf den Tresen.

»Warum bin ich hier?«, fragte Keira.

»Ich habe einen neuen Auftrag.«

»Das besprechen wir üblicherweise nicht persönlich.«

»Einen sehr heiklen Auftrag, und ich konnte dich leider nicht anrufen. Du solltest dir ein neues Handy besorgen.«

»Das werde ich.« Keira nahm den Kaffee und trank einen Schluck. Er war stark. Wie sie ihn mochte. »Also gut, ich bin ganz Ohr.«

Joshua nahm eine Tüte von der Anrichte und zog frische Bagels und Hörnchen heraus. Sie dufteten herrlich. Keira knurrte sofort der Magen bei dem Anblick. Er legte die Sachen in einen Korb und stellte sie vor ihr ab. »Erdnussbutter? Marmelade? Etwas anderes?«

Sie schnappte sich ein Hörnchen und tunkte es in den Kaffee. »Geht so. Danke.«

»Als Erstes, lass uns die Fronten klären: Wir wissen von deiner Vergangenheit mit Coco und dass du dich an ihr rächen willst.« Er goss sich ebenfalls eine Tasse ein und trank einen Schluck.

Keira blieb fast der Bissen im Halse stecken. Sie hatte es Joshua nie erzählt. Bei ihrem letzten Auftrag für ihn sollte sie Ariadne suchen, die spurlos verschwunden war. Coco war dabei nicht einmal zur Sprache gekommen, obwohl Keira zufälligerweise Hinweise von ihr an der Kirche gefunden hatte.

»Du musst deine Suche nach Coco einstellen. Deswegen wirst du mir auch die Haare geben, die du an dich genommen hast.«

»Auf keinen Fall.«

»Sie ist gefährlich.«

»Das weiß ich. Sie hat immerhin meinen Vater getötet.« Kurz bevor er starb, hatte er zu Coco gesagt, dass sie die Harfe nie bekommen würde, woraufhin Keira sehr viel recherchierte und herausfand, dass er damit die Harfe von König David gemeint hatte.

»Gut, dann lass es mich anders formulieren: Dein neuer Auftrag besteht darin, Coco aus dem Weg zu gehen. Du musst uns – oder eher mir – helfen, die Nachfahrin zu schützen.«

»Die Nachfahrin?«

»Ihr Name ist Jessamine Harris. Du kennst sie.«

»Das Mädchen, das am See lebte. Ariadne war ihr Vormund.«

»Ariadne war noch viel mehr als das. Sie war Teil unseres Systems, aber um dir das zu erklären, muss ich von dir wissen, ob du dich von Coco fernhalten wirst?«

»Nein, tut mir leid.«

»Dann kannst du deinen Kaffee austrinken und darfst zurück nach Hause.«

Sie legte das Hörnchen halb aufgegessen zur Seite. »Du hast mich deshalb herkommen lassen? Um mich gleich wieder zurückzuschicken?«

»Nein. Ich habe dich herkommen lassen, um mit dir zusammenzuarbeiten.«

»Aber, ich habe dir gerade gesagt, dass ich die Suche nach Coco nicht einstellen werde.«

Joshua lächelte und trank einen Schluck Kaffee. Er sah aus wie ein Vater, der seinem Kind erklären musste, warum eins und eins zwei ergab.

»Ich kann das nicht tun«, betonte sie noch mal. Es war ihr wichtig, dass er das begriff.

»Keira.« Er stellte die Tasse ab und legte seine Hand auf ihre. Sie war angenehm warm. »Das, was ich dir anbiete, ist so viel besser als deine Pläne, Coco zu töten. Du wirst dabei sowieso scheitern, sie wird nicht nur auf dem Grab deines Vaters herumtanzen, sondern auch auf deinem.«

Sie zog die Hand zurück. »Ich werde sie besiegen.«

»Und wie? Du bist ein Mensch.«

»Ich habe meine Mittel.«

»Die Tattoos stehen dir nicht mehr zur Verfügung.«

»Das werden sie bald, ich muss nur Anthony …«

»Er wird nicht zurückkommen.«

»Ist er tot?«

»Noch nicht.«

»Also weißt du, wo er ist.«

»Anthony wühlt in einem Wespennest herum. Es wird nicht mehr lange dauern, bis er gestochen wird.«

»Kann ich mit Anthony sprechen? Weißt du, wo er ist?«

»Nein. Das tue ich nicht.«

Joshua log. Sie fühlte es. Er ahnte, wo sich Anthony herumtrieb und wollte es ihr nur nicht sagen. Dabei brauchte sie ihn. Seine Tattoos, seine Magie. Keira war keine Närrin. Sie wusste, dass Coco mächtig war und dass sie ohne die Zeichen keine Chance im Kampf gegen sie hatte.

»Falls es dich tröstet: Du könntest Coco auch mit Tattoos nicht besiegen. Sie würde dir so lange standhalten, bis sie ausgebrannt wären, und dann würde sie dich töten.«

»Das glaube ich nicht.«

»Ich weiß, aber Coco hat den Tod vor langer Zeit überwunden. Er kann ihr nichts anhaben. Gehe auf meinen Deal ein, und du wirst dich an ihr rächen können. Auf eine Art, die viel schlimmer ist als ihr Ableben.«

»Wie?«

»Indem du ihr das vorenthältst, was sie sich am meisten wünscht. Sie braucht die Nachfahrin, und wir … ich beschütze sie.«

Keira trank einen Schluck. Ihre Kehle war staubtrocken. Hinter ihrer Stirn pulsierte es dumpf. Das ging ihr alles zu schnell.

Joshua deutete auf den Kaffee. »Brauchst du etwas Stärkeres?«

»Das könnte durchaus möglich sein.«

Er nickte, drehte herum und holte ein Cognac-Glas aus dem Schrank.

»Was hat das alles zu bedeuten? Für was genau braucht sie die Nachfahrin?«

»Das kann ich dir erst erzählen, wenn du geschworen hast, sie nicht mehr zu verfolgen.«

Verdammter Mist. Keira kniff sich in den Nasenrücken, massierte die Stelle, als könnte sie so klarer denken.

Was sollte sie jetzt tun? Die Suche nach Coco einzustellen war, als würde Joshua ihr verbieten zu atmen. Ihr gesamtes Sein war auf diese eine Sache ausgerichtet. Der Hass auf Coco wurde in dem Moment geboren, als Keira dabei zusehen musste, wie sie ihren Vater getötet hatte. Sie war sechs Jahre alt gewesen und hatte barfuß mit ihrem Teddy unter dem Arm in der Blutlache gestanden. Wenn Keira jetzt aufgab, wäre das ein Verrat an ihrem Vater und an dem Kind, das sie einst gewesen war.

»Alles hat irgendwann ein Ende«, sagte Joshua und stellte ihr den Cognac hin.

Sie nahm das Glas und leerte es in einem Zug. Der Cognac rann warm und scharf ihre Kehle hinunter. »Warum jetzt? Der Auftrag mit Ariadne ist einige Wochen her, wieso wendest du dich jetzt an mich?«

»Weil es nicht mehr anders geht und die Nachfahrin zu viel Aufmerksamkeit erregt. Sie braucht einen neuen Hüter, wie Ariadne es einst war. Eigentlich hatte ich gehofft, dass Jessamine bei Ilai sicher ist, aber ich habe mich geirrt. Die Welt der Seelenwächter ist im Umbruch. Ein Krieg zwischen ihnen und den Schattendämonen steht kurz bevor. Die Nachfahrin darf nicht in diesen Kampf hineingezogen werden. Das ist ihr nicht vorherbestimmt.«

»Sondern?«

Joshua lächelte.

»Ach, komm schon. Fütter mich wenigstens mit ein paar Informationen.«

»Hat dein Vater dir von der Harfe des Königs erzählt?«

Du bekommst die Harfe nicht ... »Ja. Ich weiß mittlerweile, dass er Davids Harfe meinte. Ein Instrument, das angeblich so schöne Melodien zustande bringen soll, dass die Welt den Atem anhält.«

»Du hast gut recherchiert, wenn es auch nur ein Teil der Wahrheit ist. Das Lied existiert wirklich, und wird es gespielt, hat das schwerwiegende Folgen für uns alle. So wie dein Dasein darauf ausgerichtet ist, Coco zu töten, kreist ihr Lebensinhalt ebenfalls um eine Sache: Sie möchte, dass dieses Lied gespielt wird.«

»Warum?«

Joshua antwortete nicht. Natürlich nicht. Er wartete, ob sie sich auf seinen Deal einließ.

Jetzt pochte nicht nur ihr Schädel, auch die Wunde im Bauch meldete sich zu Wort. Als würde ihr Körper gegen das hier aufbegehren. War das nun gut oder schlecht?

Da ihr Cognac leer war, schnappte sie sich den Rest Kaffee und schüttete den hinterher. Er war kalt und bitter, aber Keira brauchte Beschäftigung. Sie brauchte Zeit, um über alles nachzudenken. Joshua bot ihr Informationen an, nach denen sie sich die Finger leckte. Nur leider kosteten sie auch jede Menge. »Ich habe geschworen, meinen Vater zu rächen.«

»Rache beinhaltet nicht automatisch, jemanden zu töten. Durchkreuze Cocos Pläne und nimm ihr den Sinn ihres Lebens. Du fühlst gerade selbst, wie hilflos man sich dabei vorkommt.«

Das stimmte allerdings. Allein der Gedanke daran, die Suche nach Coco einzustellen, schnürte Keira die Kehle zusammen. Es war, als würde Joshua ihr alles wegnehmen, was sie ausmachte, worüber sie sich definierte. Alles in ihrem Leben war ersetzbar: ihre Kleidung, ihre Waffen, die Wohnung, vermutlich sogar Anthony, aber nicht ihre Rache. Keira atmete nur wegen ihr, sie stand jeden Morgen wegen ihr auf, sie war zur Kopfgeldjägerin geworden wegen ihr.

»Bündle deine Energie«, sagte Joshua. »Schenke mir dein Talent, deine Intuition, deine Erfahrung, und ich schenke dir im Gegenzug Genugtuung.«

»Du sagst das so leicht.«

»Nein, das tue ich gewiss nicht. Es hat schon viele wie dich gegeben, Keira. Coco hat sich im Laufe der Jahrtausende etliche

Feinde gemacht, und einige waren noch besser, als du es je sein wirst. Sie sind alle gefallen, weil sie ihre Gegnerin unterschätzt haben. Das Schneewittchen mit dem Engelsgesicht und der teuflischen Seele hat sie alle geholt. Selbst der mächtigste Seelenwächter der Welt musste sich vor ihr beugen. Ilai Malachai wäre fast gestorben bei dem Versuch, sich Coco zu widersetzen.«

»Niemand ist unbesiegbar. Auch nicht Coco.«

»Dein Vater hat sie genauso unterschätzt. Auch er musste zahlen. Er hätte sich nicht …«

Sie knallte die Kaffeetasse auf den Tisch. »Wage es nicht, den Tod meines Vaters als Argument gegen mich zu verwenden.«

»Das tue ich nicht, ich will dir nur begreiflich machen, wie sinnlos deine Bemühungen sind.«

Keira stand auf. Sie musste an die frische Luft. Durchatmen. Zur Besinnung kommen. Sie drehte herum und eilte hinaus in die warme Morgensonne.

Die Idylle dieses Ortes erdrückte sie fast. Die Vögel zwitscherten unbekümmert ihre Lieder, eine sanfte Brise wehte, es war angenehm mild. Keira sank auf die erste Stufe der Veranda und vergrub das Gesicht in den Händen. Sie hatte sich natürlich oft die Frage gestellt, was ihr Vater mit Coco oder der Harfe zu tun gehabt hatte, aber nie eine Antwort erhalten. Jetzt stand sie kurz davor, mehr zu erfahren, und der Preis dafür war, dass sie sich von Coco fernhielt. Was sollte sie nur tun?

Eine kühle Schnauze drückte sich gegen ihre Wange, gefolgt von einem kräftigen Stupser. Benson war zu ihr gekommen, schob seinen Kopf unter ihren Armen durch und legte sich halb auf ihren Schoß. Keira lächelte, vergrub ihre Finger in dem flauschigen Fell und knautschte seine Ohren. »Was würdest du an meiner Stelle machen?«

Als Antwort bekam sie eine Pfote auf ihren Oberschenkel gelegt.

Sie blickte in den Himmel. »Oder du, Dad? Was wünschst du dir von mir?«

Sie wusste es einfach nicht.

Keira schmiegte ihr Gesicht an Bensons Kopf und genoss seine stille Zuwendung.

Vermutlich wäre ihr Vater nicht einverstanden mit ihrer Vendetta. Er hatte sie geliebt, wollte sie immer beschützen. Aber er war es auch gewesen, der ihr Kampftraining gestartet hatte. Er hatte sie spielerisch an alles herangeführt. Das Feuer in ihr entfacht. Hätte er das getan, wenn er gewollt hätte, dass sie ein normales Leben führte? Vielleicht nicht, vielleicht doch. Sie blickte über ihre Schulter zurück in die Hütte. Die Tür stand einen Spalt offen. Drinnen hantierte Joshua herum.

Du bekommst die Harfe nicht ...

Keira hatte die Wahl. Der Fahrer stand nach wie vor reglos an seinem Wagen, bereit, sie jederzeit zurückzubringen.

Gehen oder bleiben?

Geh auf meinen Deal ein ...

Der Fahrer erwiderte ihren Blick nicht. Er sah stoisch geradeaus. Versteinert und ruhig. Geistesabwesend strich sie Benson über den Kopf, der sich sofort enger an sie schmiegte.

Für einige Sekunden schien die Zeit stillzustehen, genau wie Keiras Herz. Keine Rache an Coco. Oder – falls Joshua recht hatte – eine schlimmere Rache als ihr Tod.

Geh auf meinen Deal ein ...

Sie atmete tief durch, knuddelte Benson ein letztes Mal, stand auf und lief zurück in die Hütte.

Joshua hatte ihr einen zweiten Cognac eingeschenkt und auf den Tisch gestellt. Daneben waren zwei dicke Bücher drapiert. Alt, mit schwerem, handgefertigten Ledereinband. Ebenso lagen ein Holzkästchen, mit einem eingeritzten Kranich auf dem Deckel, und ein Dolch auf dem Tisch.

Er rechnet also fest damit, dass ich zustimme.

War sie so leicht zu durchschauen?

Sie trat näher an den Tisch, setzte sich in den Sessel gegenüber von Joshua. Er hatte die Hände vor dem Bauch verschränkt und sah sie ruhig an. Seine hellgrauen Augen strahlten eine Gelassenheit aus, die Keira von ihrem Vater kannte. In den Zeiten des größten Sturms hatte er immer die Ruhe bewahrt.

Sie nahm das Glas, trank einen Schluck.

Wartete.

Trank noch einen.

Dann stellte sie es zurück und blickte zu Joshua. »Was muss ich tun?«

»Gib mir deine Hand.«

Sie gehorchte. Joshua drehte sie nach oben, setzte den Dolch auf der Innenseite an.

»Hier und heute wirst du deiner Suche nach Coco abschwören. Du wirst dich ab jetzt von ihr fernhalten. Sollte es zu einer unfreiwilligen Begegnung kommen, wirst du verschwinden. Du stellst mir deine Fähigkeiten und dein Wissen zur Verfügung und erhältst im Gegenzug alle Mittel, die du benötigst. Ab heute besteht dein Lebenszweck darin, die Nachfahrin zu schützen. Auch, wenn es dein eigenes Leben kosten sollte.«

Keira zuckte. Sie gab gerade ihr Dasein für eine Person auf, die sie nicht einmal richtig kannte. Joshua hielt inne.

»Noch kannst du Nein sagen.«

Keira schluckte, starrte auf die Klinge auf ihrer Haut, die bereits den ersten Tropfen Blut forderte.

Gehe auf meinen Deal ein, und du wirst dich an ihr rächen können. Auf eine Art, die viel schlimmer ist als ihr Tod.

Keira war an einem Wendepunkt angekommen. Sie spürte es mit jeder Faser ihres Körpers. Ab heute würde alles anders werden – und es war gut so.

»Ich schwöre es.«

Joshua nickte, zog den Dolch über ihre Haut und ließ das Blut auf das Kästchen mit dem Kranich tropfen.

»Dann heiße ich dich hiermit im Bund der Sapier willkommen, Keira Bennett.«

5. Kapitel

Jaydee

Meine Reise nach Australien dauerte einen Wimpernschlag. Ich betrat die erste Kammer und blickte mich um. Es war eine Höhle, nicht breiter als zwei Meter mit einem Durchgang am Ende. Die Luft war stickig warm, erfüllt von dem Gestank nach Schattendämon. Joanne roch noch immer nach Verwesung, das letzte Indiz, das sie als das auswies, was sie war: eine Abnormität der Natur. Ein Wesen, das nicht existieren sollte und nach unserem Gespräch vielleicht auch nicht mehr existieren würde.

Ich hielt inne und lauschte auf Joannes Herzschlag. Er hatte sich leicht beschleunigt. Sie hatte bemerkt, dass jemand gekommen war. Ob sie auch mit mir rechnete?

Ich gab mir einige Augenblicke, um mich zu sammeln und mich für das Bevorstehende zu wappnen. Rief mir die Situationen in Erinnerung, in denen sie mich verarscht hatte. Es fiel mir nicht schwer, meinen Zorn zu schüren. Der Jäger geiferte bereits, lechzte nach ihrem Blut, freute sich auf ihre Schmerzensschreie.

»Jetzt komm schon her, Seelenwächter«, sagte Joanne. »Ich weiß, dass du da bist.«

Weiß sie auch, wer da ist?

Ich grinste, rotierte meinen Nacken, ließ die Wirbel knacken und trat in die Nachbarkammer.

Joannes Gesichtszüge gefroren zu Eis.

Nein, mit mir hatte sie eindeutig nicht gerechnet. Die Gefühlsregung dauerte nur Sekunden, bevor sie eine Miene aus Gelassenheit überstreifte und mich kühl musterte. »Hallo, Süßer. Schön, dass wir uns mal wieder sehen.«

Die Kammer war nicht viel größer als die nebenan, doch die Luft war stickiger. Joanne war mit den Händen an die Wand gekettet, ihre Füße steckten ebenfalls in eisernen Ringen. Sicher waren sie magisch verstärkt, damit sie sich nicht losreißen konnte. Beim letzten Mal hing ich so an der Wand, und sie hatte sich über mich lustig gemacht.

Ich trat langsam näher und musterte sie. Ihre Kleidung war mit schwarzem Blut besudelt, sichtbare Wunden hatte sie keine, die waren geheilt, aber sie sah blass aus. Ausgehungert.

»Ist schön, an so eine Mauer gekettet zu sein, oder?«

»Unser letztes Treffen fand ich lustiger. Ich hoffe, du hast das Schäferstündchen mit der Kleinen genossen. Hättest allerdings nicht gleich versuchen müssen, sie umzubringen.«

Und wären die Schattendämonen nicht gekommen, um mich von Jess zu zerren, hätte ich es getan. Es war grotesk, dass sie ihr Leben den Wesen verdankte, die uns erst in diese Situation gebracht hatten. »Ich war noch nie der Typ für Smalltalk, also komme ich gleich zur Sache: Wie können wir Ralf aufhalten?«

Joanne zuckte mit den Schultern. »Gar nicht, natürlich.«

Ich lächelte. »Warum hab ich mit dieser Antwort nur gerechnet?« Das hier war erst das Vorspiel. Wir loteten uns gegenseitig aus, bevor es richtig losging. »Wie will er die Explosionen auf den anderen Anwesen auslösen? Jetzt, da du an diese Wand gekettet bist. Wer hilft ihm dabei? Wie steuert er die Drachenwesen?«

»Keine Ahnung.«

Ich wirbelte herum und verpasste ihr eine Ohrfeige mit dem Handrücken. Sie fiel fester aus, als ich es vorhatte. Joanne biss sich auf die Lippe und keuchte. Schwarzes Blut tropfte aus ihrem Mundwinkel.

Sie leckte es ab und grinste. »Du kannst mich verprügeln, so viel du willst, ich weiß es trotzdem nicht. Er sagt mir nicht alles.«

Ich betrachtete meine Handknöchel und rieb mit den Fingern darüber. »Okay, dann lass es mich mit einer anderen Frage versuchen: Wie können wir den Emuxor aufhalten?« Vielleicht gab es ja noch einen anderen Weg, als Mikael von den Toten zurückzuholen.

Sie riss die Augen auf. »Ihr wisst also, wie er heißt. Wie habt ihr es herausgefunden?«

»Du hast die Rollen schon verstanden, oder?« Langsam trat ich näher, bis ich eine Armeslänge von ihr entfernt stand. Ich sah ihr fest in die Augen, sie hielt meinem Blick stand, auch wenn ich eine leichte Verunsicherung erkannte. »Ich bin derjenige, der die Fragen stellt, und ich hasse es, mich zu wiederholen. Aber, da diese Plauderrunde eben erst angefangen hat, will ich nicht so sein: Wie können wir den Emuxor aufhalten?«

»Das ist nicht möglich.«

Dieses Mal trat ich gegen ihre Kniescheibe. Joanne keuchte und lachte gleichzeitig. »Herrlich. Wirklich. Frag ruhig weiter, meine Antworten werden die gleichen bleiben.«

Ich machte noch einen Schritt auf sie zu, blähte die Nasenflügel. »Das glaube ich eher nicht.« Ich legte meine Hand auf ihren Oberarm. Ihr Körper war heiß. Verschwitzt. »Hast du eigentlich Hunger?«

»Nicht wirklich.«

»Lügnerin.«

Meine Finger strichen ihren Arm hinunter Richtung Handgelenk. Sie trug ein T-Shirt und eine schmutzige Jeans, ich fühlte ihre Haut unter meiner. Erhitzt. Fiebrig. Gierig. Wie ihre Emotionen. Sie war trotzig, würde mir so schnell nicht geben, was ich wollte. *Sehr gut.* Je höher ihr Widerstand, desto mehr Spaß für mich. »Ich könnte dir einen Happs Seelenenergie besorgen.«

»Warum solltest du das tun?«

»Vielleicht fallen dir dann ein paar Antworten ein. Wenn man hungrig ist, kann man nicht mehr klar denken.«

Ich erreichte ihr Handgelenk, strich über ihre eisernen Fesseln nach vorne und verwob meine Finger mit ihren. Jetzt war ich so nahe an ihr dran, dass ich sie küssen konnte. Meine Aura hatte sich um ihren Körper gelegt, sie bekam die volle Dröhnung meiner Seelenenergie ab, so nahe bei mir.

»Damit wäre dein feiner Rat nie einverstanden.« Die Worte kamen eher als Keuchen über ihre Lippen.

»Er muss es ja auch nicht wissen. Ich gehe raus, suche dir eine nette junge Seele, und du bekommst einige Sekunden ihrer Energie.«

Joannes Pupillen weiteten sich, sie schluckte einmal. Genauso könnte ich einem halb Verhungerten ein saftiges Stück Steak vor die Nase halten.

»Und? Interesse?«

»Nein.«

»Schade.« Ich packte ihren kleinen Finger und bog ihn nach hinten durch. Es krachte, als die Knochen brachen. Joanne schrie, knallte dabei mit dem Hinterkopf gegen die Felswand.

Oh ja, genau das will ich hören!

»Denn das ist die Alternative.« Ich ließ den Jäger hervortreten, legte meine Stirn gegen ihre, so dass sie nur noch meine silbernen Augen sah.

Mach weiter so! Lass sie deine Macht spüren!

»Schmerzen. Schlimmer und qualvoller, als du es dir vorstellen kannst. Das hier«, ich deutete auf ihren gebrochenen Finger, der sich bereits zusammensetzte, »ist erst der Anfang. Ich werde dir einen Knochen nach dem anderen brechen, und wenn alle geheilt sind, fange ich von vorne an. Wieder und wieder und wieder, bis du keine Energie mehr hast, um zu genesen. Und dann geht es erst richtig los.« Ich zog den Dolch aus dem Stiefel.

Joanne folgte meiner Bewegung mit den Augen. Ihr Herz pochte schneller. Ein Schweißtropfen perlte von ihrer Stirn.

»Denn wenn dein Körper erst einmal genug geschwächt ist, beginnt der wahre Spaß.« Vorsichtig legte ich die Spitze meiner Klinge unter ihrem Auge auf.

Mach es langsam. Koste jede Sekunde aus!

Ich presste sie leicht auf ihre Haut, bis Joanne zuckte und sich ein dünner Blutstropfen löste. »Kannst du das eigentlich nachwachsen lassen?«

Sie antwortete nicht.
»Ich habe dir eine Frage gestellt.«
»Leck mich.«
Dann finde ich es selbst heraus.
Ich rammte ihr mit Wucht den Dolch ins rechte Auge.
Ihr Schrei hallte von den Wänden wider.
Ja! Mehr davon! Mehr Schreie! Mehr Gewalt! Mehr Leid!
Das hier war meine Rache. Meine Zeit und die des Jägers.
Wir würden sie beide genießen.

6. Kapitel

Jessamine

Chaos.
Genau daraus bestand mein Leben.
Aus einem kunterbunten, verrückten Chaos.
Ich wurde herumgeschubst, verprügelt, umarmt, geküsst, überwältigt, ausgetrickst und schließlich von einem Mann k.o. geschlagen, dem ich blind vertraut hatte.
Geliebte Menschen werden dich verraten, du wirst weiter kämpfen müssen, alles was dich erwartet, wurde nur zu einem einzigen Zweck erschaffen: deine Seele zu zerbrechen ... Ashriel hatte so recht gehabt.
Ich öffnete die Augen und sah nur bunt. Wie in einem Kaleidoskop wechselten die Farben und Lichter. Mal von grellweiß zu orange, zu schwarz, zu blau und dann zurück zu rot. Noch immer befand ich mich in einer Hülle aus Hitze. Ich fühlte es auf meiner Haut. Feuer. So heiß, dass ich fürchtete, darin zu vergehen, doch es verletzte mich nicht. Die Geräusche drangen nur dumpf an mich heran. Gepolter, Gemurmel, ein Wiehern. Ich wollte etwas sagen, aber es kam nur ein unverständliches Brummen aus meiner Kehle. Die Hülle aus Feuer schloss sich fester um mich. Für eine Sekunde hatte ich das Gefühl, auf dem Kopf zu stehen und gleichzeitig wie ein Blatt an einem Ast hin- und herzuwippen.
Es gab einen Knall, gefolgt von einer Eiseskälte, als wären wir in einem Portal.
Arme schlangen sich um mich. Sie trugen mich. Irgendwohin. Ich erkannte noch immer nichts. Es ruckte und polterte. Und auf einmal war die Hitze weg.
Puff. Verschwunden.
Mein Körper war frei, die Fesseln durch das Feuer gelöst.
Ich ächzte vor Überraschung und blickte mich hektisch um. Ich saß in einem großen Wohnzimmer mit bodentiefen Fenstern,

die aufs Meer zeigten. An einer Ecke war ein Kamin, neben mir ein riesiges Sofa, so breit, dass fünf Leute gleichzeitig draufpassten. An den Wänden hingen Fotografien des Meeres zu unterschiedlichen Jahreszeiten. Es roch nach Salz und Wasser. Ich trug noch immer das lange Shirt, in dem ich geschlafen hatte, und ich war an einen Stuhl gefesselt. Großartig. Öfter mal was Neues …

Will trat vor mich und ging in die Hocke. Sein Gesicht war eine Maske aus Schmerz und Trauer.

»Was tust du denn da?«, fragte ich. Meine Stimme klang kratzig.

»Das, was nötig ist. Ich …« Er fuhr sich durchs Gesicht, lachte, als bekäme er gleich einen hysterischen Anfall. »Das ist so verrückt.«

Und das war noch harmlos ausgedrückt. »Sag mir lieber, was das soll! Warum hast du mich hierhergebracht? Wo sind wir überhaupt?«

»Auf Sorajas Anwesen.«

Die Gedanken ratterten durch mein Hirn. Soraja. Der Rat. Ihr Hass auf mich.

Grundgütiger.

Ich wollte nicht die nächste Frage stellen, doch bevor ich sie zurückdrängen konnte, kam sie über meine Lippen. »Warum?«

»Weil wir das alles aufhalten werden. Du und ich, Jess. Du wirst es bald verstehen, keine Sorge.«

Ich ruckte an meinen Fesseln, die natürlich bombenfest saßen. »Will!« Mein Verstand kam gar nicht hinterher, so wirr war das alles.

Hatte er mich entführt?

Ja, sagte mein Kopf.

Nein, sagte mein Herz.

Will würde das nicht tun.

Niemals.

Nie.

Nicht er.

»Was hast du vor? Bitte rede doch mit mir!«

Er hob mein Kinn mit dem Daumen an. »Du bist so unglaublich wertvoll, Jess. Deine Seele so rein ...« Sein Finger strich über meine Haut. »Du hast erst die Spitze deines Potenzials freigelegt, und es ist bedauerlich, dass du es nie wirst ausleben können.« Plötzlich verzog er das Gesicht und fasste sich ans Herz. Er sog scharf die Luft durch die Zähne, als hätte er Schmerzen.

»Will ...«

»Geht schon. Keine Bange.« Er kniff die Augen zusammen und schüttelte den Kopf. »Gott ist das ...« Er keuchte, atmete durch und fing sich. »Es wird Zeit.«

Von was sprach er da nur? »Was willst du von mir?«

»Das wirst du noch sehen, hab Geduld, du wirst nicht mehr lange kämpfen müssen.«

Oh ...

Oh Gott, nein.

Ein Gedanke drängte sich nach vorne. Ich versuchte ihn zu ignorieren, erst gar nicht zuzulassen, dass er sich nach oben kämpfte, doch ich konnte ihn genauso wenig aufhalten wie eine Lawine.

Das war zu abstrus, zu abwegig, Will würde da niemals mitmachen!

»Du willst mich umbringen.« Keine Frage. Eine Antwort. »Du und Soraja. Sie ... sie hat dich überzeugt. Hab ich recht?«

Will sagte nichts, er stand auf, kramte in seinen Taschen.

»Will ...«, stammelte ich.

Das alles war so logisch.

So schmerzhaft.

So ernüchternd.

Soraja würde ich diesen Mord auf der Stelle zutrauen. Aber Will? Nach allem, was wir durchgemacht hatten? Wir waren zusammen aus dem Schloss geflohen, ich hatte ihm geholfen, die Haare der Undine zu bekommen. Wir waren beim Rat, er hatte mich getröstet, wir ... »Du hast gesagt, ich gehöre zur Familie!«

Er hielt kurz inne. »Gib nicht so viel auf das Gewäsch von Männern. Nicht einmal, wenn es aus dem Mund von so noblen Kerlen wie mir kommt.«

In dem Moment flog die Tür auf, und Soraja schneite in Begleitung eines jungen Mannes herein. Sie hielt abrupt an, als sie uns erblickte. »Ah, ihr seid da. Gut, dann kann es endlich weitergehen.«

Der Mann an Sorajas Seite fixierte mich. Er kaute Kaugummi, war ein wenig älter als ich, trug abgewetzte Jeans und unzählige Piercings im Gesicht. Seine Haare waren ungepflegt und hingen ihm in fettigen Strähnen ins Gesicht. »Ist sie das?«

»Ja«, sagte Soraja.

Will fuhr herum. Er scannte den Typen ab, wirkte erst leicht überrascht, aber dann schien er sich an etwas zu erinnern, als wäre er hier mit ihm verabredet gewesen.

»Wie soll ich sie killen?«, fragte der Kerl.

Ich sackte in mich zusammen, biss auf meine Lippen, kämpfte die Tränen zurück. Er hatte es ausgesprochen. Da war es. Tatsächlich in Worte gefasst: *Wie soll ich sie killen ...*

»Das kannst du nicht zulassen ...«, flüsterte ich. »Will.«

Er reagierte nicht. Grinste nur, als amüsierte er sich gerade königlich.

Der junge Kerl trat näher. Ich ruckte erneut an den Fesseln, zog und zerrte und schrie. Die Schnüre waren so fest gebunden, dass sie mir die Haut aufrieben, ich machte dennoch weiter, brüllte so laut, bis meine Stimme kratzte.

Weiter, weiter, immer weiter.

Ich rief nach Will, nach Soraja, schrie meine gesamte Verzweiflung hinaus.

Will fuhr herum und verpasste mir eine Ohrfeige. »Halt dein Maul! Das ist ja unerträglich.«

Ich erstarrte. Keine Ahnung, was mich gerade mehr überraschte. Wills Schlag gegen mich oder seine vulgäre Ausdrucksweise. »Das bist doch nicht du ...«

»Hast du das auch immer zu Jaydee gesagt, wenn er dir an die Kehle gegangen ist?«

Der Kaugummityp war neben mir stehen geblieben und machte eine Blase, die sofort platzte. »Wenn ihr soweit seid, würde ich gerne loslegen. Hab noch andere Dinge zu tun.«

»Bitte, lass das nicht zu«, schrie ich Will an. »Wir haben noch mehr Optionen. Der Spruch aus der Bibel, wenn Abe ihn übersetzen kann und wir den Zauber umkehren … Es könnte funktionieren! Immer noch.«

Er zog die Augenbrauen zusammen, schien über meine Worte nachzudenken.

»Wir können deinen Bruder aufhalten«, schob ich nach.

Jetzt grinste er. »Ach, Jess … du bist so herrlich naiv.«

Ich sah ihn an, suchte in seinem Gesicht nach dem Freund, den ich kannte. Aber ich fand ihn nicht. »Was ist mit dir im Tempel passiert?«

»Alles, Jess. Alles. Du hast keine Vorstellung, was in der Welt da draußen abläuft. Das ist erst der Anfang.«

Mich schauderte bei seinen Worten, denn genau das hatte auch sein Bruder gesagt, als er uns in Form von Rauch über Ilais Anwesen erschienen ist.

Soraja blieb dicht neben Will stehen. »Lass es uns erledigen. Ich muss noch meine Macht auf Ebony übertragen. Ich habe keine Lust, mit dem Anwesen verbunden zu sein, wenn dieser Irre zuschlägt.«

Will verschränkte die Arme vor der Brust. »Ganz schön pfiffig von dir, dich von dem Ort hier zu lösen und es jemand anderem zu überlassen.«

Eher feige, aber mich fragte ja niemand.

»Wir müssen alle Opfer bringen. Ebony gehört zu meiner Familie, sie ist mir verpflichtet. Wenn die Explosion ausgelöst wird, trifft es sie statt mich.« Soraja griff in ihren Mantel und zog einen kleinen Dolch heraus, den sie Griff voran dem Kaugummityp überreichte. »Mach es schnell. Sie soll nicht unnötig leiden.«

»Geht klar.« Der Kerl nahm den Dolch, als hätte er das schon hundertmal gemacht.

Unfassbar! Selbst die Drecksarbeit musste ein anderer erledigen.

Will starrte auf die Klinge, in seinen Augen lag ein merkwürdiges Glimmen. Fast wirkte er entstellt. Dieses Verhalten passte nicht zu ihm. Ich sackte im Stuhl zusammen, grub mich tief gegen die Lehne, als könnte ich so dem Unausweichlichen entkommen.

Soraja blickte mich ebenfalls an, und erstaunlicherweise erkannte ich in ihrer Miene Traurigkeit. »Es tut mir leid, Kind. Das ist nichts Persönliches, aber wir müssen die Menschen schützen.«

»Das hat absolut nichts mit Schutz zu tun.«

Der Kaugummityp beugte sich nach vorne und betrachtete den Dolch. »Geile Klinge. Darf ich die behalten?«

»Nein!«, sagte Soraja. »Jetzt mach endlich!«

Er zuckte mit den Schultern und nickte.

»Will, bitte ...«, stammelte ich.

»Es muss sein, bitte, verzeih mir.«

Der Typ kam näher, setzte die Waffe an meiner Kehle an. Ich drückte mich gegen die Stuhllehne, schloss die Augen und wartete auf den Schmerz.

Er kam nicht.

Stattdessen rumpelte es.

Sofort öffnete ich die Augen. Der Kaugummityp lag mit gebrochenem Genick vor mir, und Will rammte Soraja gerade das Messer in den Bauch.

Sie riss die Augen auf, krallte sich in seine Schulter. Ihr Blick erfüllt mit Verwirrung und Schmerz. »Was ...«

»Wie du eben so schön sagtest: Ist nichts Persönliches.«

Ich folgte dem Geschehen fassungslos. Das war ein Traum! So musste es sein. Ich lag in Wirklichkeit in einem schönen, großen, weichen Bett – vorzugsweise in dem tollen Penthouse in New York, mit Jaydee an meiner Seite – und träumte.

Soraja klappte zusammen und stürzte zu Boden. Will jubelte, als hätte er gerade alle Zehn beim Bowling erwischt, dann fuhr er herum und haute mir auf den Arm. »Hast echt gedacht, ich lass dich abstechen, oder?«

»Ich ...« Ich sah das Szenario deutlich vor mir: der Typ tot, Soraja am Boden. Klinge in ihrem Bauch. Nicht in meinem.

Sie keuchte, griff an den Dolch, zog ihn heraus. Sofort schoss das Blut nach, durchweichte ihren kobaltlauen Umhang. »Was hast du getan ...«

Will lachte und klatschte in die Hände. »Gott, war das gut! Mir ging fast einer dabei ab, ehrlich.« Er lief zu Soraja, stellte einen Fuß auf ihren Brustkorb und fixierte sie so am Boden. »Tut mir leid, Jess, aber ich musste kurz mitmachen. Das war zu göttlich, dich zu sehen. Und dein Gestammel erst: *Will, bitte tu es nicht! Wir sind doch Freunde! Eine Familie. Wie kannst du nur?*«

Er äffte mich nach, ich schloss die Augen, versuchte, seine Stimme auszublenden.

»Ihr und eure Ideen: Den Spruch aus der Bibel umkehren. Also echt ... Was habt ihr noch so vor?«

Ich antwortete nicht. Konnte nicht. Wollte nicht. Mein Gehirn war noch zu sehr damit beschäftigt herauszufinden, was vor sich ging.

»Ach, schon gut. Dafür ist später Zeit.« Er griff in seine Hosentasche und holte ein schwarzes Kästchen heraus. So ein ähnliches, wie man es nutzte, um Garagentore zu öffnen. »Machen wir zuerst ein kleines Feuerwerk.«

Soraja wollte seinen Fuß von sich schieben, doch es gelang ihr nicht. Ihre Arme sackten hinab, sie lag in einem See aus ihrem eigenen Blut. Leichenblass und zittrig. »Mistkerl«, keuchte sie.

»Nana, du solltest mal ganz still sein, Lady. Du bist ja mit Abstand die Schlimmste in diesem Verein. Ist echt nicht schade um dich.« Er beugte sich zu ihr und packte ihr Kinn. »Deine Macht auf Ebony übertragen und sie so ans Messer liefern. Tststs.

Das hier hast du sowas von verdient.« Und dann drückte er den Knopf.

Ein tiefes Beben erschütterte das Gebäude. Neben mir krachte es, und ein langer Riss entstand in der Mauer.

»Keine Angst, hab alles im Griff«, sagte Will.

Der Riss wurde breiter, verästelte sich, bildete neue Risse, das goldene Glibberzeug, das ich bereits bei Ilai und Logan gesehen hatte, drang daraus hervor. Wie flüssiger Honig breitete es sich auf dem Boden und an den Wänden aus.

Will blickte auf und lachte. »Perfekt.«

Das Gestein an der Wand krachte ab, die Risse wurden breiter, die Glibbermasse drückte sich nach draußen. Flammen stoben auf, verformten sich zu den Drachenwesen, die uns bei Ilai heimgesucht hatten. Sie schlängelten sich um mich herum, einer kroch unter meinem Stuhl durch, ohne mich zu verletzen. Ein anderer glitt zu Will, baute sich neben ihm auf, als wolle er ihn beschützen. Will kniete sich vor Soraja, breitete die Hände über ihren Körper. Sie krümmte sich, schrie vor Schmerzen. Will warf den Kopf in den Nacken und stöhnte zufrieden.

»Fantastisch. Einfach fantastisch!«

Die anderen Drachen krochen ebenfalls zu ihm, züngelten um seine Hände und schlossen ihre Mäuler darum, als würde er sie füttern. Zwischen Will und Soraja entstand eine Verbindung über einen Lichtstrahl. Es war faszinierend und abstoßend zugleich. Sah es so aus, wenn eine Seele aus einem Körper gezogen wurde? Wills Handflächen leuchteten stärker, die Drachen fraßen gieriger.

»Bringt Sorajas Seele ins Vassum«, sagte er schließlich zu ihnen. »Ich komme bald nach, muss noch mein Mädchen retten, solange mir dieser Körper zur Verfügung steht.«

Die Drachen zischten, dann sackten sie zurück in die Risse, die sich mittlerweile auch auf dem Boden ausgebreitet hatten.

Das Spektakel war so schnell vorüber, wie es angefangen hatte. Die Goldadern pulsierten, leuchteten auf und verblassten schließlich, als hätten sie ihre Arbeit erledigt. Sorajas Körper war eingefallen, ihre Haut zog sich ledern über ihr Skelett. Genau wie bei Ilai. Wie bei jedem, der von einem Schattendämon ausgesaugt worden war. Ich schluckte. Das war alles so unfassbar. So grausig.

Will stand auf und kam zu mir. Ein schräges Grinsen auf dem Gesicht, das nicht zu ihm gehörte. Er ließ seine Maskerade fallen, und was darunter zum Vorschein kam, war hässlich und grausam. Seine Augen strahlten einen Irrsinn aus, den ich schon mal gesehen hatte. Bei seinem Bruder, als er Violet auf dem Altar gefesselt und das Portal vor meiner Nase geschlossen hatte. Und da endlich kam die Erkenntnis.

Jetzt, da er sich nicht mehr verstellte, war es fast schon zu offensichtlich. Dieses schräge Lachen, die Art, wie er den Kopf neigte, der Ausdruck hinter seinen Augen. Da war nichts von der Wärme und Ruhe, die Will normalerweise ausstrahlte. »Du bist nicht Will.«

Er zwinkerte. »Stimmt. Ich habe mir nur seinen Körper geliehen. Ist ziemlich praktisch.« Er tätschelte seine eigene Brust, als wäre er stolz, ein neues Kleidungsstück zu tragen. »Mein Bruder steht mir gut, findest du nicht?«

»*Ralf.*« Das Blut schoss mir in den Kopf. »Wie?«

»Alles ist verbunden, Schatz. Ilai, Will, Dinge, die im Tempel geschahen ...«

Über den Tempel ... Wie konnte das alles nur sein?

»Jetzt müssen wir uns allerdings sputen. Erst bringe ich dich in Sicherheit, damit der Rat nicht noch mal auf so eine törichte Idee kommt und versucht, dich umzubringen, und dann hole ich meine ... oh, verdammt.« Er keuchte und krümmte sich wie vorhin. »Verfluchter Will. Ich ...« Ralf atmete tief durch, seine Hand krampfte, er drückte sein Herz, massierte es. »Nicht schlecht, kleiner Bruder. Nicht schlecht. Aber ich bin immer noch stärker.«

Es dauerte eine gefühlte Ewigkeit, bis er sich aufrichtete und erleichtert durchatmete. Der Schmerz wich aus seinem Gesicht.

»Wir beide werden einen Ausflug machen«, sagte er. »Bedauerlicherweise kann ich dich nicht mit nach Riverside nehmen, die Barriere lässt keine festen Körper durch.«

Ich schüttelte den Kopf, rückte weiter im Stuhl zurück. »Ich gehe nirgendwo mit dir hin!«

»Okay. Nur mal so nebenbei: Du bist an einen Stuhl gefesselt. Ich kann dich jederzeit ausknocken. Niemand weiß, wo du bist. Warum in drei Teufels Namen denkst du, es würde mich kümmern, ob du freiwillig mitkommst oder nicht?«

»Ich …« Das durfte doch nicht wahr sein!

»Dachte ich mir.«

Ralf beugte sich über mich. Schweißperlen standen auf seiner Stirn. Wills Gegenwehr strengte ihn mehr an, als er zeigen wollte.

»Keine Sorge, Schnuckelchen. Dir passiert nichts. Vorerst.« Er griff nach meinem Kinn, ein gieriges Glühen lag in seinen Augen, er leckte sich über die Lippen, als betrachtete er ein besonders appetitliches Mahl. Kurz war ich versucht, ihn anzuspucken, aber das hätte ihn vermutlich nur wütend gemacht.

»Du wirst so gut schmecken«, sagte er und roch an meiner Haut. »Wenn ich erst mit den Ratsmitgliedern fertig bin, werden wir beide uns eine Runde amüsieren. Deine Seele wird dem Ganzen die Krone aufsetzen.« Er ließ von meinem Kinn ab, strich zärtlich über meine Wange. Ich drehte den Kopf weg. »Oder ich lasse dich als Schattendämon auferstehen. Das wäre doch auch etwas Nettes. Wir beide, Seite an Seite.«

»Der Platz ist schon belegt.«

Ralf lachte. »Richtig. Aber das soll nicht deine Sorge sein.«

Er gab mich frei, ballte die Hand zur Faust. Ein Feuerball entstand, glühte zwischen seinen Fingern.

»Dann wollen wir dich mal zwischenparken.«

Ich drehte mich zur Seite, als mich die Hitzewelle von Neuem traf und in ihre Mitte zerrte.

7. Kapitel

Jaydee

Eines musste ich Joanne lassen: Sie war hart im Nehmen. Leider hatte sie bei all ihrem Widerstand eine Sache nicht bedacht: Ich war härter im Geben.

Der Jäger hatte mich voll im Griff. Feuerte mich an, zwang mich, mit sämtlichen Tabus zu brechen. Mir war klar, dass ich grausam sein konnte, wenn er die Oberhand gewann. Meine Taten in Schottland – als ich einen Dämon nach dem anderen in Stücke gerissen hatte, um mir einen Weg nach draußen zu kämpfen – waren mir nicht vollends bewusst, doch ich spürte sie in mir. Meine Hände um die Kehle eines anderen geschlungen, der Geruch nach Blut, die Schreie meiner Opfer.

Das bist du! Du bringst den Tod! Du bringst das Grauen. Das ist deine Bestimmung.

Ich trat einen Schritt zurück und betrachtete mein Werk. Angewidert und euphorisch zugleich. Ihr rechtes Auge war erst nachgewachsen, doch ihr Körper gab auf, nachdem ich es zwei weitere Male ausgestochen hatte. Jetzt war an der Stelle eine geschwollene Wunde, die mit schwarzem Blut verklebt blieb. Ihre gebrochenen Finger heilten ebensowenig wie ihre zertrümmerte Kniescheibe. Ich hatte Joanne Zeit gegeben, mir zu antworten. Hatte nach jedem Hieb innegehalten und ihr die Wahl gelassen. Sie hatte sich für Schmerzen entschieden. Keine Ahnung, wie viel sie noch ertragen konnte.

Hoffentlich viel ...

Ich packte ihr Kinn und zwang sie, mich aus ihrem gesunden Auge anzusehen. Ihr Blick war matt. Sie litt, doch noch immer gab sie nicht klein bei.

»Wie können wir Ralf aufhalten?«

»Ich weiß es nicht«, stammelte sie.

Wäre ich kein Empath, hätte ich an dieser Stelle womöglich das Verhör abgebrochen. Aber genauso wie ihre körperliche Fassade bröckelte, schwächelte auch ihre emotionale. Joanne log, und sie hatte Angst. Sie konnte es kaum noch verbergen, egal wie sehr sie sich um Gleichgültigkeit bemühte. Ich musste sie nur noch über die Klippe stoßen – und sie würde reden.

»Willst du wirklich, dass ich dir noch mehr Schmerzen zufüge?«

Sie lächelte. Ein verzweifeltes, hoffnungsloses Lächeln. »Wenn du wissen willst, was Schmerzen sind, dann werde zum Schattendämon.«

Ich kniff die Augen zusammen und wartete.

»Denkst du, der Übergang ist leicht?«

Darüber hatte ich mir noch nie Gedanken gemacht. Mir war es auch gleich, ob ein Schattendämon durch Qualen geboren wurde, mir wäre es lieber, sie würden überhaupt nicht geboren.

»Erst fühlst du diese wundervolle Energie, die dich ruft«, fuhr sie fort. »*Das Licht*, wie es alle nennen. Es will, dass du zu ihm kommst, damit es dich mit seiner unendlichen Liebe empfangen kann.«

»Dann solltet ihr es tun, statt uns auf die Nerven zu gehen.«

Sie lachte erneut, als würde ich rein gar nichts verstehen. »Wenn es nur so leicht wäre. Denn neben dem Licht ist da etwas, das noch stärker ruft. *Die Zwischenwelt*. Sie wartet darauf, dich in ihre Arme zu reißen, will, dass du da bleibst und ihren Verlockungen unterliegst: Energie, Macht, Ausdauer, das alles kann man als Schattendämon erlangen. Man wird besser als zu Lebzeiten, die Sinne, die Körperkraft, alles ist verstärkt. Es ist fast ein Zwang. Und wenn man erst mal in den Fängen der Zwischenwelt steckt, wenn man den Schritt gewagt hat, wenn man bleibt und dem Licht den Rücken kehrt – dann kommen die Schmerzen. Sie fressen einen von innen her auf, vernichten die Organe, die Zellen, die Seele. In der Sekunde, in der man sich für die Zwischenwelt entschieden hat, weiß man, dass man falsch lag. Sie ist eine

Scheinwelt, in der es nur eines gibt: Hunger! Es ist die schlechteste Entscheidung, die man treffen kann, und es gibt absolut nichts, um sie zurückzunehmen. Der Emuxor wird diesen Qualen ein Ende bereiten. Er wird uns aus der Existenz des ewigen Hungers befreien und uns zu vollwertigen Lebewesen machen. Du kannst mit mir anstellen, was du willst, ich werde weder ihn noch meinen Meister verraten.«

Ihre Gefühle schwankten. Sie hatte Angst vor mir, aber sie meinte, was sie sagte. Ich ließ sie los und lief in der kleinen Kammer hin und her. Mittlerweile war die Luft kaum noch zu atmen. Erfüllt von Joannes Dünsten nach Verwesung und Blut. Ich spielte mit dem Dolch, kratzte Dreck unter meinen Fingernägeln mit der Spitze heraus. Joanne schnaubte dumpf, lehnte den Kopf gegen die Wand und beobachtete mich müde. Vermutlich glaubte sie, dass sie gewonnen hatte.

Ich blieb stehen, drehte mich zu ihr. »Es ist also schmerzhaft, in die Existenz eines Schattendämons zu wechseln.«

Sie zog die Mundwinkel in einem schrägen Grinsen nach oben.

Ich sah noch mal auf den Dolch, dann auf sie. »Dann sollte ich das wohl besser toppen, damit du endlich sprichst.«

Sie zuckte bei meinen Worten zusammen und riss das gesunde Auge erschrocken auf. Ich ging zurück zu ihr, blieb vor ihr stehen, fuhr mit dem Dolch über ihre Wange. »Überlege dir deine Antworten gut, Dämonin.«

»Das habe ich. Tu, was du tun musst.«

Eine perfekte Antwort, denn mit diesen Worten läutete sie die zweite Runde ein.

8. Kapitel

Keira presste ein Taschentuch auf die Schnittwunde. Jetzt gab es kein Zurück mehr. Sie hatte den Schritt gewagt und sich selbst von ihrer Rache an Coco freigesprochen. Hätte man ihr das gestern erzählt, hätte sie denjenigen lauthals ausgelacht.

Joshua beträufelte den Kranich mit Keiras Blut. Er saugte alles auf, bis zum letzten Tropfen. Plötzlich leuchteten die Schnitzereien. Der Vogel wurde lebendig, spannte die Flügel und drehte den Kopf. Ein weißes Licht stieg aus seinen Umrissen empor. Keira blinzelte, es war zu grell, um hineinzublicken, aber zu spannend, um es nicht zu tun.

»Nur ein geborener Sapier kann die Kraft der Urmutter Sophia rufen«, sagte Joshua. »Er ist das letzte, das von Sophia geblieben ist. Die letzten Reste ihrer Magie. Neben diesem Kästchen gibt es noch ein weiteres. Ariadne hatte es besessen. Jetzt ist es bei Ilai.« Er legte den Dolch beiseite und beobachtete den Kranich. Täuschte sich Keira, oder bekam Joshua tiefe Falten um die Augen? Er bemerkte ihren Blick und strich sich über die Stelle. »Jede Anrufung hat ihren Preis. Wir opfern einen Teil unserer Lebenskraft, um Sophias Magie zu aktivieren.«

Der Kranich stieß einen spitzen Schrei aus, das Licht erhellte den gesamten Raum, schlang sich um Keira, energetisch und kraftvoll. Sie fühlte die Magie dahinter. Eine Magie, die Jahrtausende alt war. Dagegen war Anthonys Können das eines Kindes.

»Das heißt, ich kann die Magie nicht nutzen? Ich meine, ich bin ja kein geborener …«

Joshua lächelte.

»… Sapier«, vervollständigte Keira. Oder war sie es doch? »Meine Eltern … mein Vater … hat er … gehörte er zu euch?«

»Du trägst unser Erbe von der väterlichen Linie.«

Keira drückte das Taschentuch fester auf die Hand, auch wenn es schon gar nicht mehr blutete. Ihre Mutter war kurz nach Keiras

Geburt gestorben, und ihr Vater hatte nie viel über sie gesprochen. Keira war zu klein gewesen, um nachzufragen. Sie war im Glauben aufgewachsen, dass es völlig normal war, nur einen Vater zu haben. Erst als sie ins Heim kam, bemerkte sie, dass zu einer Familie auch eine Mutter gehörte.

»Wir Sapier teilen uns in zwei verschiedene Zweige auf. Es gibt die Beschützer und die Hüter.«

»Zu welchem Zweig gehörst du?«

»Zu den Beschützern. Dein Vater war ein Hüter. Der letzte. Genau wie ich.«

»Wie bitte? Du bist der Rest des Bundes?«

»Viele haben sich abgewandt und ihren Eid gebrochen, noch mehr sind gestorben.«

Sie hatte stets angenommen, dass hinter Joshua eine ganze Gemeinschaft stand. »Was ist mit den anderen? Der Bote, der bei mir war, der Fahrer draußen.«

»Menschen. Sie arbeiten für mich und werden mehr als ausreichend bezahlt. Mit Ariadne ist die vorletzte Beschützerin gestorben. Genau deshalb ist es so wichtig, dass du mir hilfst. Ach Keira, die Aufgabe, die dich erwartet, ist nicht leicht, aber ich bin mir sicher, dass du sie meistern wirst.«

Keira nahm das Taschentuch von der Wunde, die aufgehört hatte zu bluten. Kurz überlegte sie, ob sie um einen weiteren Cognac bitten sollte, aber sie brauchte einen klaren Kopf. »Sprich weiter.«

»Alles begann vor Tausenden von Jahren. Als eine Seelenwächterin namens Lilija erschaffen wurde.«

Er machte eine Pause, vermutlich, damit Keira sich den Namen einprägen konnte.

»Was weißt du über die Geschichte der Seelenwächter?«

»So gut wie nichts. Ich habe in Anthonys Büchern nach ihnen recherchiert, aber kaum etwas gefunden.«

»Du wirst in anderen Bibliotheken, außer in ihren eigenen, nicht viel über sie erfahren. Zum Glück gibt es Überlieferungen.

Sie werden im Bund der Sapier seit Jahrtausenden weitergegeben.«

»Na, hoffentlich ist es nicht wie mit der stillen Post.«

Joshua hob eine Augenbraue. Keira räusperte sich. »Entschuldigung. Ich wollte nicht den Wahrheitsgehalt eurer Überlieferungen infrage stellen.«

»Die Seelenwächter wurden vor vielen tausend Jahren von einer Frau namens Damia erschaffen. Damals überrollten die Schattendämonen förmlich die Menschheit. Sie vermehrten sich rasend schnell, töteten, wüteten, niemand konnte sie aufhalten. Damia entschloss sich, zu handeln. Sie spaltete ihre eigene Seele in vier Teile und übergab jedes dieser Teile einem Element. Mit dieser Magie wollte Damia Wesen erschaffen, die den Schattendämonen Einhalt gebieten konnten: die Seelenwächter. Gerüchte besagen, dass Lilija eine der ursprünglichen Vier gewesen war, genau wie Ilai Malachai, aber es gibt keine Beweise dafür.« Joshua lächelte, als würde er in Erinnerungen schwelgen, auch wenn das kaum möglich war. »Lilija war eine wunderschöne und außergewöhnliche Frau. Sie hatte leuchtend rote Haare, grüne Augen und ein Gesicht so rein und ebenmäßig, dass ihr die Männer zu Füßen lagen. Sie gehörte dem Element Wasser an und sie war eine der Besten zu der damaligen Zeit. Keine tötete mehr Schattendämonen als sie.«

Er klappte einen der Wälzer auf, die auf dem Tisch lagen. Staub flog auf, die Seiten waren handgeschöpft, vergilbt und schienen so fragil, als ob sie bei der kleinsten Berührung auseinanderfallen könnten.

Sie waren gefüllt mit wunderschönen bunten Malereien. Auf einer Seite war eine Szene abgebildet, wie sich Menschen um einen Teich versammelten und beteten, eine andere zeigte eine alte Schriftrolle, die akribisch abgemalt worden war. Joshua blätterte bis zur Mitte und drehte das Buch so, dass Keira einen Blick darauf werfen konnte. »Das war sie.«

»Wow.« Abgebildet war die Zeichnung einer wunderhübschen Frau. Joshua hatte nicht übertrieben, sie war einzigartig in ihrer Schönheit, das rote Haar hatte sie zu kunstvollen Zöpfen mit Perlen und Muscheln geflochten. Ihre Augen stachen heraus, wirkten fast schon lebendig. Sie waren moosgrün und funkelten vor Lebenslust. »Das ist extrem gut gemacht.« Keira strich über das Blatt. Es fühlte sich rau und wächsern an. »Wie alt ist das Buch?«

»Sehr alt. Es ist magisch konserviert, du musst also keine Angst haben.«

Sie blätterte weiter. »Einige Seiten fehlen.«

»Ja. Manches Wissen geht verloren über die Jahre. Ich weiß nicht, wer die Seiten herausgerissen hat oder was darauf stand.«

»Schade.«

Keira strich über die Fetzen, während Joshua seine Erzählungen fortsetzte.

»Der Erfolg stieg Lilija schließlich zu Kopf. Ihre Ansichten wurden radikaler, ihre Kämpfe grausamer. Eines Tages tötete sie sogar Unschuldige eines Dorfes, nur um einen flüchtigen Schattendämon zu erledigen, der ihr seit Wochen entwischt war. Lilija war kaum noch zu bändigen. Sie wollte mehr, als sie bereits hatte. Sie verstand nicht, warum die Seelenwächter ihre Fähigkeiten aufteilen mussten. Warum konnten nur die Luftwächter teleportieren? Warum nur das Feuer Magie wirken oder die Erde heilen?«

»Die Frage ist nicht ganz unberechtigt. Die Seelenwächter wären viel stärker, wenn sie diese Sachen in sich vereinen könnten.«

»Und mächtig. *Zu* mächtig. Die vier Elemente bilden das Grundgerüst. Ergänzt werden sie durch das Leben und den Tod. Diese sechs Essenzen formen einen Kreis, der durch nichts zu durchbrechen ist. Als Damia damals ihre Seele den vier Elementen übergab, trafen sie eine Vereinbarung: Kein Wesen auf dieser Erde sollte jemals so viel Stärke besitzen. Auch nicht die Seelenwächter. Immerhin waren sie menschlich, und die Menschen bewiesen seit

Urzeiten, dass sie nicht gut mit zu viel Macht umgehen konnten. Außerdem waren die Seelenwächter gezwungen, enger zusammenzuarbeiten. Sobald eine Familie alle Elemente unter einem Dach vereinte, waren sie fast unbesiegbar.«

»Wie oft kommt das heutzutage vor?«

»Das weiß ich nicht. Ich habe nicht viel mit den Seelenwächtern zu tun.«

Und Keira auch nicht. Sie musste bei Gelegenheit ihre Wissenslücken schließen. »Also schön: Lilija wollte die Elemente vereinen, ist es ihr denn gelungen?«

»Nein. Wobei manche glaubten, dass sie es doch geschafft hatte und die Seelenwächter es vertuschten.«

Keira blätterte eine Seite um und fand ein weiteres Bild. Es zeigte ein kleines Mädchen mit rabenschwarzen Haaren und elfenbeinfarbener Haut.

»*Coco.*« Die Kleine stand vor Lilija, die vor ihr kniete und auf sie einredete. Coco trug einen Sack aus Lumpen, ihr Gesicht war verschmutzt, die Haare strohig und verknotet, die Schultern eingesunken. In ihrer Hand hielt sie eine Holzpuppe.

»Sie sieht so unschuldig aus.« Fast wie Keira selbst, als sie mit sechs Jahren vor der Leiche ihres Vaters gestanden hatte.

»Das war sie auch. Irgendwann einmal. Coco ist ein Mensch. Sie wurde in einer Zeit geboren, in der es viel Leid und Armut gab. Lilija hat sie gerettet, als Cocos Familie von Schattendämonen angegriffen wurde. Damit legte sie den Grundstein für eine Freundschaft, die nie verebbte, und vielleicht war diese Begegnung auch der Startschuss für Lilijas Wahn. So genau können wir das nicht mehr nachvollziehen.«

Coco und Lilija. Keira betrachtete das Bild noch eine Weile, suchte in dem Mädchen, das dort gezeigt wurde, nach der Coco, die sie heute kannte. Es war nichts mehr von ihr übrig. »Wie lange ist das her?«

»Fast viertausend Jahre.«

Keira pfiff durch die Zähne. »Nicht schlecht.« Und kein Wunder, dass nicht mehr alle Informationen vollständig waren. Dieses Wissen hier drinnen war älter als die Bibel.

»Lilija verfiel in weitere Schlachtorgien. Sie war besessen davon, Schattendämonen zu töten. Immer mehr unschuldige Menschen gerieten zwischen ihre Fronten.«

»Wie konnte Lilija so grausam sein? Anthony erzählte mir, dass alle Seelenwächter eine Art Moralsperre haben.«

»Was soll ich sagen? Entweder gab es die zu dieser Zeit noch nicht, oder Lilija hatte sie überwunden. Natürlich blieb ihr Treiben nicht unbemerkt. Der Rat beschloss, Lilija aus der Gemeinschaft auszustoßen, aber das war nicht so einfach. Sie war raffiniert, entwischte ihren Verfolgern und konnte sich lange Zeit den Einflüssen des Rates entziehen. So gingen die Jahre ins Land, Lilija tauchte in die dunkelsten Ecken dieser Erde ab, verbündete sich mit berüchtigten Magiern, wandte selbst schwarze Zauber an. Die Zeugnisse aus dieser Zeit sind sehr bruchstückhaft. Wir können nicht mehr alles zusammensetzen.«

Keira blätterte eine weitere Seite um. Hier war eine alte Schriftrolle abgebildet. Sie war zerrissen, so dass nur noch ein Teil der Worte zu lesen war. Neben dem Bild stand die Übersetzung:

... die Essenz des Lebens und des Todes, das Feuer, die Erde, das Wasser, die Luft ...

Das Kind, das nicht leben darf, ...

ein Schicksal auferlegt ... Qualen und Leid ...

Chaos ... die vier Elemente zusammen ...

.... erkennen sich gegenseitig ...

... in Frieden.

»Was soll das heißen?«

»Das ist Teil einer sehr alten Prophezeiung. Wie gesagt: Manche von uns glauben, dass Lilija mit ihren Plänen Erfolg hatte und es tatsächlich ein Kind gegeben hatte, das alle Elemente in sich vereinte, aber ich kann es mir nicht vorstellen.«

»Warum nicht?«

»Weil es das pure Chaos gäbe. Würden alle Essenzen in einen Körper gebannt, wäre das, als würdest du einen Fernseher mit Atomenergie betreiben. Das Gerät käme nie mit der enormen Energie zurecht. Sie würde ausbrechen. Die Elemente kämen aus dem Gleichgewicht. Erdbeben, Überschwemmungen, Tornados, Unwetter ... die Natur würde sich selbst zerstören.«

»Mh ...« Keira blätterte noch einmal um. Auf dieser Seite waren sechs Flaschen. Sie waren gefüllt mit verschiedenfarbigen Flüssigkeiten. Rot, blau, weiß, grün, gelb und schwarz.

»Das sind die Farben der sechs Essenzen. Vier dieser Flüssigkeiten finden sich im Tempel der Wiedergeburt, dort wo die Seelenwächter erweckt werden.«

»Und die anderen beiden?«

»Sind unter die vier gemischt. Das Leben und der Tod gehören zu jedem Element.«

Auf einem weiteren Bild stand in der Tat etwas über das richtige Mischverhältnis, wie viel von jeder Essenz in welchen Behälter gegeben werden durfte.

»Das war Teil von Lilijas Experimenten. Es hat uns viel Mühe gekostet, diese Unterlagen zu bekommen.«

»Kann ich mir vorstellen.« Keira scannte die Zeichnungen weiter ab. Beim letzten stockte ihr der Atem. Es zeigte eine weitere Flasche, nur war diese mit einer silbernen Flüssigkeit gefüllt.

»Was ... was ist das hier?«

»Das sind alle Elemente, wenn sie zu gleichen Teilen vereint werden.«

Diese Farbe ... das war doch nicht ... sie blinzelte. Schluckte. Es änderte sich nichts.

»Geht es dir gut? Du wirst sehr blass.«

»Ja. Diese Geschichte ist nur so unfassbar ...« Das Silber sprang ihr förmlich von den Seiten entgegen, bohrte sich in ihren Kopf, in ihr Herz. Sie kannte diese Farbe, dieses Leuchten. Es war die

Farbe von Jaydees Augen, wenn er in Rage war. Sie hatte zweimal gegen ihn gekämpft, bei beiden Malen hatte sich genau dieses Silber in sie gegraben.

Lilija wollte die Elemente vereinen.
Manche von uns glauben, dass sie mit ihren Plänen Erfolg hatte ...
... und die Seelenwächter es vertuschten.

Keira klappte das Buch zu. Ihr Mund war so trocken, dass sie kaum noch schlucken konnte.

»Benötigst du noch etwas zu trinken, du siehst wirklich nicht gut aus.«

»Ein Glas Wasser, bitte.«

Joshua nickte, stand auf und lief in die Küche.

Keiras Gedanken rotierten.

Jaydee ...

Das Kind, das nicht leben darf, ...

Aber das war nicht möglich. Denn er lebte. Im Hier und Jetzt. Abgesehen davon fand die Sache mit Lilija vor ewigen Zeiten statt. Außerdem gab es keine Naturkatastrophen. Die Welt drehte sich noch immer um die Sonne. Das Leben ging jeden Tag weiter. Joshua musste sich irren, oder es steckte noch mehr hinter dieser Geschichte, als ihm klar war. Vielleicht fehlten deshalb die Seiten aus diesem Buch ...

Er füllte eine Karaffe mit frischem Wasser und Eiswürfeln und brachte sie mit einem Glas zurück an den Tisch.

Keira nahm ihm alles ab und goss sich ein. »Wie ging es weiter?«

»Wie gesagt, wir wissen nicht alles aus der damaligen Zeit, nur so viel ist sicher: Der Engel Sophia setzte Lilijas Treiben ein Ende. Sie schloss sich mit den Seelenwächtern zusammen und opferte ihre eigene Engelskraft, um Lilija ein für alle Mal zu fangen. Gemeinsam stellten sie ihr eine Falle und verbannten sie tief unter der Erde in ein Gefängnis, und dort ist sie bis heute.«

»Warum haben sie Lilija nicht gleich getötet?«

»Ich sagte dir, dass Coco den Tod überwunden hat. Lilija ebenso. Es gibt keinen Weg, sie umzubringen.«

»Das kann ich mir nicht vorstellen.« Jeder musste eine Schwachstelle haben, man musste sie nur finden.

»Wie dem auch sei. Seit Lilija gefangen wurde, versucht Coco, sie zu befreien. Sie ist ihrer Freundin noch immer treu ergeben und wird alles tun, um sie zu retten, doch das darf niemals geschehen. Lilijas Grausamkeit kannte schon zu ihren Zeiten keine Grenzen, wenn sie jetzt freikäme, würde sie in ihrem Zorn aufgehen und wüten und töten, schlimmer als je zuvor. Und irgendwann würde sie ihre Pläne umsetzen und die Elemente in einem Körper vereinen.«

Was, wenn es bereits geschehen war?

Ich gehöre keinem Element an. Ich bin die Abweichung von der Norm.

Das hatte Jaydee damals zu ihr gesagt, als sie auf dem Weg zu Anthony waren. Keira sackte das Blut in die Beine. In ihrem Hirn ratterten die Eindrücke und die Worte Joshuas durcheinander. Alles vereinte sich zu einem wirren Bild, in dem sie noch nicht ganz den Sinn erkennen konnte.

Sie trank einen Schluck Wasser. Es rann herrlich kühl ihre Kehle hinab, half ihr ein wenig, sich zu beruhigen. »Okay, soweit habe ich alles verstanden, aber wie passt die Harfe in dieses Bild?«

»Ah, jetzt kommt der interessante Teil dieser Geschichte. Sophia hatte bei der Verbannung Lilijas fast all ihre Kräfte aufgebraucht und alles verloren, was sie ausmachte. Ihr Körper begann zu altern, sie hatte ihren Engelsstatus verloren und konnte nicht mehr zurück in den Himmel kehren. Zum Glück war sie nicht alleine. Die Seelenwächter boten ihr alles, was sie benötigte: ein Heim, Nahrung, Schutz. Sophia mangelte es an nichts, und so kam es, wie es kommen musste: Sie verliebte sich in einen Sterblichen. Die beiden heirateten und sie gebar eine Tochter, Aurelia. Sie war so überirdisch schön wie Sophia selbst, und nicht nur das: Offenbar hatte Sophias ursprüngliche Engelsnatur Spuren hinterlassen. Ihre Tochter war mit einem außerordentlichen Talent gesegnet. Das Mädchen konnte singen wie niemand sonst. Sie erfand Melodien, eine schöner als die andere. Schon bald war sie in ihrem Dorf bekannt und musste ständig für andere singen. Jeder, der ihrer Stimme lauschte, vergaß seine Sorgen für eine Weile.«

»Oh, wie schön.«

»Das sollte man meinen, nur wurde schon bald Coco auf die kleine Familie aufmerksam. Sie war erfüllt vom Zorn auf Sophia, hatte sie doch ihre geliebte Lilija eingesperrt. Eines Tages fand Coco sie. Es kam zu einem Kampf, die Seelenwächter verteidigten die Drei, doch es gelang ihnen nicht, gegen Coco zu obsiegen. Nur Aurelia überlebte dank des Eingreifens der Dorfbewohner und wurde versteckt.«

Keira schloss die Augen. Coco. Konnte Keiras Hass auf diese Frau noch größer werden?

»Die Gruppe, die Aurelia gerettet hatte, bestand damals aus fünf Männern und zwei Frauen. Sie schworen sich, fortan auf das Mädchen aufzupassen und Sophias Erbe zu wahren. Coco spürte die Gruppe auf, trieb sie von Neuem in die Flucht und setzte ihnen schwer zu. Schließlich erkannten sie, warum Coco sie ständig finden konnte. Sophias Tochter besaß nicht nur eine herausragende Stimme, sondern auch eine sehr starke Aura, die heller leuchtete als der Abendstern. Die einzige Möglichkeit, Coco zu entkommen, war, einen Schutz um die Aura des Mädchens zu legen, und genau das taten sie. Sie entnahmen Aurelia Blut und entwickelten daraus einen Zauber, bei dem sie einen Kranich opfern mussten.« Er deutete auf das Kästchen mit dem eingestanzten Vogel.

»Wir verwenden diese Magie noch heute. Die letzten Reste aus Sophias ursprünglicher Macht. Gezogen aus ihrer eigenen Tochter.«

»Hat es Aurelia geschafft, Coco zu entkommen?«

»Ja. Coco verlor schließlich die Spur, und Aurelia konnte den Rest ihres Lebens in Frieden verbringen. Sie fand ebenfalls einen Mann und gebar wiederum eine Tochter ... auch diese musste geschützt werden. Und genau das tun wir bis heute. Oder eher gesagt: Das tue ich. Alles, was von dem Bund der Sapier noch übrig ist. Benannt zu Ehren der Urmutter Sophia.«

Keira legte den Kopf schräg, wartete, ob Joshua das näher erklären würde.

Er lächelte, als hätte er ihre Gedanken erraten. »Sophia bedeutet Weisheit, also Sapienta, und genau das wurde unser Leitspruch: Sapientia ab Iniuria defendid: *Die Weisheit schützt vor Unrecht.* Wir schützen vor Unrecht. Damit keinem der Nachfahren Sophias je wieder Leid zugefügt wird.«

Keira atmete tief durch. Das war Teil des Spruches, der über der Tür auf dem Foto gestanden hatte. Sie zog es aus ihrer Tasche und reichte es Joshua.

»Woher hast du das?«

»Das lag in meiner Akte, die Anthony über mich angefertigt hatte.«

»Wer weiß noch davon?«

Jaydee ... wollte sie schon sagen, doch sie verkniff es sich. »Ich denke, Anthony. Aber sonst wohl niemand.«

Joshua stand auf, ging zum Kamin und nahm ein Feuerzeug von einem Regal. Er zündete das Bild an und warf es in die kalte Asche. »Das Bild zeigt den Zugang zu unseren Archiven. Es ist gefährlich, dass es existiert. Niemand darf davon wissen.«

»Warum eigentlich nicht?«

»Weil die Gefahr zu groß ist, dass dann auch Coco von uns erfährt und die Nachfahrin findet. Geheimhaltung, Keira! Das ist das einzige, was uns bis hierher gebracht hat.«

Keira atmete tief durch und betrachtete das Bild, das im Kamin verbrannte. Vielleicht hätte sie es nicht mitnehmen sollen. »Ich muss ... darf ich aufstehen?«

»Natürlich.«

Sie lief zum Fenster. Benson hob den Kopf, schnappte sich den erstbesten Gegenstand – eine Fernbedienung – und folgte ihr schwanzwedelnd. Die Sonne strahlte satt zwischen den Bäumen hindurch. Keira schätzte, dass Mittag war, aber sie hatte jedes Zeitgefühl verloren. Benson warf die Fernbedienung vor ihre Füße. Gedankenverloren hob Keira sie auf und spielte damit. Auf einmal fuhr ein Teil der Wand neben dem Kamin zur Seite. Keira schrie vor Schreck und starrte auf die Stelle. Dahinter waren ein Flachbildschirm, ein Blu-Ray-Recorder und ein Festnetztelefon.

Joshua schmunzelte. »Drücke den roten Knopf, dann fährt sie zu. Ich mag das technische Zeug nicht im Raum stehen haben, zerstört das Bild der Natur, wie ich finde.«

Keira drückte den Knopf, und die Wand fuhr zurück. »Also gut, ich fasse das zusammen: Lilija war eine erfolgssüchtige Seelenwächterin, die vor keiner Grausamkeit zurückschreckte, um Dämonen zu fangen. Sie musste eingesperrt werden, und um das zu tun, opferte der Engel Sophia ihre Magie und wurde dabei menschlich. Sie bekam eine Tochter, die ein Talent für Musik zeigte. Dadurch erregte sie Cocos Aufmerksamkeit, die das Mädchen verfolgte, um Rache zu üben. Eine Gruppe aus Menschen beschützte sie und macht das bis heute noch: der Sapierbund.«

»So ist es. Wir hüten die Nachfahren von Sophia seit Jahrtausenden. Von Generation zu Generation, und wir bedienen uns der alten Magie unserer Urmutter. Eine Magie, die uns selbst altern lässt, aber das ist der Preis, den wir alle gerne bezahlen. Wenigstens sind wir Sapier mit einem langen Leben gesegnet.«

»Haben alle Nachfahren von Sophia diese Gabe?«

»Nein. Sie zeigt sich sporadisch. Es trifft meistens die weiblichen, wobei es einen Mann unter ihnen gab.«

»Aber wie passt die Harfe Davids in das Bild? Das habe ich immer noch nicht begriffen.«

Joshua lächelte.

»Oh …« Na klar doch!
Es gab einen Mann unter ihnen.
»David war ein Nachfahre Sophias …«
»Er trug ihre Gabe. Statt zu singen, konnte er die Harfe spielen wie kein anderer.«
»Er heilte König Soul von seinen Depressionen und vertrieb böse Geister«, bestätigte Keira.
»David tat noch viel mehr als das. Er komponierte gerne neue Lieder. Eines Tages fand er einen einzigartigen Akkord und verbaute ihn in einer wunderschönen Melodie. Sie war so rein, so herrlich, dass selbst die Zeit kurz stehen blieb, um Davids Spiel zu lauschen.«

Keira lief es eiskalt den Rücken hinunter. Die Bausteine fielen an ihre Plätze, das Bild wurde vollständig. *«I heard there was a secret chord, that David played and it pleased the Lord"*, zitierte sie Leonard Cohens Lied auf David.

»Durch diesen Akkord wirkte Sophias Magie stärker als je zuvor. Sie dehnte sich aus wie ein Netz, das sich über den gesamten Globus spannte, und dieses Netz erschütterte das Gefängnis von Lilija. Sophia hat die Mauern um sie errichtet, Sophia konnte sie einreißen, oder zumindest ihr Erbe kann es. Es war purer Zufall, ein Nebenprodukt, mit dem niemand je gerechnet hatte.«

»Also kam Lilija frei, weil David dieses Lied spielte?«

»Zum Glück nicht. Die Seelenwächter stellten natürlich Wachen um Lilijas Gefängnis auf, die die Erschütterung sofort bemerkten. Sie sandten eine kleine Gruppe aus – unter ihnen war Ilai Malachai –, um die Quelle zu finden: in diesem Fall David und seine Harfe. Als sie am Hofe des Königs eintrafen, stießen sie auf Coco. Sie war dem gleichen Ruf gefolgt. Es kam zu einem heftigen Kampf, bei dem Ilai angeblich sein Auge verloren haben soll. Wir wissen nicht, ob dies korrekt ist. Gemeinsam mit den Sapiern und der Macht des Kranichs konnten Ilai und seine Leute David retten und in Sicherheit bringen. Sie löschten sein Gedächtnis an diese Sache aus und versuchten, die Harfe und die dazugehörigen Noten zu zerstören, aber es gelang ihnen nicht. Vielleicht, weil in ihnen eine göttliche Macht wirkte, niemand wusste es. Ilai schloss ein Bündnis mit den Sapiern. Sie sollten in Zukunft nicht nur auf die Nachfahren aufpassen, sondern auch die Harfe verstecken. Und so spalteten wir uns in zwei Gruppen.«

»Die Beschützer und die Hüter«, sagte Keira.

»Genauso ist es.«

Keira gefror das Blut in den Adern. Zumindest fühlte es sich so an. Ihre Glieder wurden steif, ihre Muskeln krampften, ihr Herz schien mit einem Mal nicht mehr genügend Kraft zu haben. »Mein Vater ...« *Du bekommst die Harfe nicht ...* Jetzt ergaben seine Worte endlich Sinn! Die Harfe Davids. »Großer Gott.« Sie blinzelte. Tränen bildeten sich in ihren Augen, obwohl sie das gar nicht wollte.

»Coco versucht seit Jahrhunderten, alle Komponenten aufzuspüren. Die Harfe, die Noten, die Nachfahrin, die die Gabe trägt. Nur wenn diese drei Faktoren zusammenkommen, kann das göttliche Lied ein weiteres Mal gespielt werden. Nur so kann Coco Lilija befreien.«

»Wo sind die Noten?«

»Versteckt. Gemeinsam mit der Harfe. Coco darf sie niemals finden.«

»Dann töte Coco! Nutze diese Macht des Kranichs dafür ... stelle ihr eine Falle und lösche sie aus! Wir beide könnten ...«

»Oh, Keira. Denkst du nicht, dass wir das schon versucht haben? Coco hat sich der dunklen Seite verschrieben, je länger sie auf dieser Erde wandelt, desto stärker wird sie. Sie hat Gehilfen, die tot sind und gleichzeitig leben. Söldner, die sie beschützen und dabei keinen Schmerz spüren. Selbst wenn wir ihre Männer umbringen, besitzt Coco unzählige Möglichkeiten, sich zu verteidigen. Das Kind von damals hat sich zu einem Gegner gemausert, dem wir kaum etwas entgegensetzen können. Der Kranich kann sie vielleicht in ihre Schranken weisen, aber das wird nicht ewig so bleiben.«

Sie taumelte zurück zum Tisch. Benson folgte ihr, die Augen noch immer auf die Fernbedienung geheftet. Keira würde sonst etwas darum geben, wenn ihre einzige Sorge daraus bestand, ob sie jemand fand, der ihr Dinge quer durchs Zimmer warf. Langsam ließ sie sich auf eine Couch sinken, legte die Fernbedienung ab und krallte sich das Glas Wasser, ohne zu trinken. Joshua saß da und beobachtete sie. Er gab ihr alle Zeit, die sie brauchte, um ihre Gedanken zu sortieren. Benson hingegen nutzte die Gelegenheit und schnappte sich die Fernbedienung von der Couch.

»Ich sollte in die Fußstapfen meines Vaters treten.«

»Das war der ursprüngliche Plan.«

Aber dazu kam es nie. Coco hatte ihn aufgespürt und getötet.

»Ich weiß nicht, wo die Harfe sein könnte. Er hat nie etwas mir gegenüber erwähnt.«

Joshua beugte sich nach vorne und nahm Benson die Fernbedienung ab. »Ich bin mir sogar absolut sicher, dass er das hat, dir ist es nur noch nicht bewusst. Vielleicht hat er es nicht mit konkreten Worten gesagt, aber in dir schlummert das Wissen darüber, wo die Harfe heute ist. Oder zumindest, wo du sie finden wirst.«

Sie seufzte. Was, wenn sie die Harfe gar nicht finden wollte? Das Ding sollte versteckt bleiben. Für alle Zeiten.

»Lass alles erst einmal sacken. Es war sehr viel auf einmal.«

Sie umklammerte das Glas fester und nickte. »Was ist mit der Nachfahrin. Also Jessamine. Sie ... sie trägt diese Gabe?«

»Sie zeigt zumindest die Anzeichen, aber irgendwie tritt die Gabe bei ihr nicht hervor. Ich weiß nicht, warum das so ist.«

»Wo ist sie jetzt?« Zuletzt hatte Keira sie bei den Seelenwächtern gesehen, aber Joshua hatte vorhin etwas angedeutet, dass sie dort nicht sicher sei.

»Genau das sollst du für mich herausfinden. Sie ist nämlich verschwunden. Seit Ariadne nicht mehr bei ihr ist, überschlagen sich die Ereignisse. Ich hatte so sehr gehofft, sie wäre bei Ilai beschützt, aber die Seelenwächter stehen einem neuen Feind gegenüber. Ich weiß nicht, wie es weitergehen wird. Fakt ist: Jessamine darf nicht in diesen Krieg mit hineingezogen werden. Das ist nicht ihre Bestimmung.«

»Sondern?«

»Zu überleben und sich versteckt zu halten.«

»Das soll jetzt nicht grausam klingen, aber wäre es nicht besser, wenn Sophias Blutlinie ausstirbt?«

»Vielleicht, aber meine Urahnen haben es Sophia bei ihrem eigenen Blute geschworen, und auch, wenn nur noch ich übrig bin, werde ich diesem Eid Folge leisten: Ich werde ihre Kinder schützen, solange ich atme, und mit dir sind wir jetzt zu zweit. Wir müssen Jessamine wiederfinden.«

Keira nickte und trank das Wasser aus.

Finde Jessamine.

Das war genau das, was sie am besten konnte.

9. Kapitel

Jaydee

Vermutlich war ich noch nicht lange bei Joanne, auch wenn es mir wie Tage vorkam. Leider hatte sie noch immer nicht geplaudert.

Den Jäger freute das. Mit jeder verstreichenden Minute wurde er gieriger, forderte mehr Grausamkeit, mehr Schreie, mehr Qualen. Ich durfte ihn auf keinen Fall komplett von seinen Ketten lassen, denn ich würde ihn nicht bändigen können. Schon jetzt spürte ich, wie ich selbst weiter in den Hintergrund trat, wie meine Instinkte die Oberhand gewannen. Ich wusste, zu was das führen würde, und ein Teil von mir brannte darauf, es noch mal zu genießen. Freude. Euphorie. Losgelöstheit. Gefühle, die ich zuletzt in Jess' Armen gefunden und verloren hatte. Es war destruktiv und hässlich, und es war genau das, was Jess an mir verabscheute. Sie hatte es mir selbst gesagt: Sie hasste den Jäger. Ich konnte es ihr nicht verübeln, dennoch war er ein Teil von mir. Er ließ mich atmen, mich leben, gab mir Kraft ... Er war ich und ich war er.

Noch nie war es mir so bewusst wie hier und jetzt.

Und so machte ich weiter mit meinem Verhör. Hielt Joanne am Rande ihres Bewusstseins, fügte ihr so viele Schmerzen zu, bis sie kurz wegdriftete, um ihr dann eine Erholung zu gönnen, damit sie zurückkehrte. Es juckte mich in den Fingern, ihr meine Klinge ins Herz zu rammen und darin herumzustochern, bis sie endlich sterben würde. Sie hatte es verdient. Sie und dieser nichtsnutzige Kerl, der in der Stadt hockte und sich vermutlich gehörig einen ablachte, während wir hier draußen auf der Stelle strampelten.

»Wie können wir Ralf aufhalten?«, fragte ich zum x-ten Mal und bekam die gleiche Antwort wie zuvor: ein dreckiges Lachen. Und ebenso wie zuvor freute ich mich darüber, denn das hieß, dass ich weitermachen konnte. Ich packte ihre Hand und setzte die Spitze meines Dolches zwischen ihrem kleinen und dem Ringfinger an. Joanne drehte den Kopf, riss das Auge auf, das noch nicht zugeschwollen war.

»Ich …«

»Ja?«

»Ich weiß es wirklich nicht …«

»Brauchst du den Finger noch?«

»Bitte, tu das nicht.«

Ich drückte die Spitze fester auf, ritzte in ihre Haut.

»Nein! Warte! Bitte nicht. Ich … ich weiß nichts. Ich schwöre es!« Ihre Stimme überschlug sich vor Panik und Schmerz. Es war schwer, das zu spielen, wobei ich es Joanne durchaus zutraute. »Ich … ich weiß nicht, was der Meister als Nächstes plant, aber vielleicht … vielleicht gibt es einen Weg für euch.«

»Ich höre.«

»Der Meister … Ralf … er braucht Gefäße, in denen er die Seelen aufbewahrt. Sie sind an der Stelle, an der ich die Barriere verlassen habe. Ein Stück rechts davon in den Wald gehen, und dann findest du sie. Wenn du sie zerstörst, kehren die Seelen umgehend in ihre Körper zurück.«

Und Ralfs Plan wäre gescheitert. »Schickt das auch den Emuxor zurück?«

»Das weiß ich nicht, aber er kann erst seine ganze Kraft entfalten, wenn er in die Transformation geht. Dazu braucht er die vier Seelen eures Rates.«

Ich nahm den Dolch an mich und kratzte getrocknetes Blut von der Klinge. »Es ist nett, dass du mir das erzählst.«

Sie spuckte einen Klumpen undefinierbarer schwarzer Masse aus. »Das hat absolut nichts mit Nettigkeit zu tun.«

»Leider ist es nur die halbe Wahrheit, hab ich recht?«

Joanne schloss kurz die Augen und stöhnte.

»Wo sind die Gefäße wirklich?«

Sie schüttelte den Kopf. »Ich kann nicht …«

»Überlege es dir genau …« Ich packte ihre Hand, zerrte den kleinen Finger nach unten. »Denn wenn du gelogen hast, komme ich zurück, und dann wird es für dich richtig ungemütlich.«

»Ich …« Sie schluckte. Einmal. Noch einmal. Verzog das Gesicht zu einer weinerlichen Grimasse. Sie hatte genug, und das wusste sie. »Sie sind an der Stelle, an der wir den Polizeiwagen in die Luft gesprengt haben.«

»Als Jess verhaftet wurde.«

»Ja.«

»Wo genau?«

»An dem Markierungsstein 52, von da aus gehst du zwanzig Schritte in den Wald, und dann …« Ein zischendes Geräusch von draußen unterbrach sie.

Jemand war durch das Portal gekommen.

»Jaydee?«

Will. Von all den Leuten, die mich stören konnten, war es ausgerechnet er!

Ein leises Knurren wich aus meiner Kehle. Auch wenn wir uns in den letzten Tagen aufeinander zubewegt hatten, konnte ich mir nicht vorstellen, dass er mein Verhalten gutheißen würde. Sofort muckte der Jäger auf. *Töte ihn, dann kannst du in Ruhe weitermachen.*

Ich schloss die Augen, drängte die Mordgelüste zurück, obwohl ich das gar nicht wollte.

»Jaydee, du musst … großer Gott.«

Ich öffnete die Augen und sah Will an. Er stand im Durchgang, schluckte schwer und bekreuzigte sich. Als hätte Joanne seinen Beistand verdient.

»Was ist?«, fragte ich zischend.

»Komm bitte kurz mit raus.«

»Jetzt nicht!«

»Es ist wichtig.« Er drehte herum und verließ die Kammer.

Joanne kicherte. »Husch-husch. Dackel deinem Freund schön brav hinterher.«

Ich pfefferte ihr eine, woraufhin sie nur noch lauter lachte.

»Ich komme wieder.«

»Kann es kaum erwarten.«

Mit einem Schnauben verließ ich die Kammer. Der Jäger in mir protestierte, wollte, dass ich umkehrte, meine Folter fortsetzte, und ich wollte es ebenso. Dennoch ging ich weiter. Stellte mir vor, wie mit jedem weiteren Meter, den ich mich von Joanne entfernte, meine Moral zurückkehrte. Ein Kribbeln zog über meinen Körper, als ich das Portal passierte. Ich schloss die Augen, versuchte, die Überreste des Jägers abzustreifen. Doch bis ich auf der anderen Seite herauskam, war ich noch immer aufgepeitscht.

Will stand draußen und wartete auf mich.

»Was?«, blaffte ich ihn an. »Geht es um Ilai? Oder Jess? Habt ihr eine Spur zu ihr gefunden?«

»Ilai ist dort, wo er hingehört, und was meinst du mit: Habt ihr eine Spur gefunden?«

»Warst du nicht erst bei Anna?«

»Nein. Ich bin gleich aus dem Tempel hierher.«

»Jess ist heute Nacht verschwunden. Ohne Zettel. Ohne Hinweise. Wir wissen nicht, wo sie steckt.«

»Grundgütiger«. Er bekreuzigte sich ein weiteres Mal und ließ die Luft aus den Lungen. »Das darf doch nicht wahr sein.« Will lief ein paar Schritte, stemmte die Hände in die Hüften und starrte vor sich hin.

Mich zog es mit jeder verstreichenden Sekunde stärker zurück zu Joanne. »Wirst du mir auch sagen, was du von mir willst, oder muss ich dir dabei zusehen, wie du Fugen in den Boden läufst?«

»Ich …« Er zuckte zusammen, als hätte er das schon wieder vergessen, dann drehte er sich zu mir. »Ralf hat Soraja … Er hat sie sich geholt. Gerade eben.«

Ich schloss die Augen, ließ die Nachricht sacken. Der Drecksack hatte es also geschafft. Es war nicht unbedingt schade um Soraja, aber die Schlinge zog sich enger um unseren Hals. »Wie?«

»Es gab eine Explosion auf ihrem Anwesen. Sie hat es vor Ort erwischt. Offenbar hat er doch noch einige Leute da draußen, die ihm helfen.«

Ich strich mir durchs Gesicht, verteilte Joannes Geruch auf meiner Haut. »Woher wisst ihr davon?«

»Logan und Derek haben es gespürt. Nicht nur die Anwesen sind miteinander verbunden.«

»Aber bei Ilai war es nicht so.« Zumindest hatte Logan nichts von Ilais Zusammenbruch gewusst, als wir ihn angefunkt hatten, nachdem Ralf bei uns aufgetaucht war.

»Nein, aber bei ihm lag es vermutlich an diesem Glibberzeug um ihn herum.«

»Wo ist Logan?«

»Draußen am großen Tisch. Warum?«

Ich antwortete nicht, lief zurück zu dem Weg, den ich vorher mit Kendra genommen hatte, und betrat die große Halle. Derek und Logan standen am Tisch und diskutierten. Kendra hielt Abstand zu ihnen. Sie war blass, hatte die Arme um sich geschlungen und war sichtlich mit der Situation überfordert. Ich sprintete los und schloss zu der Versammlung auf.

»Du kannst auf gar keinen Fall auf dein Anwesen!«, schrie Derek. »Warum bist du so störrisch?«

»Ich bin nicht störrisch! Das ist der einzige Ort, an dem ich noch etwas bewirken kann.«

»So ein Unsinn. Wir bringen dich weg. In eine unserer Höhlen, dort kann dich niemand erreichen. Ich lege einen Zauber um …«

»Einen Zauber! Derek! Ich bitte dich! Was soll das alles bringen? Hat ein Zauber Kirian retten können? Oder Soraja? Ilai war einer der mächtigsten Magier auf dieser Erde, und selbst er unterlag diesem Mistkerl!« Logans Stimme donnerte von den Wänden zurück. Laut und herrisch. Es war das erste Mal, dass ich ihn so hörte.

Ich blieb neben Kendra stehen. Sie musterte mich von Kopf bis Fuß und hielt die Luft an. Mir war klar, wie ich aussah. Besudelt von Joannes Blut, erhitzt, aufgepeitscht. Wenn sie mich jetzt anfasste, konnte sie meine Gefühle mit Leichtigkeit aufnehmen.

»Wir müssen Logan in Sicherheit bringen«, sagte sie. »Aber er weigert sich.«

»Ich weigere mich nicht«, erwiderte Logan. »Ich bin nirgendwo in Sicherheit. Warum seht ihr das nicht ein? Kirian war hier bei uns. Im Tempel des Rates. Einem Ort, der magisch geschützt ist! Und trotzdem hat es ihm nicht geholfen. Ich kann genauso gut zurück nach Hause und diese verdammten Adern mit bloßen Händen aus den Wänden reißen!«

»Er hat recht«, sagte ich. »Wir müssen nicht ihn schützen, sondern das Anwesen. Könnt ihr keine Barriere errichten? Wie in Riverside?«

»Nein«, sagte Logan. »Das erfordert die Kraft des gesamten Rates, und wir sind nicht mehr vollzählig.«

»Außerdem hast du hier überhaupt nichts zu melden«, sagte Derek, auch er scannte mich kritisch ab. Ihm musste klar sein, wo ich gewesen war.

»Ich melde auch nichts. Ich mache einen Vorschlag.«

»Hat Joanne geredet?«, fragte Logan.

»Halb.« Ich erzählte ihnen von den Gefäßen und wo sie zu finden waren. »Jemand sollte dorthin reiten und sie zerstören.«

»Das machen wir«, sagte Derek. »Du hast genug angerichtet. Deinetwegen ist Soraja überhaupt erst gegangen. Sie war völlig außer sich.«

»Wirklich? Hat sie geweint?«

»Jaydee«, sagte Logan.

»Ach, hör auf. Sie war wie alt? Tausend Jahre? Zweitausend? Sie ist Mitglied dieses Rates und macht sich in die Hosen, weil ein dahergelaufener Rotzlöffel ihr ein Messer an die Kehle setzt? Dann war es wirklich Zeit, dass sie abgelöst wird.«

»Du wirst nicht in diesem Ton über sie sprechen!«, brüllte Derek.

»Sonst was? Jagst du die nächste Feuerkugel auf mich? Oder einen dieser wahnsinnigen Schockzauber, mit denen du mich vorhin in Schach gehalten hast? Hat ein wenig gejuckt, das muss ich zugeben, ansonsten ...«

Derek brüllte und stürzte sich auf mich, doch Logan packte ihn am Kragen und hielt ihn auf.

»Ihr hört alle beide sofort auf!«

Derek wollte sich losreißen, doch gegen Logan hatte auch er keine Chance. Ich grinste ihn an. *Feuerwächter*. Kein anderes Element konnte man so schnell in Rage bringen wie sie.

»Ich verstehe nicht, warum du ihn in Schutz nimmst!«

»Weil wir zusammenhalten müssen. Wenn wir untereinander streiten, schwächen wir uns selbst, und gerade im Moment können wir uns keine Schwäche mehr erlauben.« Logan sah zu mir. Eindringlich. Fordernd. »Du wirst dich benehmen.«

Ich nickte. Mir war im Grunde nicht nach streiten zumute, aber ich würde mich gewiss nicht provozieren lassen. »Hast du etwas über Jess herausfinden können?«

»Ja und nein. Zuerst: Sie lebt. Das Amulett ist intakt.«

Ich atmete erleichtert durch. Natürlich dachte ich mir schon, dass sie noch am Leben war, sonst wäre die Fylgja bereits zurückkehrt, und in Riverside hätte es eine Veränderung gegeben. Dennoch war es beruhigend, das zu hören.

»Wir können es in einem Umkreis von knapp zwanzig Kilometern aufspüren, da wir es selbst gefertigt haben. Es wäre einfacher, wenn Kirian und Soraja noch hier wären, aber Derek sollte ...«

»Derek macht überhaupt nichts in der Richtung!«, brüllte er. »Ich muss mich bereits darum kümmern, die Barriere in Riverside aufrechtzuhalten, damit nicht noch so ein Desaster passiert wie mit

Joanne. Ich werde nicht meine Ressourcen darauf verschwenden, einen Menschen zu suchen, wegen dem wir überhaupt in diesem Schlamassel stecken! Wir überlassen sie ihrem Schicksal und ...«

Meine Faust traf ihn ins Gesicht. Völlig automatisch. Völlig fremdgesteuert. Derek schrie, torkelte nach hinten. Aus seiner Nase schoss Blut. Ich stürzte mich ein zweites Mal auf ihn und hätte ihm seinen verfluchten Schädel abgerissen, wenn mich nicht zwei Arme gepackt und von ihm weggezerrt hätten.

Logan umschlang mich, kesselte mich ein, als wären seine Hände aus Stahl. Ich trat nach ihm, wollte mich auf Derek stürzen, aber er hielt mich zurück.

»Bitte, hör auf«, flüsterte er, während er sich gemeinsam mit mir von Derek entfernte.

»Du elender Hurenbock!«, schrie Derek. Kendra redete auf ihn ein, beruhigte ihn, doch Derek hatte jedwede Beherrschung abgelegt. Er warf mir die übelsten Schimpfwörter an den Kopf, verfluchte mich, drohte mir. Am liebsten wäre ich zurück und hätte ihm seine dämliche Visage poliert. Doch Logan zerrte mich zu einem der Tunnel. Weit weg von Derek.

Wir benötigten einige Minuten, bis wir am Rande angekommen waren. Die ganze Zeit über hielt mich Logan fest, ließ mir null Spielraum und erdete mich gleichzeitig mit seiner Nähe.

Irgendwann kamen wir an einen Ausgang.

»Ich werde dich gleich loslassen«, sagte Logan. »Du wirst diesen Ort verlassen. Ab heute ist es dir nicht mehr gestattet, den Ratstempel zu besuchen oder in die Nähe des Rates zu kommen. Wenn die Situation mit Ralf ausgestanden ist, wirst du für drei Monate in die Isolation geschickt. Dieses Urteil ist rechtskräftig, selbst wenn ich nicht mehr da sein sollte, um es zu vollstrecken. Ich werde es im Protokoll festhalten.« Logan lockerte seinen Griff. Eine Welle der Enttäuschung traf mich, als er die Worte verkündete, aber ich nahm es mit erstaunlicher Gelassenheit, alles war mir egal, ich wollte nur Jess zurück.

»Was wirst du wegen Jess unternehmen?«

»Noch einmal mit Derek sprechen und ihn dazu zwingen, dass er mir den Zauber aushändigt. Will soll ihn dann für dich ausführen.«

Ich betrachtete Logan. Er log nicht, das spürte ich. Logan hatte es nicht nötig, mir etwas vorzumachen oder irgendwem sonst. Er kam näher, legte eine Hand auf meine Schulter. Ich nahm einen tiefen Atemzug, gestattete mir, das Aroma aus Erde und Natur aufzunehmen.

»Trotz meines Urteils über dich muss ich dich um einen letzten Gefallen bitten. Als ... als Freund, nicht als Ratsmitglied.«

Noch immer hielt ich seinen Geruch in meinen Lungen. »Ich höre.«

»Hilf uns, diese Gefäße zu zerstören. Du bist einer der besten Kämpfer, die ich kenne. Ich weiß, dass du uns das nicht schuldig bist. Der Rat hat dich nie in der Gemeinschaft akzeptiert, dir stehen nicht die Mittel zur Verfügung wie den anderen Wächtern. Wenn ich könnte, würde ich das ändern, aber ich werde wohl auch bald nicht mehr hier sein, es sei denn ...«

»... wir zerstören die Gefäße.«

»Ja.«

Vielleicht hatte der ganze Spuk dann ein Ende. »Ich reite mit Will hin.«

Eine Welle der Erleichterung floss aus Logans Hand in mich. »Danke! Jaydee, danke!«

Ich nickte und sah mich nach Will um.

Gerade eben war er doch noch bei mir gewesen.

10. Kapitel

Jessamine

Aua!
Das war das Erste, was ich fühlte, als ich zu mir kam. Nur nach und nach kehrte das Leben in meinen Körper zurück. Wobei ich wünschte, es würde fernbleiben. In meinem Schädel hämmerte es, als wollte sich ein Trupp Bauarbeiter nach draußen meißeln. Mein Körper fühlte sich rau und wund an, meine Haut brannte. Dafür hatte die Hitze von eben einer Eiseskälte Platz gemacht. Meine Augen waren verklebt und kaum zu öffnen.

Was war gerade geschehen?

Hatte Will mich wirklich entführt und versucht umzubringen? *Nein, nicht Will. Ralf. Er hatte Wills Körper übernommen und mich verschleppt.*

Langsam sickerten die Erinnerungen durch. Ralfs grässliches Lachen, die Explosion im Haus, Soraja, ihre eingefallene Haut, als Ralf ihr die Seele aus dem Leib gezogen hatte.

Er hat sie erwischt.

Ein weiteres Ratsmitglied war ihm zum Opfer gefallen.

Ich stemmte mich zum Sitzen, zwang meine Augen auf. Es war stockfinster. Vorsichtig tastete ich umher und fand einen Beistelltisch. Eine Lampe. Sehr gut. Jedoch sah es im Hellen nicht viel besser aus. Das Zimmer war klein, bot gerade genügend Platz für das Bett, auf dem ich saß, einen Tisch an der anderen Wand, ein Bücherregal, fertig. Es gab zwei Türen, von der eine vermutlich ins Bad führte und die andere in die Freiheit. Kälte kroch meine nackten Beine nach oben. Noch immer trug ich nur das Shirt von vorhin. Ich griff nach der Decke am Bettende, die sich steif anfühlte, und wickelte mich darin ein.

Langsam stand ich auf, musste mich aber an der Wand abstützen, bis sich mein Kreislauf gefangen hatte. Ich torkelte zur Tür.

Abgeschlossen. Natürlich. Weder durch Rütteln noch Zerren war sie zu öffnen. Also drückte ich mein Ohr gegen das Holz, doch es war nichts zu hören.

Ralf hatte nur gesagt, dass wir nicht zurück nach Riverside konnten, weil die Barriere noch oben war. Blieben also eine Million anderer Verstecke auf dieser Welt. Mit einem Parsumi war das überhaupt kein Problem. *Sogar Jack hatte er täuschen können ...*

Ich drehte herum und lief zur anderen Tür. Wie erwartet führte sie in ein fensterloses Badezimmer. Es war so klein, dass man mit den Knien an der Wand gegenüber anstieß, wenn man das Klo benutzen wollte. Eine Dusche gab es nicht, nur ein Waschbecken ohne Spiegel. Einladend.

Ich lief zurück ins Zimmer und ging zum Fenster. Die Läden waren zugeklappt, ich konnte nur ein wenig durch die Schlitze spicken. Bis auf einen sternenklaren Himmel erkannte ich nicht viel. Also probierte ich das Fenster zu öffnen, doch auch das war abgeschlossen.

Okay. Nachdenken. Tür zu. Fenster zu. Was konnte ich tun?

Ich blieb in der Mitte des Raumes stehen und sah mich um. Das Türschloss war keines von diesen neuwertigen Hochsicherheitsdingern. Mit ein wenig Glück könnte ich es vielleicht aufhebeln, aber dazu brauchte ich Werkzeug. Haarklammern trug ich keine, wobei ich sowieso nicht wusste, ob sich damit Schlösser knacken ließen.

Könnte ich doch durchs Fenster?

Wenn ich es einschlug und dann gegen die Holzläden drückte ... das könnte funktionieren.

Ich lief zurück zum Bett und zog den Bezug vom Kopfkissen. Das würde reichen als Schutz gegen die Scherben. Jetzt brauchte ich nur noch etwas, womit ich zuschlagen konnte. In dem Raum war nichts, bis auf die Möbel. Ich lief im Zimmer hin und her, sah noch mal ins Bad, ging zurück und blieb vor dem Bücherregal stehen. Könnte funktionieren. Ich nahm die Bücher aus einem Fach und warf sie auf den Boden. Es waren Reiseschmöker. Von Australien bis nach Kanada, alles vorhanden. Keine Ahnung, ob Ralf mich damit verspotten wollte oder ob es Zufall war. Als ich fertig war, hob ich eins der Regalbretter an und zog es vorsichtig heraus. Es war sperrig, aber sicher gut genug, um die Scheibe einzuschlagen. Ich lief zurück zum Fenster, steckte meine rechte Hand in den Kissenbezug, holte aus und ... zerbrach das Glas in tausend Scherben!

Ja!

Eine kalte Brise wehte durch die Schlitze der Fensterläden. Es roch klar, die Luft schien so rein, dass es fast schmerzte, sie einzuatmen. Ich trat dichter an die Schlitze, versuchte, mehr von der Umgebung zu erkennen. Es war fast dunkel, der Mond noch nicht aufgegangen. Oder hatten wir Neumond? Ich hatte vollkommen das Gefühl dafür verloren.

Mit dem Regalboden fegte ich die letzten Bruchstücke weg und strich noch einmal mit dem Kissenbezug darüber. Als alles entfernt war, probierte ich erst, den Fensterladen zu öffnen. Er war von außen verhakt. Ich drückte dagegen, probierte ein paar Mal, ob ich ihn aufbekam, aber ohne Erfolg.

War es überhaupt klug, die Läden zu öffnen, wenn es so kalt war? Ich sah noch mal durch die Schlitze. Wenn ich doch nur mehr erkennen könnte. Da war etwas Weißes auf dem Boden, aber ich konnte nicht mehr ausmachen, egal wie sehr ich mir die Nase platt drückte.

Also schön. Entweder ich wartete, bis es hell wurde, oder ich handelte und nutzte meine Chance, abzuhauen. Ralf hatte gesagt, er würde mich nur zwischenparken. Ich war nicht scharf darauf, hier zu sein, wenn er mich abholte. Außerdem musste ich ganz dringend zurück zu Jaydee und Anna. Sie mussten wissen, dass in Wills Körper Ralf steckte. Nicht auszudenken, was er in dieser Gestalt alles anrichten konnte.

Ich hob das Brett auf und hämmerte es gegen die Läden.

Wieder und wieder und wieder.

Erst geschah nichts, doch irgendwann lockerte sich die Verriegelung.

Ich warf die Decke von mir, weil mir jetzt warm wurde, und hämmerte weiter.

Mein Regalbrett bekam einen langen Riss, die Farbe splitterte ab, aber ich hielt nicht inne. Die Läden wackelten schon, es konnte sich nur noch um Sekunden handeln, bis ...

... mit einem lauten Krachen flogen sie auf.

Eine eiskalte Brise schlug mir entgegen, zusammen mit einer Ladung Schnee. Schnee? Im Ernst jetzt?

Ich warf das Brett zur Seite und lehnte mich aus dem Fenster.

»Oh, scheiße ...« Das war dann wohl eine schlechte Entscheidung gewesen ...

Mein Atem formte sich vor mir zu einer kleinen Wolke. Ich schlang die Arme um mich und starrte auf die weiße Wüste, die sich bis zum Horizont erstreckte. Der Himmel war wolkenlos und mit einer Million Sterne bedeckt. Er wirkte noch schwärzer als in Arizona.

Ich lehnte mich ein Stück aus dem Fenster und blickte mich um. Das Bild blieb dasselbe. Schnee. Schnee. Und nochmals Schnee. Ich sah an der Fassade hoch, betrachtete das Haus, so weit ich es aus dieser Position konnte. Ich war im Erdgeschoss eines tristen Betoncontainers. Rechts von mir sah ich weitere Fenster, die ebenso mit Läden verschlossen waren.

Ich griff nach meiner Decke und legte sie mir um. Prima. Jetzt konnte ich aus dem Fenster klettern, aber die Frage war, wie weit ich kommen würde. Außerdem sank die Temperatur in dem Raum rapide ab. Ich griff an die Läden und versuchte, sie zu schließen. Einer hing nur noch lose in seiner Verankerung und brach heraus, den anderen konnte ich zuziehen. Helfen würde es mir nicht viel, denn ich konnte ja das Fenster nicht mehr schließen.

Das nenne ich mal ordentlich ins eigene Knie geschossen. Toll gemacht, Jess.

Ich drehte mich um. Ich musste aus diesem Zimmer raus. Ansonsten wäre ich binnen kürzester Zeit zum Eiszapfen erstarrt.

11. Kapitel

Joanne war erledigt.

Sie konnte nichts mehr sehen, kaum noch hören, nichts mehr riechen. Aber die Qualen waren vorüber, Jaydee war weg. Vorerst.

Sie hegte keinen Zweifel, dass er zurückkehren und genau dort weitermachen würde, wo er aufgehört hatte, bis sie ihm wirklich alles erzählt hatte, was sie wusste. Nur war das nicht so viel, wie er annahm. Sie hatte keine Ahnung, wie der Emuxor aufzuhalten war. Warum auch? Ihr einziges Bestreben hatte darin gelegen, ihm bei der Auferstehung zu helfen. Ein weiteres Mal zog sie an ihren Fesseln. Vielleicht hatten sie sich nach Jaydees Behandlung gelockert. Aber sie hielten eisern, oder Joanne fehlte die Kraft.

Sie lachte.

Dumm.

Sie war so dumm. Sie würde es nie hier rausschaffen. Jaydee würde zurückkehren und sie weiter foltern, bis sie tot war. Endgültig. Verrottet in einer beschissenen Höhle.

Ihr Ende hatte sie sich anders vorgestellt. Nicht so trostlos.

Ein Zischen unterbrach ihre Gedanken. Jemand war durch die Barriere gekommen. Sofort schlug ihr Herz schneller. War es Jaydee? Jetzt schon? Aber er war doch eben erst gegangen, er konnte unmöglich zurück und …

Joanne blickte auf. Es war nicht Jaydee. Es war Will.

Er blieb am Durchgang stehen und musterte sie. In seinem Blick lag Trauer, Enttäuschung und noch etwas, das sie nicht deuten konnte. Es sah aus wie Mitleid.

Außerdem wirkte er anders als bei der letzten Begegnung im Schloss. Härter. Kälter. Nicht mehr so waschlappenmäßig. Er schlenderte auf sie zu und betrachtete sie, als befände er sich in einem Museum mit makabren Ausstellungsstücken. Selbst sein Gang hatte sich verändert. Er setzte die Fersen fester auf, wirkte selbstbewusster. Oder sie bildete es sich ein. Bisher hatte sie noch nicht viel mit Will zu tun gehabt. Als sie ihn damals im Schloss gesehen hatte, hatte sie den Pfeifzauber ausgelöst und ihm damit dem Meister überlassen. Dann war sie nach Arizona gereist, um die Bibel zu holen.

Er blieb vor ihr stehen und zog die Augenbrauen voller Kummer zusammen. »Es tut mir so leid, dass ich nicht früher da war, um dir zu helfen.«

War das ein Trick? Was redete er da?

Sie wollte etwas darauf erwidern, aber sie konnte kaum sprechen. Ihr fehlten die vorderen Zähne, ihre Lippen waren geschwollen, sie spürte die Zunge nicht mehr.

Will lächelte zärtlich. »Du hast keine Ahnung, wer ich bin, oder?«

Sie lehnte den Kopf gegen die Wand und schloss die Augen. Sollte er quasseln, so viel er wollte, solange er sie in Frieden ließ. Aber das würde er ganz sicher. Er war immerhin ein Seelenwächter. Einer der Ehrbaren. Der Meister hatte oft genug von ihm geredet, wie hoch er die Moral einschätzte, wie wichtig es ihm war, Gutes zu tun.

»Tatsächlich nicht«, sagte Will. »Nicht einmal du kommst darauf.«

Auf einmal lachte er los. Es hallte von den Wänden zurück, vervielfältigte sich und umschlang Joannes Körper.

Erst da bemerkte sie es.

Sein Lachen.

Es klang so vertraut. Doch das war unmöglich! Sie hob ihren Kopf und betrachtete Will erneut.

Er nickte und breitete die Arme aus, als könnte er es ihr so leichter machen. »Ich wusste, dass ich gut bin, aber das übertrifft wirklich meine Erwartungen.«

»Das kann nicht sein …«, stammelte sie. Und dennoch fühlte sie es. Jetzt, da sie darauf achtete, erkannte sie den Mann, dem sie jahrelang zur Seite gestanden hatte. Er lag hinter den goldbraunen Augen von William verborgen.

Sein Mundwinkel zuckte.

»Der Meister ...«

Er war es!

Im Körper dieses Seelenwächters.

»Das ist gut, oder?« Langsam trat er näher, ließ mehr von seiner Fassade sinken und Joanne damit in sein wahres Inneres sehen.

»Ich habe mich so bemüht. Ich habe gesprochen wie mein Bruder, habe seinen Gang imitiert, seine geschwollene Sprache, wobei ich mir damit recht schwer getan habe. Und es hat sich gelohnt. Diese Volldeppen haben mir tatsächlich alles geglaubt. Selbst den dämlichen Klepper habe ich umgepolt. Glaubt jetzt, ich wäre der Gute. Erst Ilais Kräfte, jetzt die von Kirian. Du kannst dir nicht vorstellen, auf welche Macht ich zugreifen kann.« Er blieb vor ihr stehen und hob ihr Kinn an. »Hätte ich nur geahnt, was sie mit dir anstellen, wäre ich schon früher dagewesen. Joanne. Es tut mir leid, aber ich musste Jess in Sicherheit bringen, solange ich noch konnte. Außerdem habe ich mir Soraja geholt.«

Joanne durchleuchtete ihn, klammerte sich an seine Berührung, seine Augen, die Seele dahinter. Noch nie war sie so erleichtert gewesen, ihn zu sehen. »Wie machst du das?«

»Es geschah recht plötzlich, und erst begriff ich es nicht. Auf einmal sah ich Bilder, wie wenn ich Zugang zu einer anderen Person hätte. Es folgten Wortfetzen. Ich hörte Will, seine Gedanken. Er brabbelte und brabbelte die ganze Zeit über. Als ich mich darauf konzentrierte, wurden diese Fetzen deutlicher. Will hat im Tempel der Wiedergeburt eine Verbindung zu Ilais Geist hergestellt, und damit hatte ich einen Fuß in der Tür. Erst war mein Einfluss schwach, reichte nur für ein paar nette Suggestionen. Leider hat er die fehlinterpretiert, dachte doch glatt, Ilai würde zu ihm sprechen. Ich bin wirklich froh, dass sich die Beschränktheit in unserer Familie nicht auf meine Seite vererbt hat. Eigentlich wollte ich, dass er auf das Anwesen von Soraja geht, damit ich dort die nächste Explosion auslösen konnte. Aber Will, der alte Trottel, ist schnurstracks zum Rat geritten. Dort trafen wir auf die olle Schnepfe, die Will wiederum bat, Jess umzulegen. Das hat ihn wohl derart erschüttert, dass er mir die Türen öffnete. Ich bin regelrecht in ihn hineingezogen worden. Soraja erzählte, dass sie dich gefangen haben. Ich dachte, ich höre nicht recht, und ich wusste für einen Moment nicht, was ich tun sollte. Erst zu dir – oder Jess in Sicherheit bringen? Ich hoffe, du verzeihst mir, dass ich mich für sie entschieden habe, aber wir brauchen die Fylgja. Verstehst du?«

»Ja.« Ihr Kopf verstand es, ihr Herz nicht. Es wollte an erster Stelle stehen. Selbst jetzt noch, nachdem sie all diese schlechten Gedanken über ihn gehabt hatte.

»Will fing an, sich gegen mich zu wehren. Er tut es immer noch. Hier.« Er griff an sein Herz. »Vermutlich werde ich mich bald von ihm lösen müssen und zurück in meinen Körper kehren. Außerdem habe ich das Gefühl, dass die anderen bald darauf kommen werden, dass Jess verschollen ist. Jaydee hat mich vorhin so merkwürdig angesehen. Sollte er mich enttarnen, wäre alles umsonst.«

Joanne keuchte. Sie traute es Jaydee am ehesten von allen zu, dass er hinter Wills Fassade blicken konnte.

»Eventuell musst du Logans Anwesen zerstören.«

»Ich hoffe, ich kann es.« Sie war so unglaublich erschöpft und hatte keine Ahnung, wie sie das tun sollte. Sie wusste ja nicht einmal, ob sie noch stehen konnte, sollte sie hier rauskommen. »Ich habe keinen Sender mehr.«

»Ich habe zwei.« Er griff in seine Tasche und holte das kleine Kästchen heraus. »Ich habe sie vorhin in Schottland geholt. Die Teleportationskapseln sind leider weg, aber dazu habe ich mir schon etwas einfallen lassen.«

Er kam näher, verstaute das Gerät in Joannes Jeans. Selbst diese kleine Berührung schmerzte auf ihrer Haut. Ihr Körper war überreizt, geschwollen, fertig. »Eins solltest du noch erledigen. Du … du musst die Gefäße wegbringen. Jaydee hat … er hat herausgefunden, wo sie …« Verdammt, wenn sie nur besser reden könnte. »Er weiß, wo sie sind.«

Der Meister hob ihr Kinn an, das voller Dreck, Blut und Speichel war, und sah ihr fest in die Augen. Kurz glaubte sie etwas wie Zorn in seinen Pupillen aufblitzen zu sehen, aber sie konnte sich täuschen.

»Es tut mir leid. Ich konnte nicht mehr …«

»Schon gut.« Er strich mit dem Daumen über ihr Kinn. Die Geste war so vertraut, so innig, und gleichzeitig schmerzte es sie. Sie fühlte sich so schäbig. All diese Gedanken, die üblen und schlechten Gedanken über ihn, und er war hier, um ihr zu helfen. »Es tut mir leid«, flüsterte sie ein weiteres Mal. Eine Träne kullerte aus ihrem gesunden Auge. Das andere klebte nach wie vor zusammen, unfähig zu heilen.

»Es ist gut, Joanne. Alles ist gut.« Er hauchte ihr einen Kuss auf die Stirn. »Ich kümmere mich um die Gefäße.«

»Ich wollte dich nicht verraten.«

»Das weiß ich. Du hast viel gelitten, ich sehe es dir an, und ich verzeihe dir.«

Sie lachte. Sie wollte es zumindest. Heraus kam ein Glucksen, gefolgt von einem schleimigen Husten.

»Ich muss mich beeilen.« Er ließ ihr Kinn los und legte eine Hand auf ihre Fesseln. Sie wurde heiß, fast schon unerträglich, aber Joanne war so voller Adrenalin und Schmerzen, dass es ihr egal war.

Die erste Fessel fiel mit einem Klirren ab. Joanne sackte halbseitig zusammen, jetzt, da ihr der Halt fehlte. Der Meister fing sie auf, legte einen Arm um ihre Taille, stützte sie.

»Ich hab dich, Schatz.«

Sie lehnte den Kopf gegen seine Schulter, die sich so anders anfühlte, als sie es gewohnt war. »Ich brauche Nahrung.«

»Die bekommst du. Ich schicke dich nach London, dort wirst du dich stärken und regenerieren.«

»Sag mir, wie ich dir noch helfen kann.« Es war Joanne wichtig, dass er wusste, wie sehr sie ihn unterstützte. Als könnte sie damit alles Schlechte von vorher wegfegen.

»Löse die nächste Explosion aus. Ich hole mir Logan, sobald ich die Gefäße in Sicherheit gebracht habe.«

»Ich werde dich nicht enttäuschen.«

Er öffnete die zweite Fessel. Joanne hatte das Gefühl, in eine unendliche Leere zu fallen. Die Kraft in ihrem Körper war aufgebraucht. Voller Verzweiflung schlang sie die Arme um den Nacken des Meisters und klammerte sich an ihn. Sie wollte sich nicht so schwach und labil fühlen, aber sie konnte nichts dagegen tun. Er hielt sie fest, alles drehte sich, und ihr war so übel, dass sie sich am liebsten übergeben hätte, auch wenn sie nicht in der Lage dazu war.

»Halt durch«, sagte er. »Für mich.«

»Okay.«

»Für uns.«

»Ja.«

»Kann ich deine Fußfesseln lösen?«

Sie nickte, machte sich von ihm los und lehnte sich gegen die Felswand. Er kniete sich vor sie und öffnete erst die rechte, dann die linke Fessel. Joanne hätte sich am liebsten auf der Erde zusammengerollt und wäre nie mehr aufgestanden. Der Meister richtete sie auf, nahm sie sofort in die Arme und küsste sie lange auf den Mund. Es war ein keuscher Kuss. Einer, der Vertrauen schenkte. Voller Mut und Zuversicht, und mit jeder weiteren Sekunde, in der er anhielt, fühlte Joanne sich geborgener.

»Ich liebe dich, Joanne. Unsere Zeit wird kommen.«

Sie schluchzte leise. Seine Worte taten ihr gut, auch wenn sie diese nicht verdient hatte. Sie fühlte sich so ungenügend und klein wie zu ihren Lebzeiten. *Nichtsnutz. Dumme, einfältige Kuh.*

»Ich tue alles für dich«, wiederholte sie, und das meinte sie auch. Sie würde nie mehr schlechte Gedanken gegen ihn hegen, nie mehr innerlich gegen ihn aufbegehren. Sie war zurück. In ihrer Loyalität. In ihrer Liebe. In ihrer Hingabe.

»Das weiß ich.« Er ließ sie los und blickte zum Ausgang. »Ich sollte jetzt gehen, bevor Jaydee mich sucht. Sobald ich draußen bin, programmiere ich das Portal um. Hier.« Er zog eine alte Uhr aus seiner Jackentasche und steckte sie in Joannes Hose. »Wenn der Alarm läutet, gehst du. Das Portal wird dich nach London bringen. Dort findest du genug Nahrung.«

Joanne nickte. Noch zwei Stunden, in denen sie in diesem Drecksloch ausharren musste. »Jaydee wird ... er wird in der Zwischenzeit nicht zurückkehren, oder?«

»Nein. Sorge dich nicht, Joanne. Wir schaffen es.«

»Ich werde dich nicht enttäuschen.«

Nie mehr.

Der Meister schenkte ihr ein Lächeln und strich ihr über die Wange.

»Nein, das wirst du tatsächlich nicht.«

12. Kapitel

Jaydee

»Da bist du ja«, sagte ich.
Gerade als ich nach Will suchen wollte, kam er mir aus dem Tempel entgegengelaufen. Er war blass um die Nase, vielleicht auch eher grün. Auf jeden Fall wirkte er recht angewidert.

»War das wirklich nötig, Jaydee? Musstest du Joanne so zurichten?«

»Ja.« Warum es leugnen? »Außerdem hatte sie mehr als genug Gelegenheiten, vorher zu reden.«

»Bieg es nicht so hin, als ob es ihre Entscheidung gewesen wäre!«

»Ich biege es überhaupt nicht hin! Joanne ist eine Dämonin, sie hat Isabella ohne mit der Wimper zu zucken getötet, und sie würde dich genauso umnieten, wenn sie die Chance dazu hätte. War es schlimm, was ich mit ihr gemacht habe? Vermutlich. Aber ich habe es getan, weil ihr alle zu fein seid, euch die Hände schmutzig zu machen. Hinterher ist es natürlich leicht, auf mich zu schimpfen. Der Berserker, der den Jäger nicht kontrollieren kann.«

»Ich habe dich bestimmt nicht darum gebeten, sie so zu quälen.«

»Das stimmt, aber dein ach so hochangesehener Rat schon.«

Er klappte den Mund auf. Schloss ihn. Will und sein verdammtes Pflichtgefühl. Sollte das ruhig an dem Bild rütteln, das er vom Rat hatte. Außerdem war ich nicht bereit, in dieser Sache den Buhmann zu spielen. Logan hatte mich mit voller Absicht auf Joanne losgelassen, und er hatte auch gewusst, was ich mit ihr anstellen würde. Dafür kannte er mich mittlerweile gut genug.

»Zieh endlich mal den Stock aus deinem Arsch, Will.«

Er blinzelte. Für eine Sekunde sah es aus, als lächelte er, aber er räusperte sich nur. »Du hast recht. Ich bin … ich kann es nicht ändern.«

»Wir haben einen Auftrag. Ich erzähle dir unterwegs, um was es geht.«

Er zuckte kurz zusammen. In seinen Augen lag eine Entschlossenheit, die ich vorher noch nie an ihm gesehen hatte. Er wirkte ... erwachsener. Auch wenn es grotesk war, das über einen Mann zu denken, der seit knapp tausend Jahren auf dieser Erde wandelte. Ich musterte ihn noch einmal, drehte um und steuerte den Ausgang des Tempels an.

Unterwegs berichtete ich ihm von den Gefäßen, in denen die Seelen aufbewahrt waren. Außerdem erzählte ich ihm von dem Amulett, dass er den Zauber für mich fertigen musste, weil Derek zu sehr mit der Barriere beschäftigt war und es sowieso nicht für nötig hielt, mir zu helfen. Will hörte nur zu und redete wenig. Es störte mich nicht. Er und ich hatten schon immer unser spezielles Verhältnis zueinander. Womöglich war unsere Annäherung ein Ausrutscher gewesen, eine kurzzeitige Schwäche von uns beiden, denn im Moment kam es mir eher so vor, als bewegten wir uns auseinander.

Die Sonne neigte sich dem Horizont zu, als wir den Tempel verließen. Amir stand bei den Felsen und zupfte Grashalme zwischen den Spalten heraus. Ein ganzes Stück neben ihm graste Jack, als würden unsere Parsumi uns nacheifern und sich ebenfalls ignorieren.

Ich pfiff einmal. Amir kam sofort, Jack brauchte eine kurze Bedenkzeit.

»Du stinkst übrigens grauenhaft«, sagte Will.

»Kann vorkommen, wenn man Dämonenblut abbekommt.«

Meine Klamotten waren ekelhaft verdreckt und steif, genau wie meine Muskeln. Ich hatte kaum Schlaf in den letzten Stunden bekommen. War über New York zu Bens Dorf hierhergehetzt, um dann zurückzukehren. Dennoch war ich weder müde noch hatte ich Hunger. Als hätte ich genügend Energie durch das Foltern von Joanne bekommen.

Jack und Amir blieben vor uns stehen. Jack legte die Ohren an, als er mich sah. Will tätschelte ihm den Hals, redete beruhigend auf ihn ein. Dennoch blieb Jack angespannt. Etwas passte ihm nicht. Vielleicht spürte er den generellen Druck, wobei unser Leben selten ruhig verlief und sie das eigentlich gewohnt waren. Will stieg auf, galoppierte sofort los, ohne sich noch mal nach mir umzusehen. Ich schwang mich auf Amir und folgte den beiden.

Wieder einmal dauerte es nur ein paar Minuten, bis wir die halbe Welt umrundet hatten und in Kanada aus dem Portal traten. Es regnete. Den Pfützen auf der Straße nach zu urteilen nicht erst seit Kurzem. Wir waren an exakt der gleichen Stelle, an der Akil und ich angekommen waren, kurz bevor uns der Pfeifzauber vom Pferd geholt und ich ihm daraufhin seine Fähigkeiten geraubt hatte. Ein Stechen schoss durch mein Herz bei dem Gedanken an ihn. Hoffentlich würde ich bald etwas von ihm hören.
»Wo sollen die Gefäße sein?«, fragte Will und zwang meine Aufmerksamkeit zurück.
»Da drüben ist der Wagen explodiert.« Ich trabte die Straße hinunter. Bis wir bei der Stelle waren, an der das Auto gestanden hatte, waren meine Klamotten komplett durchnässt. Joannes Blut sickerte in schwarzen Bahnen an mir herunter. Rinnsale aus Verwesung und Tod. Ich strich mir durch die Haare und blickte mich um.
Markierungsstein 52, hatte sie gesagt.
Nach kurzem Suchen hatte ich ihn auch schon gefunden. Ich sprang von Amir und trat in den Wald. Joannes Beschreibung war vage gewesen. Zwanzig Schritte und dann …?
Ich stapfte durch den schlammigen Waldboden bis zu der Stelle, dehnte meine Sinne aus, suchte nach Hinweisen. Vielleicht hätte ich sie noch mal befragen sollen, aber Logan hätte mich kein zweites Mal in den Tempel gelassen. Abgesehen davon hätte es mich zu viel Zeit gekostet. Bestimmt hatte sie sich in meiner

Abwesenheit etwas erholt, ich hätte von vorne anfangen, sie erneut an den Rand ihres Bewusstseins treiben müssen.

»Hat sie dir erklärt, wie groß die Gefäße sind?«, fragte Will.

»Nein, aber ich gehe davon aus, dass wir sie erkennen, wenn wir sie sehen. Es sei denn, es gibt Menschen, die ihren Hausrat im Wald deponieren.« Ich lief ein Stück nach rechts. Fußspuren waren keine mehr zu sehen. Der Regen hatte alle weggeschwemmt, genau wie die Gerüche.

»Geh du rechts weiter, ich suche links«, sagte Will. »Wir treffen uns dann hier.« Bevor ich etwas erwidern konnte, stapfte er los. Ich blickte ihm nach. Wenn ich nur wüsste, was mich an ihm störte. Es war ein Gefühl, eine Ahnung. Ähnlich wie in New York, als ich die ganze Zeit die Tattoos sah und nicht wusste, an was sie mich erinnerten. Blieb also nur zu hoffen, dass mich die Erkenntnis genauso treffen würde wie dort.

Ich drehte mich herum und lief tiefer in den Wald. Das nasse Laub schmatzte unter meinen Stiefeln. Der Boden war aufgeweicht und rutschig. Wenigstens hielt das Blätterdach den Großteil des Regens ab, und ich konnte von dem ganzen Mist nicht krank werden. Das wäre doch mal ein neuer Gag im Kampf gegen die Schattendämonen: Ein Seelenwächter kann nicht kämpfen, weil er Schnupfen hat.

Ich war noch nicht weit gekommen, als ich Wills Schrei hörte, gefolgt von einem lauten Zischen. Sofort drehte ich herum und rannte zurück zu ihm.

Es war nicht schwer, ihn zu finden. Mitten im Wald hatten sich drei dieser elenden Feuerdrachen aufgebaut. Es waren die gleichen, die sich in unserem Anwesen breitgemacht hatten. Einer bleckte die Zähne, schwebte vor Wills Gesicht, während die anderen beiden ihn umrundeten. Will hielt sein Schwert gezückt, doch keiner der beiden Parteien griff an.

»Hey«, brüllte ich und zog den Dolch aus meinem Stiefel. Vermutlich würde der nicht viel nutzen, aber er gab mir wenigstens das Gefühl, als würde ich mich verteidigen. Einer der Feuerdrachen blickte zu mir, zischte und stürzte sich auf mich. Ich duckte mich, er schlug in einen Baum hinter mir ein. Funken blitzten auf. Sicherlich hätte das Laub Feuer gefangen, doch dazu war es zu nass.

»Ich habe die Gefäße gefunden«, schrie Will. Der Drache, der vor ihm schwebte, warf sich auf ihn. Will riss einen Arm hoch, der Drache verbiss sich in seinem Muskel und zerrte daran; wie ein Hai, der seine Beute zerreißen wollte. Ich sprang zu Will, schlug auf den Drachen ein, doch mein Hieb ging durch ihn hindurch. Die Biester hatten keine Substanz. Es gab im Grunde nichts, gegen das wir kämpfen konnten.

»Wo sind die Gefäße?«

»Da drüben.« Wills Hemd war verkohlt, seine Haut jedoch unversehrt. Feuer auf Feuer. »Geh du, ich lenke sie ab.«

Ich nickte, sauste an Will und dem Drachen vorbei und sah mich um. Tatsächlich: Halb verdeckt durch einen Baumstamm lagen vier Gefäße aus Ton. Laub war auf die Seite geworfen. Offenbar hatte Will angefangen, sie auszubuddeln. Ich rannte zu den Behältnissen. Etwas Heißes traf mich im Rücken. Es fühlte sich an, als hätte jemand einen Eimer flüssige Lava über mich gekippt. Ich torkelte, fing mich wieder. Der Geruch nach verbranntem Fleisch stieg mir in die Nase. Vermutlich war mein gesamter Rücken angekokelt. Es kribbelte, während die Selbstheilung einsetzte. Ich rannte weiter, bekam den nächsten Hieb, nur holte es mich dieses Mal von den Füßen. Ich stürzte bäuchlings in das nasse Laub, rollte mich auf den Rücken und kühlte meine geschundene Haut. Mir blieb nicht viel Zeit, mich zu erholen. Einer der Drachen hatte sich über mir aufgebaut und riss sein Maul auf. In der nächsten Sekunde spie er einen Feuerball auf mich. Ich drehte mich herum und wich dem Geschoss aus. Sofort war ich auf den Beinen und rannte weiter zu den Gefäßen. Ich musste sie nur zerstören, mehr nicht. Das sollte doch möglich sein. Doch auf einmal war ich eingekesselt. Ein zweiter Drache kam von vorne, fixierte mich. Ich sah kurz über meine Schulter und versuchte, Will zu entdecken. Er kämpfte gerade gegen einen der Drachen, schoss kleine Feuerkugeln ab und versuchte, sie so abzulenken. Es war egal, wer von uns beiden zuerst an den Gefäßen war – Hauptsache, die Dinger wurden zerstört.

Will sprintete zu dem Versteck. Die Drachen bemerkten es. Ich hörte ein Zischen hinter mir, dann war die Hitze aus meinem Rücken verschwunden. Einer der Drachen traf Will voll in die Seite. Er taumelte, stürzte, rappelte sich auf.

Ich atmete einmal tief durch, spannte meine Muskeln und stürmte los. Direkt auf den Drachen zu. Er riss das Maul auf, die Hitze nahm zu, als hätte ich die Tür eines Hochleistungsofens geöffnet, und schon traf mich der nächste Feuerball. Ich riss noch einen Arm nach oben, versuchte so, mein Gesicht zu schützen, aber ich konnte nicht viel abwehren. Meine Haare und mein Shirt wurden angesengt, meine Haut löste sich ab. Die Schmerzen waren die Hölle, doch ich zwang mich weiter.

Aus dem Augenwinkel sah ich Will huschen, er hatte das erste Gefäß fast erreicht, als der Drache seine Ferse packte und ihn zurückzerrte. Es war ziemlich unfair, dass wir sie nicht berühren konnten, sie uns aber schon. Ich beschleunigte, sah nur noch rot, gelb und flirrende Hitze vor mir. Der Drache holte aus, setzte erneut an, ich duckte mich unter ihm durch und rannte an ihm vorbei. Sein Feuer traf mich noch an der Schulter, verbrannte ein weiteres Mal meine Haut. Ich stürzte, mir wurde übel vor Schmerz. Zu viel. Das war zu viel.

Ich fühlte eine Tatze auf meinem Rücken. Sie drückte mich in die Erde. Mit letzter Kraft wollte ich den Drachen von mir schieben, doch es gelang mir nicht. Ich war eingekeilt zwischen Feuer und dem kühlen Teppich aus nassem Laub. Ich hob den Kopf. Will robbte näher zu den Gefäßen, trat nach dem Drachen, der noch immer sein Bein festhielt. Ohne Erfolg.

Der dritte Drache schwebte über uns hinweg. Er landete vor den Gefäßen und legte sich auf die Erde. Flammen schossen aus seinem Rücken, sein Körper wurde zu einer Feuerwand. Erst ohne erkennbare Form, doch dann bildeten sich weitere Drachen, bis am Ende vier Stück daraus entstanden. Prima. Die Biester waren nicht nur unbesiegbar, sie konnten sich auch nach Belieben vermehren. Jeder der Drachen umschlang ein Gefäß und hob es behutsam auf. Einer blickte zu mir, spuckte einen letzten Feuerball, der vor mir verpuffte.

Will schrie, drehte herum und formte ebenfalls einen Feuerball. Er schleuderte ihn auf den Drachen, der sein Bein festhielt. Dieser riss sein Maul auf und stürzte sich auf Will. Ich rief nach ihm, stemmte mich gegen die Tatze in meinem Rücken, aber ich hatte keine Chance. Der Drache stülpte sein riesiges Maul über Will, verschlang ihn regelrecht, bis sein Körper mit einer Feuerschicht bedeckt war.

Seine kleineren Kollegen schnappten sich die Gefäße, hoben ab und verschwanden im Wald. Ich konnte nur daliegen und zuschauen. Verdammt zum Nichtstun. Erledigt von einer Kreatur, gegen die ich nichts ausrichten konnte.

Der Drache, der sich auf Will gestürzt hatte, erhob sich und folgte den anderen. Endlich ließ auch der Drache in meinem Rücken von mir ab, und die Hitze verschwand. Sofort drehte ich mich herum, kühlte ein weiteres Mal meine verbrannte Haut auf dem Laub und hievte mich mit letzter Kraft auf die Beine.

Will lag leblos ein paar Meter neben mir. Er war blass, aber ich hörte seinen Herzschlag.

»Hey.« Ich rüttelte ihn, hoffte auf irgendeine Reaktion. Seine Lider flatterten. Er blickte mich kurz an, wirkte orientierungslos, als wüsste er nicht, wo er war.

»Ralf ...«

»Hat seine Feuerdrachen geschickt, um die Gefäße in Sicherheit zu bringen.« Ich hatte geglaubt, sie könnten nur über die

Adern auf den Anwesen erscheinen, aber das war ein Irrtum. Er wurde stärker. Zweifellos.

»Nein! Nein! Das war ich gewesen! Er war es! Er hat mich ... die Drachen. Er hat sie gerufen. Jaydee, das ist alles ... Lüge!« Er hustete, sein Herzschlag beschleunigte sich, als hätte er einen Sprint hingelegt. »Ich ...«

Seine Finger krampften sich in die Erde. Er röchelte, schnappte nach Luft. Es klang, als stünde er kurz vor dem Ersticken. Ich beugte mich über ihn, presste beide Hände auf seine Schultern und zog sie sofort zurück. Will glühte von innen heraus, als hätte er einen der Drachen verschluckt. War das denn möglich? Das Ding hatte sich über ihn gelegt. War es in ihn eingedrungen?

»Will!«

Er verzog das Gesicht vor Schmerzen. Sein Herz raste in einem Tempo, dass ich mir ernsthaft Sorgen machte, es könnte aus seiner Brust springen.

»Ganz ruhig bleiben.« Ich blickte über meine Schulter, pfiff einmal. Ich hatte Amir nicht gesattelt und somit keinen Heilsirup dabei, aber Will vielleicht. Ich könnte selbst ein paar Schlucke davon gebrauchen. Meine Verletzungen heilten bereits, meine Haare waren angesengt und noch ein Stück kürzer. Bald hätte ich einen Militaryschnitt, wenn das so weiterging. Der Großteil meines Shirts war verbrannt und hing in Fetzen an mir. Ich streifte es über den Kopf, sinnlos, es anzubehalten.

Will keuchte, packte mein Handgelenk. Die Berührung so heiß, als würde er gleich wie ein Laser meine Knochen durchschneiden. »Ich verbrenne!«

»Das wirst du nicht. Du kannst nicht verbrennen. Du bist Feuer. Will, hörst du?«

Sein Hemd rutschte nach unten, entblößte seinen Unterarm. Unter der Haut verästelten sich golden schimmernde Adern. Oh, nein, nein. Nicht auch noch Will.

»Jaydee, du musst dich ... Ralf hat ... er war ich! Ich war ...!«

Schweiß trat auf seine Stirn. Sein Körper strahlte eine derartige Hitze ab, dass sie auf meiner Haut brannte. Er starrte mir in die Augen, als könnte er mir so seine Gedanken mitteilen.

»In mir ...«, keuchte er. Seine Lider flatterten, seine Lippen bewegten sich, was immer er mir sagen wollte, er hatte nicht mehr die Kraft dazu.

Ich hörte Hufgetrappel. Amir und Jack kämpften sich einen Weg durchs Unterholz und blieben vor uns stehen. Ich hievte mich nach oben und ging zu Jack. Naja, ich wollte es zumindest, denn auf einmal legte er die Ohren an und sauste auf mich zu. Er trat nach mir aus. Ich duckte mich unter seinem Huf weg und plumpste auf den feuchten Waldboden. Jack drehte herum und stieg in die Luft. Ich nahm einen Ast und pfefferte ihn gegen seine Flanke. Irritiert zuckte er zusammen, seine Hufe donnerten neben mir auf den Boden.

»Whoa«, rief ich, aber Jack war völlig außer sich. Die Augen weit aufgerissen vor Panik, die Nüstern gebläht. Er hatte Angst. Aber vor was? Ich blickte über meine Schulter. Amir stand in einiger Entfernung und beobachtete uns ruhig. Was immer es war, er spürte es nicht.

»Ganz ruhig, ich bin es.«

Blitzschnell wirbelte er ein weiteres Mal herum und trat nach mir aus. Sein Huf erwischte mich voll auf der Brust, so hart, dass einige Rippen brachen. Ich stürzte erneut zu Boden, sah für Sekunden nur sein rotes Fell über mir und rollte mich zusammen. Er preschte kopflos davon. Hinein in den Wald, weg von mir und der unsichtbaren Gefahr, die nur er fühlte.

13. Kapitel

Jessamine

Der Morgen graute, und ich war noch immer damit beschäftigt, die Tür aufzubekommen.

Ich probierte alles! Ich schlug mit einem neuen Brett auf das Schloss ein, was nicht viel nutzte. Ich warf das Bett um, schraubte einen Metallfuß ab und hebelte damit an der Tür herum.

Nichts.

Es hielt all meinen Bemühungen stand, ruckelte nicht mal einen Millimeter.

Mittlerweile war es eiskalt in dem Raum. Ich hatte den Bezug des Bettes zerrissen und um meine Füße gewickelt, damit ich wenigstens ein bisschen Schutz hatte, doch nicht mal die aufgehende Sonne hinter mir wärmte mich auf.

Gerade kniete ich vor der Tür und bohrte mit einer Schraube im Schloss herum. Täuschte ich mich, oder wackelte es? Ich schob die Schraube tiefer hinein, ruckelte erneut und …

… rutschte ab.

Ich ratschte mir die Haut auf, die Schraube blieb im Schloss stecken. Frustriert schlug ich auf die Tür ein und betitelte sie mit etlichen Schimpfwörtern, als könnte sie das einschüchtern. Tat es natürlich nicht. Sie blieb genauso verschlossen wie zuvor. Schließlich ließ ich von ihr ab und betrachtete meine Handfläche. Die Wunde blutete, war aber nicht sehr tief. Ich riss einen weiteren Streifen des lädierten Bettbezugs ab und wickelte ihn darum.

Toll, Jess. Ganz toll! Bei meinem Glück bekam ich vermutlich eine Blutvergiftung. Pah! Dann hatte Soraja auch, was sie wollte. Gestorben, weil sie sich an einer rostigen Schraube schnitt.

Ich stand auf. Das lange Knien vor der Tür hatte meine Glieder steif gemacht, also tänzelte ich von einem Fuß auf den anderen und hoffte, mich so aufzuwärmen. Ich rotierte die Arme, brachte meinen Kreislauf in Schwung und lief zum Fenster. Im Hellen sah es nicht viel einladender aus als im Dunkeln. Schnee, Schnee und noch mehr Schnee. Ich lehnte mich gegen den Fensterrahmen und starrte eine Weile auf die weiße Glitzerpracht. Es half alles nichts, ich musste da raus und mir einen besseren Überblick verschaffen. Vielleicht gab es auf der anderen Seite des Gebäudes etwas, das mir half. Ein Fluchtwagen zum Beispiel, ein Helikopter, ein Flugzeug … alles von Ralf bereitgestellt, damit ich abhauen konnte, sobald ich mich aus dem Zimmer befreit hatte.

Naja, träumen durfte man wohl …

Ich zog mich auf den Sims, kletterte hinaus und landete in einem Berg Schnee. Zum Glück hatten Leotis Heilkräuter Wirkung gezeigt und die Rippe schmerzte kaum noch. Die kalte Nässe durchweichte sofort mein Bettlaken und stieg mir bis zu den Knien. Eigentlich konnte ich es auch dalassen, aber es gab mir wenigstens ein bisschen das Gefühl, etwas anzuhaben.

Ich blickte mich um. Da es zu beiden Seiten gleich trist aussah, entschied ich mich für rechts und stapfte los. Es war mühsam, im Schnee voranzukommen. Die Kälte kroch mir die Beine hoch, es dauerte keine Minute, bis ich komplett durchgefroren war. Meine Zähne klapperten aufeinander, meine Muskeln zitterten, ich schlang die Arme um mich und zog die Decke fester über meine Schultern. Das würde ich nicht lange durchhalten.

Ergänze die Liste der möglichen Todesursachen: Blutvergiftung, Lungenentzündung, Erfrieren.

Sollte ich hier je heil rauskommen, stünde wohl der nächste Besuch bei Raphael an.

Nach wenigen Metern erreichte ich die Hausecke und linste herum. Kein Helikopter oder ein Fluchtwagen, nur noch mehr Schnee. Immerhin war das Haus nicht sehr groß. Ich stapfte weiter und kam an die Vorderseite des Gebäudes.

Alle Fenster waren ringsum verriegelt, dafür gab es eine weitere Tür. Sie war aus massivem Stahl, die Art von Tür, die selbst

Schüssen standhalten konnte. Ich lief darauf zu und griff mehr aus Frust denn aus Hoffnung an die Klinke.

Sie öffnete mit einem leisen Klack. Ich stieß einen Freudenschrei aus und huschte ins Innere. Durch die geschlossenen Läden drang kaum Helligkeit ein, ich suchte nach einem Schalter und drückte darauf. Das Licht ging natürlich nicht an. Wäre auch zu schön gewesen. Also öffnete ich die Tür weiter, damit ich etwas in dem Zimmer erkennen konnte.

»Oh, mein Gott!«

Es gab tatsächlich so etwas wie Glück!

In der Ecke war ein Kamin. Daneben stapelte sich Feuerholz, als wartete es nur darauf, dass ich es benutzte. Ich lief weiter, sah mich um. Es war alles da, was man zum Wohlfühlen brauchte. Ein Ohrensessel, eine Couch, ein Schrank mit Gläsern, Tassen, Tee, ein Tisch und Kleidung! Socken, Hosen, Pullover, ein Handtuch, aber keine Schuhe. Ich warf die durchnässte Bettdecke ab und rubbelte mich mit dem Handtuch trocken. Meine Zehen fühlte ich nicht mehr, sie waren blau angelaufen, die Haut taub. Vorsichtig zog ich die Wollsocken über und hoffte, sie würden auftauen. Das durchgeweichte Shirt ersetzte ich ebenfalls durch die Hosen und den Pulli. Er kratzte etwas, aber besser als nasse Sachen.

Ich rieb mich warm. Noch immer sah ich meinen Atem als kleine Wolken vor mir. Zeit, den Kamin zu befeuern. Auch hier fehlte nichts: Holz, Schürhaken, Streichhölzer, Anzünder. Ich bereitete alles vor. Wenige Minuten später brannte ein angenehmes Feuer, und ich konnte die Tür endlich schließen und die Kälte aussperren. Oh, ich war im Himmel. Kurzzeitig zumindest.

Die Wärme legte sich um meine gefrorenen Glieder, ich hockte mich so dicht vor das Feuer, wie ich es aushielt, und wartete darauf, dass das Gefühl in meine Muskeln zurückkehrte. Meine Füße brannten, als würde ich sie in Säure halten, aber das war mir egal. Hauptsache warm. Dunkle Schatten tanzten an den

Wänden, mystisch und unheimlich. Sobald ich einigermaßen aufgetaut war, würde ich draußen die Fensterläden öffnen und das Tageslicht hereinlassen, aber erst einmal die Wärme genießen. Der Raum heizte sich langsam auf, es knisterte und knirschte, die Luft roch nach Rauch.

Feuer. Rauch. Wärme.

Alles Dinge, die mich schmerzlich an Will erinnerten. Ob er mittlerweile wieder er selbst war? Oder hatte sein Bruder nach wie vor die Oberhand? Und waren die anderen schon dahintergekommen? Suchten sie mich, oder hatte Ralf alias Will sie glauben lassen, dass mit mir alles in Ordnung sei? Ich zog die Beine an, legte den Kopf auf die Knie und massierte meine Zehen, in die langsam das Leben zurückkehrte.

Was sollte ich jetzt nur tun? Ralf hatte es klar und deutlich gesagt: Wenn er Logan hatte, käme er, um mich zu holen. Außerdem musste ich die anderen warnen. Vielleicht war ich ja noch nicht zu spät, und wir konnten Ralf aufhalten.

Ich blickte mich um. Von dem Raum zweigten ein Flur und eine weitere Tür ab. Sicherlich war die Chance zur Flucht gering. Ralf hatte nicht umsonst diesen Ort gewählt. Er hatte mir ja nicht mal Stiefel dagelassen, und etwas zu essen hatte ich bis jetzt auch noch nicht gesehen. Ich knetete noch mal meine Zehen und stand auf. Mittlerweile war es angenehm warm in dem Raum. Ich lief zu der Tür, öffnete und steckte den Kopf hinein. Es war eine Vorratskammer. Die Regale leer, bis auf eine Taschenlampe und eine Konserve mit Linsen. Ich nahm die Taschenlampe und verließ die Kammer.

»Dann wollen wir mal auf Entdeckungstour gehen.«

Super, es war soweit. Ich führte Selbstgespräche im Pluralis majestatis. Schritt eins zum Wahnsinn wäre getan. Wobei, nach allem, was ich bisher erlebt hatte, war das wohl schon Schritt zwei oder drei oder ... Ich erinnerte mich noch sehr gut an den Abend, als ich mit Violet durch den Wald vor den Dämonen floh und sie mir die Handschellen in der Garage öffnete. Damals hatte ich geglaubt, ich würde durchdrehen. Heute erschien mir dieses Erlebnis so harmlos wie ein Kindergeburtstag.

Ich schaltete die Taschenlampe ein und lief den Flur hinunter. Rechts und links zweigten je vier Räume ab. Die meisten waren offen, aber genauso leer wie die Vorratskammer. Die Räume auf der rechten Seite sahen exakt so aus wie das Zimmer, aus dem ich ausgebrochen war. Bett, Bücherregal, Badezimmer, fertig. Die links erinnerten an alte Büros. Auf dem Boden waren hellere Abdrücke zu erkennen, als hätten dort früher einmal Tische gestanden. Bei einem Zimmer waren die Steckdosen aus der Wand gerissen, ich fand Kabel in jeder Länge und Dicke, eine leere Bierflasche, ein kaputtes Telefon, sonst nichts. Ein einziger Raum war abgeschlossen, ich nahm an, das war der, in dem ich gefangen gewesen war.

Warum Ralf den verriegelt hatte, war mir ein Rätsel. Warum mich einsperren, wenn ich sowieso nirgendwo hinkonnte?

Um mir Hoffnung zu geben.

Weil ihm der Gedanke gefiel, wie ich mich hier abmühte und verzweifelt nach einem Fluchtweg suchte. Während er nach London schlenderte und sich Logan holte. In Wills Gestalt konnte er alle anderen täuschen, sich unter sie schleichen und die letzte Explosion auslösen. Und dann käme er für mich.

Ich bekam eine Gänsehaut. Vielleicht war es schon längst geschehen, und Ralf übergab jetzt in diesem Moment die letzte Seele dem Emuxor. Ralf könnte jederzeit hier auftauchen, mich leersaugen oder seine Drohung wahrmachen und mich als Schattendämon zurückzuholen. Wobei ich da ein Wörtchen mitzureden hatte. So wie ich es verstand, konnte die Seele nach ihrem Tod frei wählen, ob sie ins Licht gehen wollte oder nicht. Insofern blieb das wohl noch immer meine Entscheidung.

Ich war am Ende des Flures angelangt, drehte um und lief zurück in das Zimmer mit dem kaputten Telefon. Es war ein altes Riesen-Knochen-Satelliten-Teil. Ich drückte die Knöpfe, rüttelte daran herum, öffnete die Verkleidung für den Akku. Die Batterien waren ausgelaufen, die Säure hatte das Innere komplett zerfressen. Frustriert warf ich das Ding weg.

Eigentlich spielte es keine Rolle. Die einzige Nummer, die ich auswendig kannte, war die von Zac. Das wäre doch ein Spaß gewesen: *Hey, ich sitze am Arsch der Welt, leider weiß ich nicht, wo genau, aber kannst du bitte Ben rufen, damit er mich sucht? Ach, und bitte beeil dich!* Ich konnte überall sein. In der Antarktis, Grönland, am Nordpol, auf dem Mond ... ach, verdammt noch mal.

Ich lief zurück in den Raum mit dem Kamin. Das Feuer war heruntergebrannt und würde bald ausgehen, wenn ich nicht nachlegte. Der Stapel Brennholz hielt noch für ein paar Stunden. Die Zeit, die Ralf brauchte, um seine Pläne zu vollenden. Es sollte gerade genug da sein, damit ich am Leben blieb.

Und niemand kann mich finden.

Ich betrachtete den Schnitt auf meiner Handfläche, den ich mir mit der Schraube zugezogen hatte. Die Wunde war nicht tief und hatte schon aufgehört zu bluten.

Was, wenn ich es selbst in die Hand nahm? Soraja hatte es vorgeschlagen: Tötet Jess, dann ist die Fylgja frei – und alle sind gerettet.

Es sei denn, dafür war es jetzt schon zu spät. Selbst wenn ich meinem Leben hier und jetzt ein Ende setzte, hieß das nicht, dass ich damit etwas erreichte. Abgesehen davon war ich nicht der Typ dafür. Ich wollte nicht aufgeben. Nicht so. Und falls Jaydee nur einen Verdacht hegte, dass mir etwas zugestoßen war, würde er mich suchen. Ich wusste es. Ich *fühlte* es. Er würde alles in Bewegung setzen, vermutlich einen Suchzauber ... ach nein, das ging ja gar nicht. Ich war nicht zu orten, so lange ich das Amulett trug. Ich fischte es aus dem Kragen meines Pullovers heraus und schloss meine Finger darum. Es versteckte mich. Vor Coco. Vor meinen Freunden. Und obwohl es mich schützen sollte, war es zugleich ein Hindernis.

Was, wenn ...

... vorsichtig zog ich an der Kette.

Sollte ich es tun?

Vielleicht lag ich komplett falsch, und die anderen suchten mich gar nicht. Vielleicht hatte Ralf sie so geschickt getäuscht, dass sie glaubten, ich wäre in Sicherheit. Niemand käme, um mich zu retten. Ralf würde mich abholen und sich mit mir amüsieren.

Ich zog erneut, ohne die Kette zu zerreißen. In meinem Leben war ich bisher dreimal ohne Schutz gewesen. Beim ersten Mal, als ich in den Bunker gefallen war und damit Violet enttarnte, dann in der Kirche – und das eine halbe Nacht lang –, und zuletzt in Schottland. Bei keinem dieser Ereignisse war Coco gekommen. Womöglich lagen wir falsch mit der Annahme, dass sie mich finden konnte, sobald ich ohne Schutz war.

Meine Finger schlossen sich fester um die Glieder. Es könnte auch sein, dass der Rat informiert wurde, sobald das Amulett zerstört worden war. Eine Sicherungsmaßnahme. Für sie und für mich.

Ja oder nein?

Ihr müsst euch vor Coco in Acht nehmen.

Ich schloss die Augen, rief mir Ariadnes Gesicht ins Gedächtnis. Ihre schlohweißen Haare, das gütige Lächeln, das mich so oft zur Verzweiflung getrieben hatte, vor allem in den letzten Wochen unseres gemeinsamen Lebens. Als sie sich strikt weigerte, mir mehr über Pfarrer Stevens oder Mum zu erzählen.

Wir werden zu einem Freund von mir fahren. Du, Violet und ich. Dort werde ich dir alles in Ruhe erzählen, aber wir müssen sofort los. Bitte.

Einem Freund. Ich hatte in der Nacht von Ariadnes Tod nie erfahren, wohin sie uns bringen wollte. Wer dieser mysteriöse Freund war.

Ich atmete tief ein, übte mehr Druck auf die Kette aus.

Coco oder Ralf?

Ja oder nein ...

14. Kapitel

Jaydee

Der Abend kündigte sich an, als wir das Dorf erreichten. Jack war nicht zurückgekommen, also hatte ich Will auf Amir gewuchtet und war hinter ihm aufgesessen. Jetzt hielt ich ihn fest an mich gepresst. Es war umständlich gewesen, und ich hatte ständig das Gefühl, dass mir Will bei dem Ritt zwischen den Welten entgleiten konnte, dennoch hatten wir es geschafft.

Wir trabten die Straße hinauf. Der Wind pfiff, die Luft war deutlich kühler als unten an der Straße. Mir war kalt und heiß zugleich. Will heizte mich von vorne auf, die Eisschicht vom Ritt zwischen den Welten kühlte meinen restlichen Körper. Die Strapazen und der Schlafmangel machten sich langsam bemerkbar, außerdem hatte ich seit fast einem Tag nichts mehr gegessen.

Im Dorf herrschte eine gespenstische Stille, als hätte sich eine Glocke über diesen Ort gelegt. Der Tod hing in den Häusern, ich fühlte, wie er eiskalt über meine Arme strich. Dieses Volk starb aus. Es waren von Anfang an nicht viele Einwohner gewesen, nachdem Nioti gewütet hatte, wurden sie ein weiteres Mal dezimiert. Schon bald wäre das hier eine dieser Geisterstädte, für die Touristen jede Menge Geld zahlten, um sie zu besichtigen.

»Jay!«

Ich drehte mich herum. Anna bog um die Ecke und stürmte die Straße hoch.

»Oh, mein Gott!«, rief sie und blieb vor uns stehen. »Was ist passiert?«

»Wir wurden von den Drachen angegriffen, die auch bei uns zu Hause gewütet haben. Einer hat sich auf Will gestürzt, und danach ist er in diesen Zustand gefallen. Wir brauchen Sirup.«

»Ich hole welchen.«

Anna wirbelte herum und schoss in der gleichen Geschwindigkeit zurück. Dabei stieß sie fast mit Ben zusammen, der ihr offenbar gefolgt war, sie aber nicht mehr eingeholt hatte.

Er blieb schweratmend vor mir stehen. »Was ist ...« Er konnte kaum sprechen vor lauter Schnappatmung. »Verdammt, ist die schnell ...«

»Ja, gegen Anna wirst du keine Chance haben. Kannst du mir helfen?« Ich glitt von Amirs Rücken.

Ben nickte, atmete noch ein paar Mal tief durch und half mir, Will vom Pferd zu heben. Wir klemmten ihn zwischen uns.

»Da drüben.« Mit dem Kinn deutete Ben auf eine Holzhütte links von uns. »Hakan hat dort gelebt.«

Er trat die Tür mit dem Fuß auf, scheinbar verzichteten die Leute hier aufs Abschließen.

Ich trat mit Ben ein. Der abgehangene Geruch aus Räucherwerk und verbrannter Kohle schlug mir entgegen. Die Hütte war dunkel eingerichtet. Es gab nur ein Bett unter einem Fenster, das mit Fellen überzogen war. Dazu eine Feuerstelle und eine Kochecke mit einem Gaskocher. Eine Patchworkdecke hing über einem Holzstuhl. Die Möbel waren alle aus Holz und vermutlich selbstgezimmert.

Wir legten Will vorsichtig auf dem Bett ab. Ben musterte mich kurz, lief zu einer Holzkiste in einer Ecke und öffnete sie. Ich ließ mich neben dem Bett auf den Boden sinken, dankbar, mich kurz ausruhen zu dürfen.

»Was ist denn passiert?«, fragte er, den Kopf in die Holzkiste steckend.

Ich erzählte ihm von meinem Verhör mit Joanne, was sie ausgeplaudert hatte und wie wir dann im Wald gelandet waren. »Wir waren so dicht dran, Ben. So dicht, verfluchter Mist.«

Er tauchte aus der Truhe auf und warf mir ein schwarzes Shirt zu. »Das müsste dir passen.«

»Danke.« Ich streifte es über. »Hast du etwas wegen Jess herausgefunden?«

Will stöhnte leise, als ich ihren Namen aussprach. Er krampfte die Hände in die Bettdecke, atmete tief ein, aber er wurde nicht wach.

»Ein wenig. Nachdem du weg warst, habe ich mich im Haus umgesehen und Haare gefunden. Blonde Haare. Also eindeutig nicht von Jess oder von einem unserer Leute. Hier sind alle rabenschwarz oder grau.«

»Sie könnten auch von Anna gewesen sein.«

»Das konnten wir ausschließen, da ihre heller sind. Sie war so nett und hat sie zu meinem Kumpel Mack in Vancouver gebracht. Es dauerte nicht lange, bis er sich meldete. Er meinte, die Haare seien absonderlich … Nicht menschlich.«

»Sondern?«

»Von einem Seelenwächter, und bevor du fragst, woher er das wusste: Anna hatte ihm eine Haarsträhne zum Probenvergleich gegeben. Natürlich erinnert er sich mittlerweile an nichts mehr.«

»Ein Seelenwächter?«

»Es geht noch weiter. Ich habe einige Textilfasern mitgeschickt. Mack meinte, dass er so etwas noch nie gesehen hätte. Der Stoff war normale Baumwolle, aber sie enthielt Kohlerückstände, als wäre sie verbrannt worden.«

Ein blonder Seelenwächter, der Kleidung getragen hatte, an der Rückstände von Feuer waren … Es gab nicht viele, auf die das zutraf. Ich drehte den Kopf und blickte zu Will.

»Ralf hat … er war ich! Ich war …!«

Ich stand auf und setzte mich neben Will. Er zuckte, sein Gesicht war angespannt, als hätte er Albträume. Ich studierte seine Züge, suchte darin nach Antworten, nach diesem Gefühl, das mich schon die ganze Zeit an ihm irritierte. »Was hast du getan, Will?«

»Zieh jetzt bitte keine voreiligen Schlüsse.«

»Du hast es selbst gesagt: Es gab keine Anzeichen für einen Kampf, und Jess wäre Will blind gefolgt. Sie vertraut ihm.« *Ich* vertraute ihm, oder eher: fing gerade damit an, aber vielleicht sollte ich das nicht. Nur weil wir einen Schritt aufeinander zugegangen waren, waren wir keine Freunde.

»Vielleicht wollte er sie in Sicherheit bringen. Vielleicht war etwas im Tempel der Wiedergeburt passiert.«

»Er hätte uns informiert.«

»Womöglich war keine Zeit.«

Ich blickte über meine Schulter zu Ben. »Wirst du auf alles ein Gegenargument finden?«

»Ich mache meinen Job, und der besteht unter anderem darin, niemanden vorschnell zu verurteilen. Wir haben Indizien, mehr nicht. Falls Will etwas damit zu tun hatte, hätte er nie ohne triftigen Grund gehandelt.«

Ich drehte mich zurück. Die Veränderung an ihm, Jacks komisches Verhalten …

Ralf hat … er war ich! Ich war …!

War das möglich? Hat Wills Bruder ihn gesteuert? Ich berührte ihn an der Schulter, suchte in seinen Emotionen nach Antworten. Sie waren zu wirr. Flirrten umher, wie aufgescheuchte Vögel.

»Wach auf«, flüsterte ich. Die Lösung lag vor mir. Ich konnte sogar schon die Finger nach ihr ausstrecken. »Wo bleibt denn Anna, verdammt?«

»Sie kommt bestimmt gleich. Soll ich dir ein Glas Wasser holen?«

»Nein.«

»Du musst mal zwischendrin durchatmen, Jaydee. Du strahlst mehr Spannung aus als ein Kraftwerk.«

Ich fuhr zu ihm herum. Seine Hand glitt an den Gürtel, an dem seine Glock hing. »Du wirst mich kein zweites Mal würgen.«

»Das hatte ich nicht vor.«

Er kniff die Augen zusammen. Er glaubte mir nicht, ich sah es ihm an. Ben hatte vollkommen recht. Mein Körper brannte vor Anspannung. Das Verhör, der Kampf mit den Drachen, die Sorge um Jess … alles Futter für den Jäger, der in den letzten Stunden viel zu oft von seinen Ketten durfte. Seine Energie wirkte in mir, erfüllte meine Adern, pulsierte in meinem Herzen. Ich ballte die Hände zu Fäusten, stand auf, lief zur Tür, öffnete und atmete tief ein. Es war kalt und duster, die Wolken hingen tief am Himmel, als wollten sie uns erdrücken. Genauso fühlte ich mich auch. Zerquetscht. Eingekesselt und völlig unfähig, noch klar zu denken.

»Ich flippe aus, wenn Anna nicht gleich zurückkommt.«

»Das wirst du nicht.«

Ich stemmte meine Hände rechts und links gegen den Rahmen. »Wie kannst du nur so ruhig bleiben?«

»Wie gesagt ...«

»... es ist dein Job. Zum Teufel damit.« Meine Nägel krallten sich ins Holz, bis es knirschte. »Ich muss Jess finden.«

»Und wir helfen dir. Du bist nicht alleine, Jaydee.«

»Du verstehst das nicht.«

»Ich verstehe das sogar sehr gut. Du hast dich Hals über Kopf in sie verliebt.«

Ich drehte mich herum und sah ihn an. Er sagte das ohne Wertung. Es war ein Fakt, den er beobachtet hatte.

Eine Windböe streifte meine Haut, bescherte mir eine Gänsehaut. »Ich ... ich weiß es nicht.«

»Oh, doch, das tust du. Du willst es dir nur noch nicht eingestehen, was absolut okay ist. Eure Beziehung ist nicht unkompliziert.«

Nicht unkompliziert. Das war eine schöne Art, es zu beschreiben. »Ich habe ... Jess und ich ... wir haben uns geküsst. In New York.« Keine Ahnung, warum ich Ben davon erzählte. Vielleicht, weil es dann realer wurde.

»Oha. Darf ich fragen, wie ihr das angestellt habt?«

»Lippe auf Lippe. War ganz einfach.«

Er schmunzelte. »Also kannst du sie endlich anfassen.«

»Nein. Zumindest nicht so, wie ich es gerne würde. Es ist ... kompliziert. Wie du schon sagtest. Wir ...«

Hinter mir hörte ich Schritte. Anna kam die Straße hochgerannt. Ich drehte mich zurück. Ihre Haare wehten im Wind, das lange Kleid umspielte ihren Körper. Mit ihrer hellen Haut sah sie in diesem tristen Wetter aus wie ein Engel.

»Tut mir leid!« In ihrer Hand hielt sie ein Fläschchen mit Korkverschluss. »Rowan und Flo hatten meinen Sattel zum Putzen an sich genommen. Ich musste die beiden erst suchen. Hier.«

Ich entriss ihr den Sirup und stürmte ins Innere der Hütte.

»Du hast ihm erzählt, was wir gefunden haben, oder?«, fragte Anna.

»Ja«, sagte Ben.

»Es ist nicht gesagt, dass es Will war, Jay.«

»Das werden wir gleich wissen.« Ich setzte mich neben ihn, schob eine Hand in seinen Nacken und hielt die Flasche Sirup an seine Lippen. Langsam ließ ich den Inhalt in seinen Mund tropfen, aber er schluckte nicht. Die Flüssigkeit lief sein Kinn hinab.

»Mach schon, verdammt.«

»Lass mich, du bist zu ungeduldig«, sagte Anna. Bevor ich protestieren konnte, nahm sie mir die Flasche ab und schob sich zwischen Will und mich. So saß sie ganz dicht vor mir. Der Duft nach Mandarine umhüllte mich. Leider half mir nicht einmal der, mich zu beruhigen.

Anna redete tröstend auf Will ein, während sie behutsam die Flasche ansetzte. Ich schloss die Augen, atmete durch, zählte bis drei, atmete noch einmal. Meine Finger krampften, ich grub sie in meine Oberschenkel, zählte ein weiteres Mal.

»Jaydee. Du machst mich wahnsinnig«, zischte Anna. »Lauf herum, wenn du es nicht aushältst.«

Sofort war ich auf den Beinen und tigerte in der Hütte auf und ab. Der Sirup benötigte einige Minuten, um zu wirken. Je nachdem, wie schwer Will verletzt war, konnte es auch Stunden dauern. Nur wäre ich bis dahin geplatzt!

Ben lehnte mit verschränkten Armen an der Tür und beobachtete mich. Er strahlte eine fast schon übernatürliche Ruhe aus. Bestimmt war er schlimmere Krisen gewohnt.

»Lenkt es dich ab, wenn wir über das sprechen, was Abe uns wegen des Emuxors erzählt hat?«

»Nein.«

Will hustete. Sofort war ich am Bett. Er richtete sich langsam auf und trank die letzten Schlucke Heilsirup. Die Adern auf seinen Armen waren blasser geworden, sein Atem ging ruhiger, sein Herz ebenfalls.

»Wo ist Jess?«, fragte ich sofort.

»Jaydee«, sagte Anna mahnend, aber ich fühlte bereits, wie der Jäger in mir rumorte.

»Hast du sie weggebracht?«

Will starrte mich an. Er wirkte desorientiert, genau wie im Wald vorhin.

»Antworte, verflucht!«

»Ich ….« Er hustete ein weiteres Mal, spuckte dabei versehentlich einige Tropfen Heilsirup aus. »Ich habe noch viel Schlimmeres getan.«

Okay, das war's. Ich packte ihn am Hemd und zerrte ihn aus dem Bett. Noch immer strahlte er diese Hitze ab. Sie war kaum auszuhalten, aber ich würde ihn nicht loslassen.

»Rede.« Meine Geduld war komplett aufgebraucht. Alles krachte in dieser Sekunde über mir zusammen. Ich fühlte, wie der Jäger seine Ketten lockerte, und ich fühlte, dass ich ihn nicht zurückhalten konnte.

»Ich …«, flüsterte Will. »Bei Gott, ich wollte es nicht. Ich wollte nichts davon. Soraja. Die Explosion. Sie … Ralf hat mich … Er hat mich gesteuert. Ich habe ihn … er war in meinem Kopf. Ich konnte mich nicht gegen ihn wehren. Es war … Jess … sie ist … « Er sah zu Anna. »Ich war nicht mehr ich selbst, bis ihn seine Drachen aus mir herausgezerrt haben. Vorhin im Wald.« Er sah an sich hinab, als müsste er die Stelle suchen, an der der Drache eingedrungen war.

Ich pinnte ihn an die Wand, schüttelte ihn durch. »Wo ist sie!?«

Will zuckte. Es fiel ihm schwer, sich zu konzentrieren. Seine Pupillen waren erweitert und starr. »Irgendwo im Schnee. Glaub ich.«

»Im … du glaubst?« Hatte ich mich verhört? Ich musste mich verhört haben. »Genauer.«

Er schüttelte den Kopf. »Ich weiß es nicht. Wir waren an einem Bungalow. Er hat mich … Ralf hat mir keinerlei Hinweise … Ich konnte nichts tun. Du kannst sie nicht finden. Ralf hat das alles genau geplant. Er hat Jess eingesperrt. Sie sitzt fest und wird …«

Ich schleuderte ihn quer durchs Zimmer, bevor er weiterreden konnte. Vermutlich war es unklug, derart auszurasten. Ich sollte ihn sanfter behandeln, ihm Zeit geben, sich zu erinnern, aber meine Geduld war aufgebraucht. Das Konto im Minus. Wenn er nicht redete, musste ich eben nachhelfen …

15. Kapitel

Keira lehnte am Türrahmen und blickte hinaus in den Wald. Benson war ebenfalls herausgekommen. Er hatte einen Regenwurm ausgebuddelt und beobachtete ihn dabei, wie er sich zurück unter die Erde grub.
Das Leben kann so leicht sein.
Ihr war noch nicht ganz klar, wie sie Jess suchen sollte. Joshua wusste nur, dass sie nicht mehr auf dem Anwesen in Arizona war, weil es zerstört wurde. Die letzte richtige Spur von Jess lag in Schottland. Dort war sie kurzzeitig ohne Schutz gewesen, und ihre Aura hatte entsprechende Signale hinterlassen, die Joshua bereits beseitigt hatte. Dennoch wäre das Keiras Ausgangspunkt. Sie würde wie immer vorgehen. Erst die Umgebung prüfen, nach Hinweisen suchen und ihrem Gefühl vertrauen. Es würde sie in die korrekte Richtung lotsen. Ganz sicher. Vorausgesetzt, sie könnte sich genügend konzentrieren. In ihrem Kopf herrschte ein heilloses Durcheinander. Sie hatte so viel gehört, so viel erfahren. Und dennoch waren noch so viele Fragen unbeantwortet. Was für eine Rolle spielte Jaydee bei der ganzen Sache? Falls er überhaupt eine spielte. War er das mysteriöse Kind, und wenn ja, wie sollte das möglich sein? Es lagen viertausend Jahre dazwischen! Auch das angedrohte Chaos hatte nie stattgefunden. Natürlich gab es Naturkatastrophen auf der Erde, aber so wie sie Joshua verstanden hatte, wäre die Existenz des Kindes der Supergau. Und dann die Harfe. Sie hatte nicht einmal eine Vermutung, wo sie sein könnte. Ihr Vater war ein gesprächiger Mann gewesen, aber Keira war damals erst sechs Jahre alt. Sie hatten so wenig Zeit miteinander, vielleicht war er nie dazu gekommen, ihr einen Hinweis zu geben.

Sie seufzte und schloss die Augen. Sofort flackerten wirre Bilder vor ihr auf. Sie sah ihren Vater, wie er gefesselt auf dem Stuhl saß, Coco fest in die Augen blickte und ihr sagte, dass sie die Harfe nicht bekommen würde. Keira hörte sein dumpfes Keuchen, als Coco ihm die Kehle durchschnitt, und sie sah das Blut. Das viele Blut, das an seinem Hals herunterlief, seine Kleidung, seinen Körper tränkte und sich auf dem Boden verteilte. Für lange Zeit danach hatte Keira nur noch rot gesehen und den dumpfen Geschmack von Kupfer gerochen. Sie fuhr sich durchs Gesicht, als könnte sie so die Erinnerungen wegwischen.

Auf einmal erklang ein markerschütternder Schrei, wie von einem Vogel. Keira blickte in den Himmel, aber sie erkannte nichts außer einigen Wattewolken, die gemütlich an ihr vorüberzogen. Der Vogel schrie ein zweites Mal, erst da bemerkte sie, dass es aus dem Inneren der Hütte kam. Sofort rannte sie zurück. Joshua war in der Küche und gerade dabei, neuen Kaffee aufzusetzen. Jetzt warf er alles zur Seite und rannte zu dem Kästchen, das auf dem Wohnzimmertisch lag. »Oh, nein, nein, bitte nicht!«

»Was ist?«

Der eingestanzte Kranich leuchtete grell. Keira konnte kaum hinblicken. Der Vogel erhob sich vom Deckel, breitete seine Flügel aus. Seine Umrisse waren pure Energie. Hell und stark und leuchtend. Er stieß einen dritten Schrei aus. Es klang furchtbar, als hätte er Schmerzen.

»Die Nachfahrin!«, rief Joshua.

Funken stoben aus den Spitzen seiner Flügel wie ein Regen aus Sternen.

»Ihre Aura ist nicht mehr verdeckt.« Joshua schnappte sich einen Stift und ein Blatt Papier aus einem der Regale und skizzierte etwas. Der Sternenregen, den der Kranich hinterlassen hatte, hing wie eine Karte in der Luft. Joshua blickte immer wieder auf, kritzelte auf seinem Block herum und nickte dabei.

Keira legte den Kopf schräg, betrachtete seine Notizen, um den Sinn dahinter zu verstehen, doch er offenbarte sich ihr nicht.

Der Kranich schrie ein letztes Mal, das Licht wurde greller. Keira musste wegsehen und die Augen schließen. Es zischte, eine Windböe wehte durch ihre Haare – und dann war es still. Sie sah auf den Tisch. Der Kranich war auf seinen Platz zurückgekehrt, eingraviert auf dem Deckel, als wäre nichts geschehen.

Joshua riss das Blatt von dem Block, rannte zu dem Bücherregal und zog einen Atlas heraus, den er auf der Küchentheke ablegte.

Keira trat neben ihn, beobachtete gespannt, was er machte. Der Atlas war alt und vergilbt, an den Ecken ausgefressen. Joshua blätterte bis zur Mitte. Die Erde war über die Doppelseite abgebildet. Er bettete sein Blatt Papier darauf und fuhr damit über die Abbildung, als wäre es ein Ouija-Brett, mit dem man Geister beschwören konnte. Joshua zog das Blatt von Ecke zu Ecke, von Land zu Land, bis er schließlich an einer Stelle liegenblieb: am Südpol.

»Unfassbar, wie kommt sie denn dorthin?«

Erst jetzt erkannte Keira, was es mit den Punkten auf sich hatte. Sie bildeten die Umrisse eines Landes oder eher: eines Kontinents. Das Blatt war leicht transparent, so dass die Karte darunter durchschimmerte. Joshua nahm einen Stift und zog Striche von einem Punkt auf dem Zettel zum nächsten, bis er die Stelle aus dem Atlas auf das Blatt kopiert hatte.

»Die Antarktis?«, fragte Keira.

»Wir müssen uns sofort auf den Weg machen und Jessamine abschatten. In der Regel benötigt Coco länger als wir, bis sie die Nachfahrin orten kann.« Er blickte zu Keira und seufzte. »Ich wünschte, ich hätte mehr Zeit, dich in die Magie Sophias einzuweisen.«

Sie legte eine Hand auf seine Schulter. »Du tust, was du tun musst, und ich halte dir den Rücken frei.«

Joshua schenkte ihr ein mildes Lächeln, aus dem Dankbarkeit sprach. Vielleicht war er es leid geworden, alleine kämpfen zu müssen.

»Da drüben in dem Schrank sind Waffen. Nimm dir, was du brauchst. Ich programmiere ein Portal.«

Keira nickte, lief zu dem Schrank und öffnete. »Nicht schlecht.« Schwerter unterschiedlicher Größe hingen auf der rechten Seite.

Alles, was das Herz begehrte. Katanas, Krummsäbel, Kurzschwerter, Wurfmesser. Auf der linken hingen Armbrüste, Bögen, Peitschen. Sie entschied sich für eine Armbrust, fünf Wurfmesser, die sie mit einem extra Gürtel tragen konnte, und einen Dolch. Sie verstaute alles an ihrem Körper und wendete sich Joshua zu. Er hielt den Zettel in seiner Hand und packte das Kästchen mit dem Kranich ein.

»Der Zettel ist unser Ticket. In beide Richtungen. Sobald wir angekommen sind, werde ich mit der Macht Sophias die Aura der Nachfahrin verdecken, und wir kehren sofort hierher zurück. Das Ganze wird etwas Zeit in Anspruch nehmen. Falls Coco auftauchen sollte ...«

»Werde ich sie ablenken.«

Joshua atmete durch. Die Anspannung und auch die Angst standen ihm ins Gesicht geschrieben.

»Wir schaffen es«, sagte Keira. So hoffte sie es zumindest.

»Gib mir deine Hand.«

Keira gehorchte. Joshuas Haut war kälter als vorhin, sie fühlte den Puls unter seinem Daumen pulsieren.

»Und wie geht das ... ach herrje!« Ein heftiger Sog zerrte an ihr, als würde sie jemand in einen fahrenden Zug ziehen. Sie schnappte nach Luft, wollte noch etwas sagen, doch es ging nicht mehr. Das Zerren nahm zu, Keira hatte das Gefühl, als würde ihr der Arm ausgekugelt. Die Umgebung flirrte an ihr vorüber. Sie sah nur Schemen. Lichter. Schatten. Punkte. Atmen war unmöglich. Genau wie zu schreien oder sich gegen diesen Sog zu wehren.

Keira fiel und fiel und fiel. Ihr Magen drehte sich, ihr Kopf schwirrte. Oben, unten, rechts, links. Alles war vermischt.

Und auf einmal war die Reise vorüber. So abrupt, wie sie angefangen hatte.

Keira taumelte, kämpfte den Geschmack aus Cognac und Galle hinunter. Joshuas Hand schloss sich fester um ihre. Gab ihr Halt. »Du wirst dich daran gewöhnen.«

Sie konnte gut darauf verzichten! Eigentlich vertrug sie das Reisen durch Portale gut, aber das eben war, als hätte sie jemand von innen nach außen gestülpt.

Nichts für sie. Definitiv.

Sie spuckte aus und blickte sich um. Vor ihr lag ein tristes Gebäude inmitten einer Landschaft aus ewigem Schnee. Es sah aus wie eine verlassene Forschungsstation. Die meisten Fenster waren mit Läden verschlossen, die Tür war ebenfalls zu. Keira lauschte auf Geräusche, konzentrierte sich auf ihre Sinne. Sie war schon an Tausenden Einsatzorten gewesen: über verwinkelte Gassen bis zu einsamen Wäldern oder einem Großstadtdschungel. Doch noch nie war sie in einer derart unwirklichen Gegend gewesen. Es war eisig kalt, ein harter Wind pfiff ihr um die Ohren, sie hatte das Gefühl, als würde ihr die Flüssigkeit in den Augen gefrieren. Es war ein Wunder, dass ihre Spucke nicht als Klumpen am Boden angekommen war. Die Kälte war fast lebendig. Ein atmendes, gefährliches Wesen mit spitzen Fängen, die über ihre Haut kratzten.

»Ich nehme mal an, sie ist in dem Haus«, sagte Joshua. Er stülpte den Kragen seines Hemdes nach oben. Sie hätten sich Schneeausrüstung mitnehmen sollen, aber dazu wäre wohl keine Zeit gewesen.

Langsam gingen sie auf das Gebäude zu. Joshua bewegte sich erstaunlich lautlos und geschmeidig. Auch bei Keira setzte das Adrenalin ein, sie fühlte das Kribbeln, die angespannte Nervosität in ihren Gliedern und dummerweise auch die Stichwunde in ihrem Bauch. Bei Gelegenheit musste sie Joshua fragen, ob er ein Heilmittel für sie hatte, eventuell auch jemanden, der ihre Tattoos erneuern konnte.

Es rumpelte im Haus. Keira hielt sofort an. Lauschte. Da! Es klang, als würde jemand Möbel rücken. Keira und Joshua rannten los, teilten sich ohne Absprache auf. Einer rechts, einer links von der Tür. Sie hielten sich dicht an der Mauer auf, Muskeln und Sinne gespannt bis zum Anschlag. Keira duckte sich unter eines der Fenster, bei dem die Läden nicht geschlossen waren, und spähte hinein. Der Kamin brannte, eine Decke hing zum Trocknen über einem Stuhl, ansonsten sah sie niemanden.

Es rumpelte ein weiteres Mal, die Tür flog auf, und eine Frau in viel zu großen Hosen und einem Pullover kam heraus. Sie kniete sich und hielt die Hand in den Schnee. Das war Jess.

»Hallo«, sagte Keira und trat nach vorne.

Jess zuckte vor Schreck zusammen und fuhr herum. »Heilige Scheiße!«

»Hast du ein Taxi gerufen?«

Jess starrte zu ihr auf. Die Hand noch immer in den Schnee gesteckt.

»Hab bitte keine Angst«, sagte Joshua und trat von der anderen Seite auf sie zu.

Jess' Mund stand offen. Sie starrte von Joshua zu Keira und griff sich an den Hals. »Es hat geklappt ...« Erleichtert ließ sie die Luft aus den Lungen. »Großer Gott, es hat geklappt.«

»Falls du damit meinst, dass deine Aura im Moment strahlt wie ein Leuchtfeuer, dann ja«, sagte Keira. »Wir müssen dich verstecken und dann von hier verschwinden.«

Jess stand auf, rieb sich die Hand, die rot war, mit Schnee ein. Keira deutete mit einem Kopfnicken darauf. »Alles okay?«

»Ja, ich habe Möbel zerhackt, für mehr Brennholz. Beim Aufschichten im Kamin habe ich mich verbrannt. Warum du? Ich meine, wieso kommst du, wenn ich mein Amulett ablege?«

»Weil es mein Job ist. Ich spüre auch Menschen auf, wenn es sein muss.«

»Können wir das später klären?«, sagte Joshua. »Wir müssen dich in Sicherheit bringen, bevor Coco hier eintrifft.« Er holte das Kästchen mit dem Kranich heraus.

Jess wurde leichenblass, als sie es sah, und starrte auf den Kranich, als wäre er ein Engel. »Das ist ... so etwas hatte ... Ariadne.«

»Mein Name ist Joshua. Ariadne und ich waren gut befreundet. Ich erkläre dir gerne alles, aber erst musst du mit uns kommen. Bitte.«

Jess konnte ihre Augen nicht mehr von dem Kranich nehmen. Tränen kullerten. »Du bist der Freund, oder? Der, zu dem sie uns in der Nacht bringen wollte.«

»Ja.« Joshua deutete nach drinnen. »Los jetzt.«

Da Jess sich noch immer nicht rührte, legte er vorsichtig einen Arm um ihre Schulter und schob sie zurück ins Innere.

Sie überquerten gerade die Schwelle, als es links von ihnen knallte.

Keira blickte zurück. Ein Portal öffnete sich einige hundert Meter entfernt. Es sah aus wie eine grell leuchtende Tür. Heraus traten zwei Männer in der Uniform der Marines. Söldner. Ihre Augen wirkten leblos, ihre Bewegungen mechanisch. Hinter den beiden erkannte Keira die Umrisse eines jungen Mädchens mit hüftlangen Haaren und einem wallenden Kleid.

Sämtliches Blut sackte ihr in die Beine. Kälte kroch durch ihre Adern, noch schlimmer und beißender als die Temperaturen an diesem Ort.

Coco.

Das war sie.

Obwohl ihre letzte Begegnung vierzehn Jahre her war, erkannte Keira sie sofort. Ihre Zellen waren auf diese Person ausgerichtet. Sie würde sie inmitten einer Menschenmenge herausfühlen. Ihr Dasein, ihre Seele, alles hatte sich Coco verschrieben, und jetzt war sie gerade auf dem Weg zu ihr.

»Sofort zurück ins Haus«, sagte Joshua, krallte Jess am Arm und zerrte sie ins Innere. »Keira!«

Doch Keira konnte sich nicht rühren. Sie stand nur da und starrte auf das Portal. Alles andere um sie schien zu verblassen. Joshua, Jess, der Schnee, die Kälte … Keiras Wahrnehmung bündelte sich in einem Tunnel, der bei der Person endete, die wiegenden

Schrittes aus dem Portal trat und bis zu den Ohren grinste. Das, worauf Keira seit ihrem sechsten Lebensjahr hoffte, war eingetroffen: Sie stand Coco gegenüber.

Ihr Herz zog sich zusammen, der Hass der Jahre erfüllte ihre Seele, schürte den Zorn, die Trauer, die Verzweiflung, die Angst. Keiras Hand fuhr zu dem Dolch, den sie am Gürtel trug. Sie wusste, sie sollte Joshua folgen. Sie sollte Jess schützen, genauso wie sie es geschworen hatte, sie sollte sich nicht in den Kampf mit einer Gegnerin stürzen, die sie nicht besiegen konnte. Sie wusste all das, und dennoch konnte sie sich nicht bewegen.

16. Kapitel

Jaydee

»Jay! Stopp!«, schrie Anna, aber es war zu spät.
Der Jäger hatte mich in die zweite Reihe verbannt. Ich sah nur noch rot. Genau wie vorhin beim Rat, als ich Soraja und Derek an den Kragen ging, konnte ich mich nicht mehr zügeln. Will lag vor mir am Boden, ich bückte mich, riss ihn in die Höhe.
Er weiß, wo Jess ist! Er weiß, wo Jess ist!
War es falsch, ihn so zu behandeln? Verflucht, ja. Doch ich war über den Punkt hinaus, an dem ich rational denken konnte.
Blut! Schmerz! Die Kraft des Jägers spüren. Das war alles, was ich wollte.
Zwei Arme packten mich, ich schlug sie weg und traf dabei Ben auf die Nase. Er torkelte rückwärts, es polterte, als er einen Stuhl umschmiss.
»Lass ihn sofort los!«, rief Anna.
Er soll bluten! Er soll leiden!
Ich verpasste Will eine Kopfnuss, stieß ihn zur Tür hinaus. Er wehrte sich nicht einmal, stürzte in den Matsch und blieb liegen. Aus seiner Nase rann Blut. Seine Lippen waren aufgeplatzt. Sofort war ich bei ihm. Es hatte erneut angefangen zu regnen, aber das bekam ich nur am Rande mit.
Will starrte zu mir hoch, schien nur darauf zu warten, dass ich ihn weiter malträtierte, ihm mehr Schmerzen zufügte.
Konnte er haben.
Mit Wucht trat ich ihm in den Bauch. Er überschlug sich zweimal, seine Klamotten saugten sich mit Matsch voll, auch ich war bereits bis auf die Haut durchnässt. Ich stellte mich über ihn und zerrte ihn am Hals auf die Beine. »Wo ist sie?!«
»Ich weiß es nicht.«

Mit diesen Worten bekam ich eine volle Breitseite seiner Gefühle ab: Trauer, Reue, Wut, Scham. Vermischt zu einem Cocktail, der so bitter schmeckte, dass ich es kaum ertrug. Er starrte mich an, die Augen leer und glasig, genau wie seine Seele. »Tu, was du tun musst, Jaydee. Ich kann nicht mehr.«

Und genau das tat ich.

Ich drosch blind zu. Traf ihn an der Schulter, im Bauch, auf der Seite, gegen die Rippen. Er torkelte rückwärts, ich setzte nach. Seine Passivität machte mich noch wütender. Mit jeder verstreichenden Sekunde wurden meine Schläge brutaler, ich wollte ihm Schmerzen zufügen. Ihm und jedem anderen, der sich mir in den Weg stellte.

Auf einmal ertönte ein Schuss, ein beißender Schmerz schoss durch meine Wade. Ich fuhr herum. Ben stand an der Tür der Hütte, die Glock im Anschlag. Er hatte auf mich geschossen! Dieser elende Drecksack hatte tatsächlich auf mich geschossen!

»Lass ihn!«, brüllte er.

Ich knurrte, die Wunde an meinem Bein kribbelte. Ben lud nach, fixierte mich mit seiner Waffe. Ich schnellte herum, Will riss den Arm hoch, versuchte sich jetzt doch gegen meine Hiebe zu schützen. Ben feuerte ein zweites Mal, traf mich in die Seite. Ich taumelte, der Jäger trieb mich an, ließ mich den Schmerz nicht mal mehr fühlen. Und so trat ich Will in die Seite. Er krümmte sich. Ein weiterer Tritt, und er lag erneut am Boden. Sofort war ich über ihm, verpasste ihm den nächsten Hieb. Sein Gesicht war blutüberströmt. Die Nase geschwollen, an der Stirn hatte er eine tiefe Platzwunde, ein Auge bekam er schon nicht mehr auf.

Mehr. Mehr davon. Mehr Blut. Mehr Schmerzen.

Noch ein Schuss. Ben hatte mich verfehlt.

Es war mir egal. Das alles war mir egal. Es spielte keine Rolle, ob Will fremdgesteuert gewesen war, ob sein Bruder dahintersteckte, ob Ben oder Anna mich später verurteilten. Ich wollte jemanden bluten sehen. Ich brauchte ein Opfer, an dem ich mich auslassen konnte, und Will war wie geschaffen dafür. Ich warf ihn nach hinten, er fing sich ab, konnte gerade noch verhindern, dass er mit dem Kopf gegen einen tiefhängenden Ast eines Baumes schlug.

»Jaydee!«, hörte ich Ben rufen. Er klang ewig weit entfernt.

Ich machte einen Satz nach vorne und landete auf Will. Wir stürzten beide, rutschten auf dem aufgeweichten Untergrund aus und landeten abseits der Straße im Morast. Ich warf mich sofort auf ihn, er wehrte mich mit einem Hieb ab. Vermutlich handelte er eher aus Instinkt, sein Körper zwang ihn zur Reaktion. Er war ein Kämpfer, ausgebildet, sich zu verteidigen. Seine Faust traf mich unterhalb meines Ohrs. Schlecht gezielt – oder nicht mehr in der Lage dazu, besser zu zielen. Ich legte meine Hand um seine Kehle und drückte zu. Genau im gleichen Moment trat er mich mit dem Knie in die Seite. Dieser Treffer saß. Voll auf meine Niere. Ich keuchte, lockerte meinen Griff und bekam gleich den nächsten Kick ab. Wir rutschten ein Stück hangabwärts, der Boden war dermaßen aufgeweicht, dass wir kaum Halt fanden.

Es war nicht das erste Mal, dass wir miteinander kämpften. Als ich Anna geküsst hatte, hatte es genauso geendet. Damals war er derjenige gewesen, der angefangen hatte. Ilai hatte uns voneinander getrennt.

Sein Ellbogen traf meine Schläfe. Ein harter Schlag, der tief in meinem Schädel nachhallte. Sofort verpasste ich ihm einen Hieb auf seine Nase. Die Kraft des Jägers kannte keine Grenzen. Er wollte Blut. Und genau das würde er bekommen.

Will und ich schlugen und traten uns gegenseitig. Endlich erwachte auch er zum Leben. Seine Gefühle änderten sich. Aus Scham wurde Zorn. Auf mich. Auf seinen Bruder. Auf alles.

Es war egal.

Wir gaben uns gegenseitig das, was wir brauchten: Schmerzen.

Die Erde rutschte unter uns weg, wir kugelten eine Böschung hinab, blieben irgendwo am Hang liegen und kämpften weiter wie zwei Irre.

Irgendwann saß ich auf ihm, verkeilte seine Arme unter meinen Knien. Ich drosch auf ihn ein, brüllte all meinen Zorn hinaus. Sein Gesicht war kaum noch zu erkennen unter all dem Blut. Wieder packte ich seine Kehle, bohrte meinen Daumen in seine Halsschlagader. Will röchelte. Er versuchte, seine Hand zu befreien, aber er war am Ende. Ich könnte so weitermachen, ihm seinen verfluchten Schädel vom Körper reißen.

Ich könnte es.

Ein heftiger Schmerz schoss in meinen Bauch. Ich keuchte, blickte auf die Stelle und sah Jess' Dolch in meiner Seite stecken. Es fühlte sich an, als wäre ich mit einem brennenden Stab aufgespießt worden.

»Ihr hört sofort auf!«, brüllte Anna. Sie kam von vorne auf uns zu. Will und ich waren ein Stück den Berg hinuntergefallen und auf der Straße unterhalb gelandet, die serpentinenmäßig hoch ins Dorf führte. Ihre Augen funkelten vor Rage und Sorge.

»Ich habe so die Schnauze voll von euch!«

Will hustete, rollte sich auf die Seite und krümmte sich. Ich ächzte und griff nach dem Dolch in meinem Bauch, umklammerte den Knauf, ohne ihn herauszuziehen. Gegen diese Schmerzen kam nicht einmal der Jäger an. Sie zwangen ihn zurück in sein Gefängnis. Die Vernunft kehrte zurück, mir wurde schwindelig und übel. Alles drehte sich. Warmes Blut sickerte aus der Wunde über meine Finger, vermischte sich mit Wills Blut, mit dem Matsch, und auf einmal war da keine Wut mehr, sondern nur noch Leere.

Jess war weg.

Will hatte sie geholt.

Nein, nicht Will. Ralf. Sein Bruder ...

Ich plumpste zu Boden, rollte mich auf den Rücken. Der Regen hatte aufgehört, der Himmel sich von einem leichten Grau in ein Tiefschwarz verwandelt.

»Oh, mein Gott«, sagte Anna neben mir. Ich drehte den Kopf und sah zu ihr. Müde. Ausgelaugt. Am Ende.

»Warum tut ihr euch das gegenseitig an?«

Ich antwortete nicht, fühlte nur, wie das Blut aus mir heraussickerte und den Boden unter mir wärmte.

Sie schaute zu mir. Ein dunkler Schatten lag in ihrem Blick. War sie zornig oder wütend oder enttäuscht? Ich hatte keine Ahnung, und irgendwie war es mir auch egal.

Sollten sie mich alle verurteilen, mich hassen, sich von mir abwenden. Vielleicht war es besser so, dann musste ich mich nicht ständig um jemanden sorgen.

Will keuchte dumpf. Anna redete beruhigend auf ihn ein und strich ihm über die Wange.

Ich schloss die Augen, wartete, bis der Sturm sich in mir legte. Doch ich wusste, dass er das erst endgültig konnte, wenn ich Jess ein weiteres Mal in meinen Armen hielt.

17. Kapitel

Gehe zum Rat. Berichte von deinen Erlebnissen.«

Anna tunkte das Tuch in die Schale mit der Kräutermischung, die Leoti ihr angesetzt hatte, und tupfte Wills Stirn ab. Sie war so heiß, dass das Wasser auf seiner Haut verdunstete.

Draußen klapperten die Läden, immer wieder peitschte eine Sturmböe gegen das Fenster, ließ die Scheibe vibrieren. Es war finster, aber am Horizont schimmerte der erste helle Streifen, der den neuen Tag ankündigte. Sie saß schon die halbe Nacht hier.

»*Ist es das, was du willst, Ilai? Soll ich zum Rat und ihnen alles erzählen?«*

»Shht, Will. Es ist alles gut.« Seit sie ihn zurück in die Hütte gebracht und versorgt hatten, halluzinierte er. Als würde er alle Erlebnisse der vergangenen Stunden aufarbeiten müssen.

»*Jaydee ist ... Ilai hat ihn versteckt. Das Kind, das nicht geboren werden durfte.«*

Wenn sie nur wüsste, was er damit meinte. Wills Worte drehten sich im Kreis. Er redete von Jaydee, von seinem Besuch im Tempel, von Ilai, von Ralf, von Feuer. Sie nahm das Tuch von seiner Stirn und legte es zurück in die Schale. Ob sie ihm noch mal Heilsirup einflößen sollte? Sie hatte ihm zwei Flaschen gegeben, normalerweise war das mehr als genug. Auf die körperlichen Wunden schlug es auch gut an. Die Nase war noch ein bisschen geschwollen, die Lippe leicht aufgeplatzt, nur die Adern an seinen Händen waren noch nicht zurückgegangen.

»Du wirst gesund.«

»*Denk an dein Gelübde! Ich bin ein guter Seelenwächter!«*

»Ja, das bist du, Will.« Anna schmerzte es tief in ihrer Seele, ihn so zu sehen. Als Jaydee auf ihn losgegangen war, hatte sie nur eines gefühlt: Angst. Um Will, um Jaydee, um ihrer beider Seelen. Niemand sollte so viel Gewalt gegen einen anderen ausüben. Niemand so viel Hass verspüren. Anna hatte ihn fast aus der Luft greifen können. Diese rohe Aggression, die nur der Jäger mit sich brachte und die sie so sehr fürchtete. Sie hatte Jaydee schon öfter in Raserei erlebt, hatte gesehen, wie er kämpfte, wenn er sich in seinen Abgründen verlor, aber das heute war hart und grausam und barbarisch gewesen. Sie wollte nicht, dass Jay und Will sich derart bekriegten. Sie waren die letzten beiden Personen, die im Moment noch von der Familie übrig geblieben waren.

Es wird sich wieder ändern. Akil kommt zurück, und Ilai, und Jess... Auch sie gehörte mittlerweile für Anna dazu, und sie würde alles tun, um sie zu schützen. Wenn sie nur wüsste, wie. Im Moment fühlte sie sich schwach und hilflos. Ihr fehlte der Rückzugsort, ihre gewohnte Umgebung, ihr gewohntes Leben, ihre Sicherheit.

Alles bricht auseinander.

Sie schlang die Arme um sich und kratzte an einer alten Kruste herum. Das einzig Vertraute, das ihr geblieben war.

Auf einmal schoss Wills Hand nach oben, umklammerte ihren Arm. Sie japste vor Schreck, wollte sich zurückziehen, doch er hielt sie fest und starrte sie an.

»Wer bin ich?!« Er hatte die Augen aufgerissen und zitterte. Schweiß stand auf seiner Stirn, sein Atem kam flach.

Anna schluckte. Alles in ihr schrie danach, sich aus seiner Umklammerung zu befreien. Sie hasste es, festgehalten zu werden. Noch mehr, wenn es jemand tat, den sie kannte.

»Wer bin ich?«, fragte er ein weiteres Mal. Seine Finger gruben sich in ihre Haut, als wollte er es aus ihr herausquetschen. Die Adern auf seinen Armen traten jetzt noch deutlicher hervor, pulsierten in einem schnellen Rhythmus.

»Du bist William Michael Heinrich III., Sohn von Heinrich II., geboren am 18. August 1107 in Garion, 1127 im Tempel der Wiedergeburt gestorben, um als Seelenwächter aufzuerstehen. Du hattest eine Frau und eine Tochter... Du hast deinem Menschenleben den Rücken gekehrt und bist zum Seelenwächter geworden. Und du bist hervorragend darin. Du bist mein... meine Familie.«

»Ich bin ein guter Seelenwächter«, wiederholte er.

»Ja, Will.«

Er schluckte, blickte ihr fest in die Augen. Seine Pupillen waren so stark erweitert, dass die goldbraune Iris fast komplett verdeckt wurde.

»Und du kannst mich loslassen.«

Er starrte auf seine Hand, zuckte, als bemerkte er erst jetzt, was er da tat. Sofort gab er sie frei. Anna atmete erleichtert durch, rieb über die Stelle und kämpfte gegen den Drang, sich zurückzuziehen. *Das ist Will. Er wird mir nichts tun.*

»Es tut mir leid.« Er richtete sich auf, griff sich ans Herz und verzog das Gesicht vor Schmerz.

»Mach langsam, du bist noch nicht geheilt.«

Er blickte an sich hinab. Mittlerweile trug er eine Jeans von Hakan und ein Shirt. Ben hatte sich um Jaydee gekümmert und ihn in einem anderen Haus untergebracht. Es standen ja genügend leer. Vermutlich sollte Anna auch nach ihm sehen, aber im Moment hatte sie das Gefühl, dass sie hier dringender gebraucht wurde.

»Möchtest du noch Heilsirup?«

»Mein Bruder … Er hat mich …« Will betateste sein Gesicht, als wollte er sich überzeugen, dass er er selbst war. »Ich konnte nichts dagegen tun. Ich habe es versucht. Ich habe es wirklich versucht, Anna.«

Zögerlich legte sie ihre Finger auf seinen Arm. »Es ist gut.«

»Nichts ist gut! Ich habe Soraja auf dem Gewissen! Ich habe einen Seelenwächter ausgeliefert und Jess verschleppt!«

»Nicht du. Ralf!«

Will blickte sie an. So wie er sie immer anblickte, voller Liebe, Zuneigung, Bewunderung. Sie wich ihm aus, fixierte die Bettdecke stattdessen. Seit sie in seinem Kopf gewesen war, fühlte sie sich anders in seiner Gegenwart. Befangener. Oder befreiter, sie wusste es nicht. Will hatte seine Seele vor ihr präsentiert. Er hatte sie tief in sein Inneres blicken lassen, hatte ihr alles auf dem Silbertablett dargeboten, was ihn ausmachte, und Anna hatte keine Ahnung, wie sie damit umgehen sollte. Auf der einen Seite fühlte sie sich unglaublich geschmeichelt, auf der anderen eingeschüchtert und verloren. Er ließ sich gegen die Wand hinter seinem Bett sinken und schloss die Augen. »Wo ist Jaydee?«

»Weg. Ben ist bei ihm. Er muss runterfahren und ebenfalls heilen.«

»Warum?«

»Ich habe ihn mit Jess' Dolch attackiert.« Eigentlich wollte sie auf sein Bein zielen statt in seinen Bauch. Es war das erste Mal, dass sie danebengeworfen hatte.

»Ich habe geglaubt, er wollte mich umbringen.«

»Das hätte er vielleicht auch.«

»Ich habe es verdient. Seinen Zorn. Seine Verurteilung. Ich war so dumm.«

»Du konntest doch nichts dafür.«

»Ich hätte Ralf aufhalten müssen. Hätte mich selbst aufhalten müssen.«

»Wie?«

»Ich weiß es nicht, aber …« Er suchte nach dem Kreuz, das er stets, neben dem Amulett der Seelenwächter, um seinen Hals trug, und schloss die Finger darum. »Mein Glaube war nicht stark genug.«

»Dein Glaube konnte in diesem Fall rein gar nichts bewirken! Ralf hat sich Ilai geholt und Kirian! Er konnte zu dem Zeitpunkt auf die Kraft zweier Seelenwächter zurückgreifen, gegen die niemand von uns eine Chance hat. Will, bitte hör auf, dich selbst zu geißeln!«

Er sah zum Fenster hinaus. Der Regen hatte nachgelassen, vereinzelt tropfte es vom Dach aufs Fenster. Wie Tauwasser an einem warmen Wintertag.

»Wir müssen Jess finden.«

»Hast du denn eine ungefähre Ahnung, wo sie sein könnte?«

»Nein. Ich ... es war alles weiß. Verschneit. Kalt. Eisig. Ich erinnere mich an so wenig. Es war, als hätte ich alles aus weiter Ferne erlebt, als hätten diese Geschehnisse nicht mich, sondern einen anderen betroffen.«

»Das haben sie im Grunde auch.«

Er schüttelte den Kopf. »Wir sind geritten, einmal um die Welt, glaube ich. Ralf hat Jack irgendwie ...« Er stockte, schnappte nach Luft. »Das ist es! Anna! Wir haben einen Parsumi benutzt! Jack! Er ... er war dort, wo Jess jetzt ist! Wir müssen ihn dazu bringen, dass er ...«

Anna schüttelte den Kopf. »Er ist abgehauen. Nach eurem Kampf im Wald hat er Jaydee angegriffen und ist davongestürmt.«

»Was?«

»Er war total durcheinander.«

»Bitte, sag das nicht.«

»Es ist leider so.«

»Großer Gott ... Wie sollen wir Jess je finden? Wir könnten überall gewesen sein. Schnee. Es gab nur Schnee. Keine Berge, keine Hinweise, bis auf diesen Bungalow ... Ich ...« Er blickte zu Anna, studierte ihr Gesicht. »Könntest du ... noch mal in meinen Kopf? Die Bilder heraufbeschwören?«

»Wenn dein Unterbewusstsein von Ralf überdeckt wurde, ist es unmöglich, an die Informationen heranzukommen. Dennoch könnte ich es versuchen, wenn du das willst.« Sie war nicht scharf darauf, ein zweites Mal durch Wills Inneres zu spazieren. Die Gedanken eines anderen waren frei und sollten es bleiben. Anna wollte nicht daran teilhaben.

Will schüttelte den Kopf. »Ralf wäre nie so töricht und würde uns dieses Schlupfloch lassen.« Er schlug gegen die Wand neben sich. Anna zuckte vor Schreck. Es war mehr Reflex als Furcht. Sie war überdreht. Es war zu viel gekämpft worden.

»Was habe ich nur getan?«, sagte Will erneut.

»Das warst nicht du!«

»Hör auf, das zu sagen. Du warst doch gar nicht dabei.«

Anna beugte sich nach vorne. Die Worte aus Wills Mund erinnerten sie so stark an Jaydee, wenn er aus seiner Rage zurückkehrte. »Ich kenne dich seit vierhundert Jahren, Will. Du bist gütig und warmherzig, engagiert und voller Demut. Du würdest eher dich selbst umbringen, statt jemand anderem derart zu schaden. Ich weiß, dass du nicht böse bist.«

Er lachte voller Verzweiflung und Bitterkeit. »Und dennoch reicht dir dieses Wissen nicht, um mich zu lieben.«

Die Worte trafen sie wie Peitschenhiebe. Sie zuckte, zog sich zurück.

Er hielt die Luft an, biss sich auf die Lippen. »Anna. Das ... das wollte ich nicht sagen. Es ist mir rausgerutscht. Tut mir leid.«

»Nein. Das muss es nicht.« Sie bettete die Hände in ihren Schoß und verknotete die Finger miteinander.

Kratzen. Kratzen. Jetzt sofort.

»Du hast recht. Ich weiß um deine wunderschöne Seele, deine Güte, deine Wärme und lasse dich dennoch nicht an mich heran.« Sie senkte den Kopf, grub ihre Nägel tief in ihre Haut, hieß den Schmerz willkommen. So vertraut, so wohltuend. »Ich wünschte, ich könnte es.«

Er griff nach ihren Händen, damit sie aufhörte, sich selbst zu kratzen. Ihre Haut war vernarbt, wulstig, rau. Sie blickte auf seine Finger, die sanft über ihre strichen. Feuer und Luft. Ein Element beherrschte das andere, aber Will wollte sie nicht beherrschen. Er wollte sie lieben, in ihr zergehen. Mit jeder Faser seines Herzens.

»Ich liebe dich, Anna.«

»Ich weiß.« Sie schloss die Augen, als könnte sie so die Worte besser aufnehmen. »Ich habe es gesehen, gefühlt, ich ... weiß es, Will.« Sie atmete tief ein, sah ihn an. Eine Träne kullerte ihre Wange hinab. Ihr Blick heftete sich an ihn. Sie würde ihn so gerne an sich heranlassen. Ihm so gerne gestatten, das für sie zu sein, was er wollte. »Wenn ich dich doch nur vor Andrew kennengelernt hätte.«

»Ich hätte dir die Welt zu Füßen gelegt. Würde es immer noch, wenn du es nur zuließest.«

Ja. Ja, das würde er. Anna wusste, dass es die Wahrheit war. Sie wusste es schon lange, aber jetzt war es anders. Jetzt, da sie es selbst miterlebt hatte, wie sehr er sie liebte.

Sie ließ seine Hände los und stand auf. Er folgte ihr mit den Augen, wirkte enttäuscht, weil er vermutlich dachte, dass sie gehen wollte. Früher hätte sie das auch getan. Sie wäre zu Jaydee gegangen und hätte durch seine Nähe Heilung gesucht.

Heute wollte sie das nicht.

Sie ging einen Schritt auf Will zu, setzte sich aufs Bett. »Rutsch rüber.«

Er schluckte. Starrte sie an, als hielte sie ihm eine Waffe an den Kopf.

»Bitte«, schob sie mit einem Lächeln nach.

Sofort machte er ihr Platz und rückte näher ans Fenster. Anna biss sich auf die Lippen. Widerstand dem Drang, sich noch mal zu kratzen, und sammelte all ihren Mut zusammen.

Du kannst das. Das ist Will. Er liebt dich.

Vorsichtig legte sie sich zu ihm ins Bett. Das war das erste Mal, dass sie ihm freiwillig so nahe kam. Will rührte sich nicht, als wäre sie ein scheues Tier, das sofort in die Flucht geschlagen würde, sobald er etwas Falsches tat.

Langsam. Ganz langsam rutschte sie näher. Er glitt an der Wand hinab, damit er neben ihr war, wartete, wie dicht sie bei ihm sein wollte. Anna schmiegte sich an ihn, drückte sich so eng an ihn heran, wie sie es gerade noch ertrug.

Am Abend kommt ein Freund des Königs, Liebling. Du wirst dich um Theodore kümmern und ihm jeden Wunsch erfüllen. Er ist sehr von dir angetan, also mach ihn glücklich, dann bin auch ich glücklich …

Ich mache sie alle glücklich, Andrew. Ich bin deine Hure, dein Eigentum ...

»Welcher Tag ist heute?«, fragte sie zögernd.

»Sonntag. Glaub ich.«

Gut. An Sonntagen schliefen sie. An Sonntagen wurde sie in Ruhe gelassen ...

Sie bettete ihren Kopf auf Wills Brust, suchte seinen anderen Arm und legte ihn um ihre Schultern. Will zog sie vorsichtig näher zu sich. Er übte keinen Druck aus, bot ihr nur Halt.

Erst da gestattete sie sich zu atmen. Ihr war klar, dass das alles Kinderkram war. Sie hielten sich. Mehr nicht. Aber es war mehr, als sie sich je selbst gestattete. Sie wusste, wie sehr er sie begehrte, sie hatte es mit eigenen Augen gesehen. Bisher war Begehren immer mit Grausamkeit für sie verknüpft. Alle Männer, die sie wollten, fügten ihr früher oder später Schmerzen zu. *Theodore, Maximilian, Robert ... Freunde des Königs, Freunde von Freunden des Königs, Neffen, Onkel, Menschen mit Einfluss.* Alle da, um Andrew glücklich zu machen. Genau wie sie.

Sie schmiegte sich enger an Will, bis sie über seinem Herzen lag. Er zuckte vor Schmerz.

»Tue ich dir weh?«, fragte sie.

Will keuchte. »Nein, mein Körper ist nur etwas überreizt. Es geht schon.«

»Sicher? Dein Herz schlägt wie wild.«

»Weil es sein Glück nicht fassen kann.« Seine Stimme klang so sanft wie der Wind, der mittlerweile draußen um das Fenster streifte. Seine Finger lagen leicht auf ihrer Schulter, streichelten sie zärtlich in kleinen Halbkreisen.

Anna seufze leise. Seine Wärme vermischte sich mit ihrer Kühle. Sie fühlte, wie er an ihren Haaren roch. Alles in sich aufsog, was sie ihm geben konnte. Und es war gut so.

»Ich hatte Angst«, sagte sie auf einmal.

»Vor was?«

»Als ich Jaydee vorhin gesehen habe, wie er auf dich einprügelte. Da überkam es mich. Ich dachte, er bringt dich um. Da war so viel Blut, und du hast nur dagelegen und dich schlagen lassen.«
»Weil ich es verdient habe.«
Sie hob den Kopf, damit sie ihn anblicken konnte. »Nein, das hast du nicht! Herrje, Will! Wie bekomme ich das nur in deinen Schädel?«
Er schluckte. Sie war ihm so nahe, dass ihre Nase fast sein Kinn berührte. Fast konnte sie ihn küssen …
Zaghaft hob er eine Hand und strich über ihre Wange. Sie ließ ihn gewähren, schloss die Augen und nahm seine Berührung an.
»Es ist nicht so schlimm, wie ich geglaubt habe«, sagte sie leise. Es klang komisch, das so zu sagen, aber sie war sich sicher, dass er wusste, wie sie es meinte.
»Das ist gut.«
»Aber ich kann nicht …«, schob sie nach und blickte auf seine Lippen. »Noch nicht, Will.«
»Ich bleibe weitere vierhundert Jahre mit dir in diesem Bett, wenn es sein muss, und warte.«
Sie lachte und legte ihren Kopf wieder auf seiner Brust ab.
»Dass du Geduld hast, weiß ich ja schon.« Er fühlte sich so anders als sonst an. Hatte sich ihre Wahrnehmung so sehr verändert? Oder hatte sie sich selbst verändert und konnte ab jetzt heilen?
»Das hier war es wert«, flüsterte er. »Und wenn wir für den Rest unseres Lebens so liegenbleiben, ist es auch in Ordnung.«
Bis vor ein paar Tagen hätten sie seine Worte abgestoßen, aber jetzt nicht mehr. Als hätte ihre Seele diesen Ausflug in seinen Kopf gebraucht.
Auf einmal hörte sie Schritte. Jemand kam auf die Hütte zugestürmt. Anna und Will drehten sich im gleichen Moment um, als die Tür aufflog.
Ben stand im Rahmen. Er presste eine Hand auf eine Wunde am Unterarm. Blut rann zwischen seinen Fingern hindurch, sein

Shirt war auf der Vorderseite zerrissen, als hätte jemand ein Stück herausgebissen. »Anna, du solltest rauskommen.«

»Was ist?«

Sofort richtete Anna sich auf. Dort, wo sie Will berührt hatte, spürte sie einen angenehmen warmen Abdruck. Ein Teil von ihr bedauerte sogar, dass sie sich jetzt trennen mussten.

»Jack ist zurück. Und er hackt gerade jeden in Einzelteile, der in seine Nähe will.«

»Was?« Will richtete sich zu hastig auf. Er griff sich ans Herz und verzog das Gesicht.

»Du bleibst schön hier«, sagte Anna. »Ich gehe.«

»Auf keinen Fall.«

»Du wirst dich ausruhen! Meine Güte, muss ich dich ans Bett fesseln.«

Will klappte der Mund auf und zu.

Ben lächelte. »Ich würde auf sie hören.«

Anna sprang aus dem Bett, warf Will einen letzten Blick zu. Er hob kapitulierend die Hände. Sie nickte und folgte Ben nach draußen.

»Oben am Waldesrand«, sagte Ben. »Rowan, Abe und Jaydee versuchen ihn zu beruhigen, aber der Kerl ist eine Bestie.«

»Wie hat er denn hierhergefunden?«

»Keine Ahnung, er kam urplötzlich aus dem Wald geschossen. Ist einmal quer über die Hauptstraße gedonnert und hat fast Flo umgerannt. Sie hat uns dann verständigt.«

Anna beschleunigte. Wind peitschte ihr ins Gesicht. Ihr Element. So stark und gleichzeitig so geschmeidig. Sie genoss es, sog dankbar die Stärke in sich auf und rannte so schnell, wie sie konnte. Ben heftete sich an ihre Fersen, fiel jedoch rasch zurück. Anna bog um eine Ecke, folgte der Hauptstraße nach oben. Mülltonnen waren umgeworfen, ein Briefkasten lag zertrümmert auf der Straße. Ein Gartenzaun war niedergerissen. Offenbar war Jack hier durchgekommen. Anna schoss rechts einen Hügel hoch, um die Straße abzukürzen. Mittlerweile fand sie sich gut in dem Dorf zurecht, wusste, wo wer wohnte und welche Wege am kürzesten waren.

»Oh, herrje …«, stammelte sie, als sie das Szenario endlich erreichte.

Jack tänzelte auf einer Wiese. Er war weiß geschäumt, der Sattel baumelte halb unter seinem Bauch, das Zaumzeug war zerrissen, aus seinem Maul floss Blut. Er hatte eine tiefe Schnittwunde, die vom Hals oberhalb bis zu seiner Flanke reichte, als hätte er im Vorbeirennen etwas gestreift, das ihm die Seite aufgerissen hatte. Jaydee, Abe und Rowan versuchten, ihn einzukesseln, Jack legte die Ohren an und stampfte mit den Vorderbeinen auf. Seine Augen irrten umher, panisch aufgerissen, voller Angst. Abe hatte eine Platzwunde an der Stirn, Rowan hielt sich die Seite. In einigem Abstand wartete Flo. Sie war die dreizehnjährige Tochter von Bena, die bei dem Angriff von Nioti getötet worden war.

»Jack … ruhig …«, sagte Jaydee. Der Parsumi stürzte sich sofort auf ihn, stieg vorne hoch und hieb mit seinen Vorderhufen nach ihm. Er konnte sich gerade noch wegducken, bevor er einen Tritt abbekam. Parsumi waren unberechenbar, wenn sie in Rage gerieten. Sie kämpften bis zum Umfallen, sollte es nötig sein, und sie konnten durch ihre übernatürlichen Kräfte ziemlichen Schaden anrichten.

»Er erkennt uns nicht.« Jaydee wandte sich Anna zu und hielt sich keuchend die Hand auf den Bauch. Sie fühlte sich schuldig, weil sie ihn dort erwischt hatte. Die Wunde war schlimmer als nötig.

»Rowan hätte er fast die Hand abgebissen.«

»Er ist verwirrt.« Umgepolt. So wie Will es gesagt hatte. »Pass auf!«

Jack sprang nach vorne, direkt auf Jaydee zu. Er konnte sich nur mit einem Sprung zur Seite in Sicherheit bringen und landete dabei auf Anna. Sie griff nach ihm, schlang die Arme um seine

Taille und half ihm, aufrechtzubleiben. Sein Hemd war auf der Vorderseite feucht. Die Wunde war aufgegangen.

»Das ist zu viel für dich.«

Er lächelte, doch es war ein gequältes, halbherziges Lächeln. »Du hast mich ausgeknockt.«

»Das wollte ich nicht, Jay. Ich wollte nur, dass ihr aufhört.«

»Hey!«, schrie Rowan.

Anna sah aus dem Augenwinkel einen Schatten huschen. Jack stürmte auf die beiden zu, die Ohren angelegt, die Zähne gefletscht. Jaydee riss sie mit sich nach unten. Er landete auf ihr, ächzte vor Schmerzen und bekam einen Tritt von Jack ins Kreuz.

»Wenn er in ein Portal springt, ist er verloren für uns«, keuchte er und stemmte sich hoch.

Zudem konnten sie ihn so auf keinen Fall herumrennen lassen. Wenn Jack Menschen als Bedrohung einstufte, würde er sie niedermetzeln.

Jaydee taumelte einige Schritte, wollte Jack hinterher. »Ich bin …« Er presste die Hand auf den Bauch. Sein dunkles Shirt pappte feucht an ihm, als er die Finger kurz wegnahm, waren sie blutig. »Wir müssen …«, setzte er an. Er wurde leichenblass, torkelte, Anna fing ihn ein weiteres Mal.

»Du musst gar nichts! Ich gehe …«

In dem Moment sprang Rowan nach vorne. Jack sah ihn kommen, schnappte nach ihm, doch Rowan war blitzschnell. Er duckte sich, griff in Jacks Mähne und zog sich auf seinen Rücken. Sofort stieg der Parsumi kerzengerade in die Luft, aber Rowan klammerte sich an ihn, als wäre er festgeleimt. Jack fuhr herum, versuchte, ihn von seinem Rücken zu beißen, doch er erreichte ihn nicht. Abe näherte sich von der anderen Seite, redete auf Jack ein, versuchte, ihn so zu beruhigen. Rowan zog ein kleines Messer aus seinem Gürtel und durchtrennte damit die Reste des Sattelgurts, damit er nicht länger unter Jacks Bauch baumelte.

Jack schoss vorwärts, biss nach Abe, erwischte ihn in der Schulter und galoppierte mit seinem unfreiwilligen Reiter quer über die Wiese.

Es gab einen hellen Lichtblitz, der die Dunkelheit zerriss wie eine Schere ein Stück Papier – und dann waren sie weg.

Jack und Rowan waren in einem Portal verschwunden.

Ein einziges Wesen konnte ihnen helfen, Jess zu finden. Und nun war es weg.

Ende

Die Seelenwächter erwarten euch demnächst mit »Die Erlösung«, dem zwölften und letzten Abenteuer der ersten Staffel.

Vorschau:
Die Lage spitzt sich zu. Joanne ist auf freiem Fuß, bereit, ihrem Meister zu dienen und ihm die letzte Seele zu liefern. Die Seelenwächter stehen einem Feind gegenüber, dem sie hilflos unterlegen sind. Auch Jess hat Mühe, zurück zu ihren Freunden zu finden. Gestrandet im Nirgendwo versucht sie, Kontakt zu Jaydee herzustellen.

Die Erlösung naht – und sie bringt den Tod mit sich.

Die Charaktere

Cassandra Harris

Die Mutter unserer Protagonistin Jessamine. Cassandra verschwand, als Jess acht Jahre alt war. Sie hat keinen Abschiedsbrief geschrieben, keine Nachricht hinterlassen. Das einzige, was Jess später fand, war ein Dolch. Niemand weiß, warum Cassandra gegangen ist.

Jess sucht verzweifelt nach ihrer Mutter und findet, nach einem Wasserrohrbruch im Büro, tatsächlich einen Brief. Dieser stammt von Mikael Stevens, dem Pfarrer der örtlichen Gemeinde. Leider ist er bei einem Brand gestorben. So versandet auch diese Spur.

Im Laufe der Geschichte bekommt Jess allerdings mehr Hinweise auf ihre Mutter. Sie hat nicht nur den Schutzgeist Violet für ihre Tochter gerufen, sondern anscheinend auch ein heidnisches Ritual an ihr ausgeführt. Dieses unterdrückt die Gabe des Musizierens und verantwortet gleichzeitig, dass Jaydee Jess nicht anfassen kann.

Die Suche nach Cassandra dauert an, und Jess sammelt akribisch einen Hinweis nach dem anderen, in der Hoffnung, ihre Mutter wiederzufinden.

Mikael Bartholomäus Stevens

Ist der Adoptivvater von Jaydee und Pfarrer in der Stadt Riverside Springs. Jaydee wird als Baby bei Mikael vor der Kirche abgegeben. Alles, was der Junge bei sich trug, war ein weißer Jadestein, nach dem Mikael ihn auch benannt hat: Jaydee.

Er bietet dem Jungen alles, was in seiner Macht steht. Gibt ihm ein Zuhause, adoptiert ihn und überschüttet ihn mit Liebe, auch wenn das Zusammenleben nicht immer einfach war. Mikael stirbt bei einem Brand in der Kirche. Jede Hilfe kam zu spät. Jaydee ist erneut auf sich gestellt und taucht nach diesem Unglück in die Welt der Seelenwächter ein.

Wie sich herausstellt, war Mikael der Nachfolger eines ganz besonderen Pfarrers, der vor vielen Jahren eine alte dämonische Macht in eine Art Fegefeuer verbannte. Nur ein Mensch aus der Blutlinie dieses Pfarrers kann den Zauber wiederholen. Leider ist mit Mikael diese Linie versiegt. Die Dowanhowee-Indianer wollen nun den Geist von Mikael Stevens ein zweites Mal beschwören und mit seiner Hilfe den Dämon „Emuxor" abermals besiegen.

Sophia – Der Engel des Mitleids und der Gnade

Sophia hat öfter in die Geschicke der Menschen eingegriffen. Noch ist nicht bekannt, was sie mit Jaydee zu tun hat, doch sie bat Ilai damals, ihn zu töten und somit das Leben, welches sie irrtümlich geschenkt hatte, wieder zu beenden. Sophia sorgte dafür, dass die verrückte Seelenwächterin Lilija eingesperrt wurde. Dafür opferte sie ihren Engelsstatus und wurde menschlich. Beschützt von den Seelenwächtern, gelang es ihr, ein relativ normales Leben zu führen. Sie gründete eine kleine Familie und bekam eine Tochter – Aurelia. Diese erbte einen Teil von Sophias ursprünglicher Engelsnatur. Aurelia hatte die Gabe, wunderschöne Lieder zu singen.

Auch König David war einer von Sophias Nachkommen und zeigte diese Gabe. Statt zu singen, spielte er die Harfe und erfand neue Melodien. Eines dieser Lieder besitzt die Macht, die Gefängnismauern um Lilija einzureißen.

Der Sapierbund schützt seit Jahrtausenden nicht nur die Nachfahren Sophias, sondern auch die Harfe Davids, damit nichts davon in Cocos Hände fallen kann.

Lilija

Ist einer der ersten vier Seelenwächter. Sie war eine Wasserwächterin und eine der talentiertesten, die es je gab. Viele Jahre kämpfte sie mit und für die Seelenwächter, aber mit der Zeit verfiel sie in Frust. Es gab zu viele Schattendämonen und zu wenig Seelenwächter. Sie verstand nicht, warum nur Feuerwächter Magie ausüben dürfen, warum nur die Luftwächter teleportieren können. Sie wollte alle Elemente in einem Körper vereinen, damit die Seelenwächter stärker würden. Damit hätte sie in der Natur das Chaos heraufbeschworen. Die vier Elemente hätten sich gegenseitig bekriegt. Mit Hilfe des Engels Sophia wurde Lilija eingesperrt und sitzt seither in Gefangenschaft. Ihre Freundin Coco versucht, die Mauern des Gefängnisses einzureißen und sie zu befreien. Gemeinsam wollen sie ihre Pläne vorantreiben, die Elemente in einem Körper zu vereinen.

Die E-Book Cover

Die Chroniken der Seelenwächter

Liebe vs. Vernunft

Nicole Böhm

Die Chroniken der Seelenwächter

Bruderkampf

Nicole Böhm

Glossar

Seelenwächter

Sind menschengleiche Wesen, die von einer Zauberin vor Jahrtausenden erschaffen wurden, um den Schattendämonen Herr zu werden. Die Seelenwächter werden erst als normale Menschen geboren und werden dann auserwählt, um ihr neues Leben als Seelenwächter anzutreten. Hierbei gehen sie in den Tempel der Wiedergeburt und lassen ihr menschliches Dasein hinter sich. Je nach Sternzeichen werden sie verschiedenen Elementen zugeordnet:

Feuer: Widder, Löwe und Schütze
Erde: Stier, Jungfrau, Steinbock
Wasser: Krebs, Skorpion, Fische
Luft: Zwillinge, Waage, Wassermann

Sie leben in Familien in der ganzen Welt verstreut. Meistens besteht eine Familie aus vier Mitgliedern und einem Ältesten (dem Oberhaupt), sobald sie alle Elemente zusammen haben, sind sie am stärksten. Die Seelenwächter leben wie ganz normale Menschen. Sie müssen essen, schlafen und regelmäßig ihre Fähigkeiten trainieren. Um neue Energien zu tanken, suchen sie spezielle Kraftplätze auf, die auf ihr Element abgestimmt sind.

Schattendämonen

Entstehen, wenn ein Mensch stirbt und die Seele nicht ins Licht geht, sondern in der Zwischenwelt hängenbleibt. Um weiter existieren zu können, muss sich die Seele von der Lebensenergie der Menschen ernähren. Zu Beginn ist sie noch schwach und unsichtbar, doch je mehr Lebensenergie die verlorene Seele aufnimmt, umso stärker wird sie. Sie nimmt wieder ihren alten Körper an und wird zum Schattendämon. Die Dämonen legen eine Hand auf die Stirn ihres Opfers, die andere auf den Brustkorb und ziehen so die Seele eines Menschen aus dem Körper. Zurück bleibt eine leere ausgetrocknete Hülle, die nach ein paar Tagen stirbt.

Tempel der Wiedergeburt
Geheimer Ort, an dem die Seelenwächter wiedergeboren werden.

Die vier Elemente und ihre Fähigkeiten
Die Erde beherrscht das Wasser, das Wasser beherrscht das Feuer, das Feuer beherrscht die Luft, die Luft beherrscht die Erde. Ein Kreislauf. Auf ewig.

Terra / Erde – Die Heiler
Erdwächter können sich selbst oder andere heilen. Sie sind der Ruhepol unter den Seelenwächtern, der Anker. Sie besitzen sehr verstärkte Sinne und sind mit der Kraft der Natur verbunden. Sie sind äußerst geduldig, diszipliniert und ausdauernd. Erdwächter lieben die Ordnung und Struktur. Sie sind extrem körperbetont.

Aqua / Wasser – Die Fühlenden
Wasserwächter besitzen empathische Fähigkeiten und nehmen Gefühle anderer über Berührungen auf. Je nach Training können sie diese auch beeinflussen. Wasserwächter tragen ihr Herz auf der Zunge. Sie besitzen eine sehr gute Wahrnehmung anderen Wesen gegenüber und erkennen sofort deren Schwachstellen. Manche Wasserwächter können ihre Zellstruktur so verändern, dass sie eine andere Form annehmen können. Mit viel Übung können sie auch andere Menschen nachahmen.

Ignis / Feuer – Die Magier
Die Feuerwächter strahlen Wärme und natürliche Autorität aus. Sie beherrschen die Künste der Magie und können – je nach

Training – verschiedene Zauber wirken. Die Studien der Magie sind komplex und langwierig.

Feuerwächter zeichnen sich durch Enthusiasmus und eine starke innere Motivation aus. Sie wirken auf andere selbstbezogen, manchmal cholerisch. Wie das Feuer geraten sie leicht außer Kontrolle. Sie sind aufbrausend im Temperament, beruhigen sich jedoch auch schnell wieder.

Aer / Luft – Die Geistigen

Luftwächter leben in der geistigen Welt. Sie können ihren eigenen Geist ausdehnen und so alle Seelen im Umkreis erfühlen. Alle Luftwächter können Gedanken beeinflussen und kontrollieren.

Luftwächter sind die einzigen, die teleportieren können. Ein Rudiment aus früheren Zeiten, in denen die Seelenwächter um die Welt reisen mussten, aber noch kein geeignetes Transportmittel besaßen.

Sehr gute Luftwächter können aus anderen Wesen Fähigkeiten entziehen. Bisher gibt es nur wenige, die diese Fertigkeit erlangt haben.

Titanium

Ein Metall, das verwendet wird, um die Waffen der Seelenwächter zu schmieden. Nur mit einer Titaniumklinge kann ein Schattendämon getötet werden. Auch die Seelenwächter selbst können damit verletzt oder getötet werden. Titaniumwaffen sind sehr wertvoll und werden in einer Schmiede extra angefertigt.

Parsumi

Spezielle Pferderasse die von den Seelenwächtern seit Jahrtausenden gezüchtet wird. Die Parsumi sind in der Lage, »zwischen den Welten« zu reisen. Dabei bauen sie eine Art Tunnelportal auf, das sie binnen Sekunden von einem Ende der Welt zum anderen tragen kann. Parsumi sind für Menschen nicht sichtbar.

Fylgja
Ist ein Schutzgeist, der gerufen wird, um auf einen Menschen aufzupassen. Entweder bestellt man die Fylgja für sich selbst oder für jemand anderen. Die Fylgja besitzt einen menschlichen Körper und begleitet ihren Schützling ein Leben lang. Sie warnt vor übernatürlichen Gefahren und kann die Aura ihres Schützlings abdunkeln, damit dieser nicht auffällt.

Die Sapier
Geheimer Bund. Die Mitglieder bedienen sich der Magie der Urmutter Sophia, die in einem Kranich gebündelt wird. Als Folge dieser Magie alten die Sapier äußerlich schneller. Die meisten von ihnen haben bereits schneeweiße Haare.

Die Übersicht der Charaktere:

<u>Jessamine Calliope Harris:</u> 18-jähriges Mädchen auf der Suche nach ihrer Mutter.

<u>Jaydee:</u> Findelkind. Weder Mensch, noch Seelenwächter. Besitzt Fähigkeiten eines jeden Elements.

<u>Violet:</u> Fylgja und Beschützerin von Jessamine.

<u>Ariadne:</u> Vormund von Jessamine.

<u>Cassandra:</u> Die leibliche Mutter von Jessamine und spurlos verschwunden.

<u>Zachary:</u> Bester Freund von Jessamine.

<u>Ilai:</u> Das Oberhaupt der vier Seelenwächter in Arizona und Ratsmitglied. Element – Feuer

<u>William:</u> Seelenwächter in Arizona. Element – Feuer

<u>Akil:</u> Seelenwächter in Arizona. Element – Erde

<u>Anna:</u> Seelenwächterin in Arizona. Element – Luft

<u>Logan:</u> Seelenwächter aus London und Ratsmitglied. Element – Erde

<u>Aiden:</u> Seelenwächterin in Logans Familie. Element – Feuer

<u>Isabella:</u> Seelenwächterin in Logans Familie. Element – Luft

Kendra: Seelenwächterin in Logans Familie. Element – Wasser

Keira: Die Frau aus der Bar, die Jaydee verfolgt und hinter Coco her ist.

Anthony: Tätowierer von Keira.

Benjamin Walker: Detective in Riverside Springs und immun gegen die Fähigkeiten der Seelenwächter.

Coco: Mysteriöse Gegenspielerin von Ariadne und auf der Suche nach der Nachfahrin.

Joshua: Mysteriöser Kontaktmann von Ariadne und letzter Überlebender des Sapierbundes.

Andrew: Ehemann von Anna aus ihrer Zeit vor den Seelenwächtern.

Ralf: Williams Bruder. Mischwesen aus Schattendämon und Seelenwächter

Emuxor: Dämisches Wesen, das von Ralf angerufen wird und alle Schattendämonen aus ihrer dunklen Existenz befreien soll

Tobias: Ehemaliger Messdiener und Date von Zachary.

Sophia: Engel des Mitleids und der Güte.

Lilija: Eine der ursprünglichen Seelenwächter, die alle vier Elemente in einem Körper vereinen wollte.

Abe: Großvater von Benjamin

<u>Rowan:</u> Mitglied des Stammes der Dowanhowee-Indianer

<u>Nioti:</u> Ebenfalls Mitglied des Stammes. Sie wurde zur Schattendämonin und von Jaydee getötet.

<u>Soraja:</u> Ratsmitglied – Wächterin des Wassers

<u>Kirian:</u> Ratsmitglied – Wächter der Luft

<u>Raphael:</u> Wächter der Erde. Heilt Jess auf den Azoren

Die Seelenwächter kommen wieder!

Weitere Titel im Lindwurm Verlag

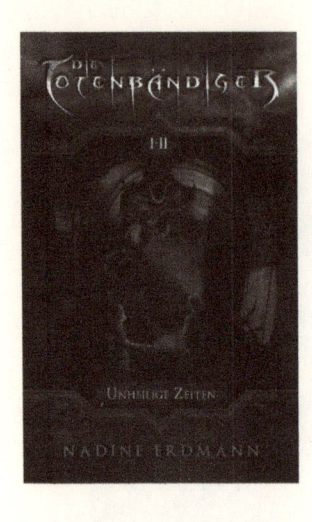

Nadine Erdmann
Totenbändiger
Staffel 1: Äquinoktium. Unheilige Zeiten

ISBN: 978-3-948695-01-9
364 Seiten
Paperback

Stell dir vor, du lebst in einer Welt, in der Geister zum Alltag gehören. Jeder sieht sie und jeder weiß, wie gefährlich sie uns Menschen werden können. In dieser Welt gibt es Verlorene Orte, die man den Geistern überlassen musste, und Unheilige Zeiten, in denen die Toten besonders gefährlich sind.

Camren Hunt ist ein Junge ohne Vergangenheit. Im vergangenen Unheiligen Jahr fand man ihn im Keller eines verlassenen Herrenhauses – umgeben von Leichen mit durchschnittenen Kehlen. Niemand weiß, was dort passiert ist, nicht einmal Camren selbst.

Jetzt, dreizehn Jahre später, schlagen sich die Menschen durch ein weiteres Unheiliges Jahr, in dem Geister und Wiedergänger noch gefährlicher sind als sonst - und plötzlich tauchen erneut Leichen mit durchgeschnittenen Kehlen auf …

Alessandra Reß
Die Türme von Eden

ISBN: 978-3-948695-19-4
496 Seiten
Paperback

„Du musst vor nichts mehr Angst haben. Angst braucht nur zu haben, wer allein in der Masse ist. Aber du bist nicht allein und es gibt keine Masse mehr. Nur mehr viele, irgendwann alle und vielleicht einen. Du bist jetzt ein Teil von Eden."

Vierzehn Jahre nach der Flucht von seinem zerstörten Heimatplaneten nimmt der Spion Dante einen ungewöhnlichen Auftrag an: Er soll herausfinden, was hinter den Versprechungen der Liminalen steht. Immer wieder bringen deren Mitglieder Sterbende auf ihren Planeten Eden. Denn dort, so heißt es, soll den Menschen ein neues Leben als „Engel" ermöglicht werden.

Um seine Aufgabe zu erfüllen, schließt sich Dante den Liminalen als Novize an. Doch sein Auftrag stellt sich bald als schwieriger heraus als gedacht: Um die Rätsel von Eden zu lösen, muss Dante in eine Welt eintauchen, in der Traum und Realität verschwimmen – und sich einer Vergangenheit stellen, die ihn stärker mit den übrigen Novizen verbindet, als er sich eingestehen will …

Unser gesamtes Verlagsprogramm
finden Sie unter:

www.lindwurm-verlag.de